OS VENENOS DA COROA

OS REIS MALDITOS

O Rei de Ferro

A Rainha Estrangulada

Os Venenos da Coroa

A Lei dos Varões

A Loba de França

A Flor-de-Lis e o Leão

Quando um Rei Perde a França

MAURICE DRUON

OS VENENOS DA COROA

Os Reis Malditos

Volume 3

7ª EDIÇÃO

Tradução
Flávia Nascimento

BERTRAND BRASIL

Título original: *Les Poisons de la Couronne*

Capa: Rodrigo Rodrigues

Editoração: DFL

2012
Impresso no Brasil
Printed in Brazil

CIP-Brasil. Catalogação na fonte
Sindicato Nacional dos Editores de Livros, RJ

	Druon, Maurice, 1918-2009
D86v	Os venenos da coroa / Maurice Druon; tradução Flávia Nascimento.
7ª ed.	– 7ª ed. – Rio de Janeiro: Bertrand Brasil, 2012.
	224p.: .– (Os reis malditos; v. 3)
	Tradução de: Les poisons de la couronne
	ISBN 978-85-286-1058-1
	1. Luís X, Rei de França, 1289-1316 – Ficção. 2. Romance francês. I. Nascimento, Flávia. II. Título. III. Série.
	CDD – 843
04-0542	CDU – 821.133.1-3

EDITORA BERTRAND BRASIL LTDA.
Rua Argentina, 171 – 2º andar – São Cristóvão
20921-380 – Rio de Janeiro – RJ
Tel.: (0xx21) 2585-2070 – Fax: (0xx21) 2585-2087

Atendimento e venda direta ao leitor.
mdireto@record.com.br ou (21) 2585-2002.

SUMÁRIO

Prólogo 11

PRIMEIRA PARTE

A FRANÇA À ESPERA DE UMA RAINHA

I • Adeus a Nápoles 15
II • A tempestade 20
III • A Santa Casa de Misericórdia 25
IV • Os sinais da infelicidade 31
V • O rei empunha a auriflama 36
VI • A hoste lamacenta 42
VII • O filtro 57
VIII • Um casamento campestre 66

SEGUNDA PARTE

DEPOIS DE FLANDRES, O CONDADO DE ARTOIS...

I • Os aliados 79
II • Jeanne, condessa de Poitiers 83
III • O segundo casal do reino 92
IV • A amizade de uma serva 99
V • O garfo e o genuflexório 109
VI • A arbitragem 116

TERCEIRA PARTE

O TEMPO DO COMETA

I • O novo senhor de Neauphle 127
II • A acolhida de dama Eliabel 133
III • Paris, rua dos Lombardos 139
IV • O casamento da meia-noite 144
V • O cometa 148
VI • O cardeal enfeitiça o rei 152
VII • O condado de Artois sob tutela real 161
VIII • Na ausência do rei 170
IX • A morte do monge 175
X • Luto em Vincennes 185
XI • Tolomei reza pelo rei 190
XII • Quem será o regente? 195

Notas históricas e repertório biográfico 203

"A história é sempre uma ciência conjetural."

DANIEL-ROPS

Faço questão de expressar aqui, mais uma vez, o mais profundo reconhecimento a meus colaboradores Pierre de Lacretelle, Georges Kessel, Christiane Grémillon, Madeleine Marignac, Edmonde Charles-Roux, pela preciosa ajuda que me deram durante a elaboração deste volume; quero igualmente agradecer aos serviços da Biblioteca Nacional e dos Arquivos Nacionais pelo auxílio indispensável dado a nossas pesquisas.

M.D.

PRÓLOGO

Ao morrer, Felipe, o Belo, deixara a França na posição de primeira nação do mundo ocidental. Sem recorrer às guerras de conquista, mas apenas às negociações, matrimônios e transações, aumentara amplamente o território, ao mesmo tempo em que se aplicara em centralizar e reforçar o Estado. Entretanto, as instituições administrativas, financeiras, militares e políticas com as quais ele quisera dotar o reino — e que, para a época, pareciam na maioria das vezes revolucionárias — não estavam suficientemente implantadas nos costumes e na História para que pudessem perpetuar-se sem a intervenção pessoal de um monarca forte.

Seis meses após o falecimento do Rei de ferro, a maioria de suas reformas já pareciam destinadas a desaparecer, e seus esforços condenados ao esquecimento.

Seu filho e sucessor, Luís X, o Cabeçudo, trapalhão, medíocre, incompetente, e desde o primeiro dia de reinado esmagado pelo peso de suas incumbências, livrara-se facilmente das preocupações do poder, jogando-as sobre os ombros de seu tio, Carlos de Valois, bom capitão, mas detestável governante, cujas turbulentas ambições, por muito tempo voltadas para a busca vã de um trono, encontravam finalmente um meio de se exprimir.

Os ministros burgueses, que tinham sido a força do reinado precedente, acabavam de ser presos, e o corpo do mais notável deles, Enguerrand de Marigny, ex-reitor e coadjutor-geral do reino, apodrecia pendurado no cadafalso de Montfaucon.

A reação triunfava; as ligas dos senhores feudais semeavam a desordem nas províncias e faziam fracassar continuamente a autoridade real. Os grandes senhores feudais, e em primeiro lugar Carlos de Valois, fabricavam sua própria moeda que faziam circular em proveito pessoal. Os funcionários da administração, deixando de ser controlados, pilhavam o que bem entendiam em proveito próprio, e o Tesouro real estava zerado.

Uma colheita desastrosa, seguida por um inverno excepcionalmente rigoroso, provocara a fome geral. A mortalidade aumentava.

Enquanto tudo isso se passava, Luís, o Cabeçudo, preocupava-se unicamente em reparar sua honra conjugal e em apagar, caso fosse possível, o escândalo do palacete de Nesle.

Na falta de um papa, que o conclave não chegava a eleger e que teria sido o único com poderes para anular o elo matrimonial, o jovem rei da França, a fim de poder casar-se novamente, ordenara o estrangulamento de sua primeira mulher, Margarida de Borgonha, que havia estado presa na fortaleza de Château-Gaillard.

Assim, ele se tornava livre para desposar a bela princesa de Anjou-Sicília que Carlos de Valois escolhera para ele e com a qual imaginava compartilhar a felicidade de um longo reinado.

Primeira Parte

A FRANÇA À ESPERA DE UMA RAINHA

I

ADEUS A NÁPOLES

Trajando seu vestido todo branco, de pé junto a uma das janelas do enorme Château-Neuf, cuja vista sobrepujava a baía de Nápoles, a velha rainha mãe Maria de Hungria olhava um navio prestes a partir. Enxugando com um dedo áspero uma lágrima que molhava sua pálpebra sem cílios, murmurou:

"Pronto, agora eu já posso morrer."

Era uma rainha realizada. Filha de rei, esposa de rei, mãe e avó de reis, fortalecera sua descendência pelos tronos da Europa meridional e central. Todos os seus filhos sobreviventes eram reis ou duques soberanos. Duas de suas filhas eram rainhas. Sua fecundidade tinha sido um instrumento de poder para a família Anjou-Sicília, aquele ramo mais jovem da árvore dos Capetos e que estava se tornando tão robusto quanto o próprio tronco.

Maria de Hungria já perdera seis filhos, mas pelo menos ela podia se consolar pelo fato de que um deles, que se tornara religioso, estava sendo canonizado. Ela seria a mãe de um santo. Como se os reinos deste mundo tivessem se tornado estreitos demais para aquela família tentacular, a velha rainha havia conduzido sua prole até os reinos dos céus.

Com mais de setenta anos, só lhe restava, agora, cuidar do futuro de uma de suas netas, Clemência, a órfã. O problema estava resolvido.

O enorme navio que levantava âncoras no porto, naquele primeiro dia de junho de 1315, sob um sol resplandecente, representava para a rainha tudo ao mesmo tempo: era o triunfo de sua política e, igualmente, a melancolia das coisas acabadas.

Pois para sua bem-amada Clemência, para aquela princesa de vinte e dois anos sem nenhum dote territorial e cuja única riqueza era sua reputação de beleza e virtude, ela negociara a mais alta aliança, o mais prestigioso matrimônio. Clemência seria rainha de França. Assim, a mais desprovida materialmente das princesas de Anjou recebia o mais poderoso reino e tornava-se suserana de todos os seus parentes. Isso era como uma ilustração dos ensinamentos evangélicos.

É verdade que se dizia que o jovem rei de França, Luís X, não tinha lá um rosto muito agradável, nem um caráter dos mais elogiosos.

"Ora essa! Meu esposo — que Deus o tenha — era manco, e nem por isso deixei de me acomodar à situação", pensava Maria de Hungria. "Uma mulher não se torna rainha para ser feliz!"

Havia também uma espécie de espanto mudo pelo fato de a rainha Margarida ter morrido na prisão, justamente quando o rei Luís encontrava dificuldades para obter a anulação de seu primeiro casamento. Mas seria correto prestar atenção a todas as maledicências? Maria de Hungria tinha pouca inclinação para apiedar-se de uma mulher — uma rainha sobretudo — que traíra os compromissos conjugais. Não via nada de surpreendente no fato de o castigo de Deus ter-se abatido sobre a escandalosa Margarida.

"Minha bela Clemência honrará novamente a virtude na corte de Paris", disse a si mesma.

Como gesto de adeus, fez com sua mão cinzenta um sinal da cruz através da luz; depois, com o rosto sacudido por tiques sob seu véu imaculado e sua delgada coroa, com os passos firmes, ainda decididos, ela foi se fechar em sua capela para agradecer aos céus por tê-la ajudado a cumprir sua longa missão real e para oferecer ao Senhor o grande sofrimento das mulheres que chegam ao final da vida.

Enquanto isso, o *San Giovanni*, enorme nau redonda, do casco branco e dourado, ostentando nas pontas de seus mastros as flâmulas de Anjou, da Hungria e da França, começava a manobrar para distanciar-se da costa.

O capitão e sua tripulação haviam jurado sobre a Bíblia que defenderiam os passageiros contra a tempestade, os piratas bárbaros e todos os perigos da navegação. A estátua de São João Batista, protetor do navio, brilhava na proa sob os raios do sol. No castelo de proa, à meia altura dos mastros, cem homens de armas, vigias, arqueiros, lançadores de pedras, estavam prontos para enfrentar os ataques dos corsários, caso ocorressem. Os sótãos estavam abarrotados de víveres; as ânforas de óleo e de vinho estavam enterradas num grande caixote de areia, onde estavam enfiados também centenas de ovos, para que permanecessem frescos. Os grandes baús reforçados de ferro que continham os vestidos de seda, as jóias, os objetos de ourivesaria e todos os presentes das bodas da princesa empilhavam-se junto às paredes de um vastíssimo aposento arrumado entre o mastro principal e a popa, e no qual dormiriam, sobre os tapetes orientais, os fidalgos e cavaleiros da escolta.

Os napolitanos tinham se precipitado no cais para verem partir aquele que lhes parecia ser o navio da felicidade. As mulheres levantavam as crianças para que pudessem apreciar o espetáculo. Naquela multidão, barulhenta e familiar como sempre foi o povo de Nápoles, ouvia-se gritar:

"*Guarda com' è bella!*"
"*Addio Donna Clemenza! Siate felice!*"
"*Che Dio la benedica la nostra principessa!*"
"*Non Vi dimenticate di noi!*"*

Pois para os napolitanos, *Donna* Clemenza aparecia como uma espécie de lenda. Todos se lembravam de seu pai, o belo Carlo-Martello, herdeiro de Nápoles e da Hungria, amigo dos poetas e especialmente de Dante, príncipe erudito, músico, que manejava com excelência as armas e percorria a península seguido por duzentos fidalgos franceses, provençais e italianos, todos vestidos, como ele, com trajes metade escarlate e metade verde escuro, e montando cavalos enfeitados com acessórios de prata. Dizia-se que era filho de Vênus, pois possuía "os cinco dons que convidam ao amor, e que são: a saúde, a beleza, a opulência, o lazer, a juventude". Fora fulminado pela peste, aos vinte e quatro anos; sua mulher, uma Habsbourgo, morrera ao tomar conhecimento de sua morte, fato que forneceu à imaginação popular um mito trágico.

Mais tarde, Nápoles dirigiu sua ternura para Clemência, que, ao crescer, reproduzia os traços do pai. Aquela órfã real era abençoada nos bairros pobres, onde ela ia em pessoa distribuir esmolas. Os pintores da escola de Giotto compraziam-se em reproduzir seu rosto claro, seus cabelos dourados, suas longas mãos delgadas em seus afrescos.

Do alto da plataforma de ameias que formava o castelo de popa, a trinta pés acima das águas, a noiva do rei da França lançava um último olhar sobre a paisagem de sua infância, sobre o velho castelo do Œuf no qual ela nascera,

* Olha como ela é linda! / Adeus, senhora Clemência! Sede feliz! / Que Deus abençoe nossa princesa! / Não esqueçais de nós!

sobre o Château-Neuf, o Maschio Angioino, no qual ela crescera, sobre aquela multidão fervilhando que lhe jogava beijos, sobre toda aquela cidade faiscante, poeirenta e sublime.

"Obrigada, minha querida avó", pensava ela, com os olhos voltados para a janela da qual acabava de desaparecer a silhueta de Maria de Hungria. "Sem dúvida, nunca mais vos verei. Obrigada por terdes feito tanto por mim. Eu já não tinha mais esperanças, ao atingir vinte e dois anos, de encontrar um marido; eu não acreditava mais que pudesse encontrar algum e preparava-me para ingressar em algum convento. Vós tínheis razão ao impor-me a paciência. Eis que agora serei rainha desse vasto reino banhado por quatro rios e três mares. Meu primo, o rei da Inglaterra, minha tia de Maiorca, meu parente da Boêmia, minha irmã herdeira da Vienne, e até meu tio Roberto, que reina aqui e do qual até agora eu não passava de uma súdita, vão tornar-se meus vassalos por causa das terras que possuem na França, ou por causa das ligações que têm com a coroa francesa. Não será tudo isso demais para mim?"

Ela experimentava ao mesmo tempo a exaltação da alegria, a angústia do desconhecido e a perturbação que se apodera da alma diante das mudanças irrevogáveis do destino, mesmo quando vão mais longe do que os sonhos.

— Vosso povo vos mostra o quanto sois amada, senhora — disse um homem rechonchudo que estava ao lado de Clemência. — Mas estou certo de que o povo da França logo vos amará tanto quanto o napolitano e que, ao vê-la, vos acolherá tão calorosamente quanto aqui se despedem de vós.

— Ah, vós sereis sempre meu amigo, senhor de Bouville — respondeu Clemência com entusiasmo.

Ela sentia necessidade de distribuir em torno dela a felicidade e de agradecer a todos pelo que vivia.

O conde de Bouville, enviado do rei Luís X que conduzira as negociações, tinha voltado novamente a Nápoles há duas semanas a fim de buscar a princesa e acompanhá-la até a França.

— E vós também, *signor* Baglioni, também sois meu amigo — acrescentou ela voltando-se para o jovem toscano que servia de secretário a Bouville e que cuidava das finanças durante a expedição, isto é, do dinheiro que fora emprestado ao rei pelos bancos italianos.

O jovem inclinou-se em sinal de agradecimento.

Claro, todos estavam felizes, naquela manhã. Hugues de Bouville, que suava um pouco devido ao calor de junho e jogava para trás das orelhas suas mechas pretas e brancas, sentia-se muito à vontade e orgulhoso por ter desempenhado bem sua missão e por estar levando ao rei uma esposa tão esplêndida.

Guccio Baglioni sonhava com a bela Maria de Cressay, sua noiva secreta, para a qual ele levava um baú repleto de sedas e de tecidos bordados. Não tinha certeza de ter agido bem ao pedir a seu tio Tolomei que lhe desse a direção do escritório bancário de Neauphle-le-Vieux. Deveria ele contentar-se com um estabelecimento tão pequeno?

"Ah! Isso não passa do começo. Logo poderei mudar de posição e, aliás, passarei a maior parte de meu tempo em Paris." Certo da proteção de sua nova soberana, não via limites para sua ascensão. Já via Maria como dama de companhia da rainha e imaginava-se, ele mesmo, em alguns meses, recebendo diretamente da casa real alguma tarefa... Com o punho sobre a adaga, o queixo empinado, Guccio olhava Nápoles estendendo-se diante dele ao sol.

Dez galeras escoltaram o navio até o alto-mar; os napolitanos viram distanciando-se e diminuindo pouco a pouco aquela fortaleza que avançava sobre as águas.

II

A TEMPESTADE

Alguns dias depois, o *San Giovanni* não passava de uma carcaça moribunda com a metade dos mastros danificados, errando sob as rajadas de vento, rolando sobre vagas enormes, e que o capitão tentava manter flutuando na suposta direção do litoral francês.

O navio tinha encontrado, na altura da Córsega, uma dessas tempestades, tão violentas quanto repentinas, que às vezes assolam o mar Mediterrâneo. Perdera seis âncoras tentando acostar contra o vento, ao longo das costas da ilha de Elba, e por pouco não havia se jogado contra os rochedos. E depois a luta contra a intempérie continuara, por entre verdadeiras muralhas de água. Um dia, uma noite, e ainda mais um dia aquela navegação no inferno. Diversos marujos haviam se ferido tentando recuperar o que restava do tecido das velas. Os postos de vigia tinham desmoronado com todo o seu carregamento de pedras destinado aos eventuais piratas bárbaros. Tinham precisado abrir a machadadas o aposento dos fidalgos a fim de liberar os cavaleiros napolitanos presos devido à queda do mastro principal. Todos os baús de roupas e jóias, toda a ourivesaria da princesa, todos os seus presentes de bodas tinham sido engolidos pelo mar. A enfermaria do barbeiro-cirurgião, no castelo de proa, transbordava de doentes e feridos. O capelão nem sequer podia mais celebrar sua "missa-seca", pois o cibório, o cálice, os livros santos e os ornamentos tinham sido varridos por uma onda.[1] Agarrado a uma corda, com o crucifixo na mão, ele escutava as confissões apressadas e distribuía absolvições.

A agulha imantada não servia para mais nada, pois agitava-se em todos os sentidos sobre o pouco de água que tinha sobrado no recipiente onde boiava. O capitão, um latino veemente, tinha rasgado sua túnica até a barriga, em sinal de desespero, e ouviam-no urrar, entre duas ordens: "Senhor! Ajudai-me!" Mesmo assim ele parecia conhecer muito bem seu ofício e procurava safar-se o melhor que podia. Tinha mandado pegarem os remos, tão compridos e pesados que eram necessários sete homens agarrados a cada um deles a fim de manobrá-los; tinha chamado também doze marujos para perto dele, a fim de que fizessem peso, seis de cada lado, na barra do leme. O conde de Bouville, entretanto, encolerizara-se contra ele devido a um sobressalto de mau humor, no início da borrasca.

— Ei! Mestre marinheiro, então é assim que se transporta uma princesa que está prometida ao rei, meu soberano? Vossa nave foi mal carregada para que balancemos tanto assim, e vós não sabeis navegar! Se não vos apressardes para melhorar as coisas, vou cuidar de vos denunciar aos *prud'hommes** do rei, desde que cheguemos à França. Então vós aprendereis a navegar acorrentado a um banco de galera!

Mas sua cólera logo havia se apagado. O ex-camareiro-mor tinha vomitado de repente sobre os tapetes orientais, sendo nisso imitado, aliás, pela quase totalidade da escolta. Com as faces pálidas e encharcado dos cabelos até a ponta dos pés, o gorducho, prestes a entregar sua alma a cada vez que uma nova onda levantava o navio, gemia entre dois soluços dizendo que jamais reveria a família e que não tinha pecado tanto assim em sua vida para merecer tal sofrimento.

Guccio, ao contrário, dava mostras de uma surpreendente valentia. O rosto decidido, o passo ágil, tomara o cuidado de assentar melhor seus cofres, especialmente o que continha o dinheiro; nos instantes de relativa calmaria, corria a buscar um pouco de água para a princesa, ou então esparramava essências em volta dela, a fim de dissimular o mau cheiro exalado pelas indisposições de seus companheiros de viagem.

Há uma espécie de homens — de homens jovens sobretudo — que se comportam instintivamente de forma a justificar o que se espera deles. Se são olhados com olhos de desprezo, existem todas as chances para que se comportem de maneira desprezível. Se, ao contrário, sentem a estima e a confiança, superam a si mesmos e, mesmo morrendo de medo, como todos os outros, são capazes de agir como heróis. Guccio Baglioni pertencia a esta raça. Porque *Donna* Clemenza tinha uma maneira de tratar as pessoas, pobres ou ricas, grandes nobres ou camponeses, que honrava a todos indistintamente, porque

---

* Os *prud'hommes* são um conselho eletivo que julga as pendências profissionais na França. (N.T.)

ela dispensava, além do mais, uma cortesia especial àquele jovem que fora de certa forma o mensageiro de sua felicidade, Guccio, junto dela, sentia-se transformado em cavaleiro fidalgo e comportava-se com mais orgulho do que os nobres de sua escolta.

Toscano e, portanto, capaz de todas as proezas para brilhar diante de uma mulher, nem por isso ele deixava de ser antes de mais nada banqueiro de alma e sangue, e brincava com o destino da mesma forma que fazia com as variações do câmbio.

"O perigo é a ocasião perfeita para tornar-se íntimo dos grandes", dizia a si mesmo. "Caso tenhamos que naufragar e morrer, não é uma lamentação sem fim — tal como faz o senhor de Bouville — que há de mudar nosso destino. Mas, caso escapemos, então eu terei conquistado a estima da rainha da França." Ser capaz de pensar desta maneira num momento daqueles já era sinal de grande coragem. Mas Guccio, naquele verão, sentia-se invencível; amava e se sabia amado.

Ele assegurava, pois, à princesa, contra todas as evidências, que o tempo estava mudando, afirmava que o navio era sólido no momento em que ele estava prestes a se partir em dois, contava, para efeito de comparação, a tempestade que tinha enfrentado um ano antes, quando atravessara o canal da Mancha, e da qual saíra são e salvo.

— Eu tinha ido levar à rainha Izabel uma mensagem do senhor d'Artois...

A princesa Clemência, ela também, comportava-se de maneira exemplar. Refugiada num grande aposento arrumado para os hóspedes reais no castelo de popa, ela exortava suas damas de companhia à calma; estas, semelhantes a uma tropa de ovelhas amedrontadas, baliam e debatiam-se contra as paredes a cada golpe vindo do mar. Clemência não teve a menor palavra de lamentação quando lhe anunciaram que seus baús de vestidos e jóias tinham sido jogados ao mar. Tudo o que disse foi:

— Eu teria dado o dobro para que nossos valentes marinheiros não tivessem sido feridos pelo mastro.

Estava menos amedrontada pela tempestade do que pela interpretação que fazia dela.

"Este casamento era bom demais para mim", pensava ela; "imaginei uma grande alegria e pequei por orgulho; Deus vai fazer de mim uma náufraga porque eu não merecia ser rainha."

Na quinta manhã daquela horrível travessia, quando o navio aproveitava de um período sem vento, sem que por isso o mar parecesse dar sinais de se acalmar, a princesa percebeu o gorducho Bouville, descalço, vestido apenas com a cota debaixo, todo descabelado, de joelhos, com os braços em cruz, na ponte do navio.

— O que estais fazendo aqui, senhor? — perguntou-lhe ela.

— Estou fazendo como São Luís, Senhora, quando ele quase morreu afogado em Chipre. Ele prometeu levar uma nau de cinco marcos de prata[2] a São Nicolau de Varengeville, se Deus o levasse de volta para a França. Foi o senhor de Joinville que me contou isso.

— Eu prometo oferecer a mesma quantidade a São João Batista, que dá nome a nossa nau — disse então Clemência. — E caso escapemos, e caso Deus me conceda a graça de ter um filho, prometo dar a ele este nome.

— Mas nossos reis jamais recebem o nome João, Senhora.

— Deus decidirá.

Ela logo se ajoelhou e pôs-se a rezar.

Por volta do meio-dia, a violência do mar começou a diminuir e todos retomaram esperanças. Depois o sol rasgou as nuvens e a terra foi avistada ao longe. O capitão reconheceu com alegria as costas da Provença e, mais precisamente, à medida que se aproximava da terra firme, as angras da cidade de Cassis. Mostrou-se muito orgulhoso por ter conseguido manter seu navio no rumo certo.

— Imagino que vós nos fareis acostar o mais depressa possível neste ponto da costa, capitão — disse Bouville.

— É para Marselha que eu devo levá-los, senhor — respondeu o capitão — e não estamos longe de lá. De qualquer forma, não tenho mais âncoras suficientes para me deter perto desses rochedos.

Um pouco antes da noite, o *San Giovanni*, movido pelos remos, apresentou-se diante do porto de Marselha. Uma embarcação foi lançada ao mar a fim de prevenir as autoridades da comuna e para fazer com que abaixassem a corrente que fechava a entrada do porto, entre a torre de Malbert e o forte São Nicolau. Logo depois, o governador, os almotacés e outras autoridades municipais vieram ter com os viajantes, todos envoltos por um fortíssimo mistral. Vinham receber a sobrinha de seu suserano, pois Marselha era naquela época uma possessão dos angevinos de Nápoles.

No cais, os trabalhadores das salinas, os pescadores, os fabricantes de remos e de aparelhos de mastreação, os calafates, os cambistas, os mercadores do bairro da Judiaria, os empregados dos bancos de Gênova e de Siena, contemplavam, estupefatos, aquele enorme navio sem velas, sem mastro, danificado, cujos marujos dançavam e abraçavam-se sobre a ponte gritando de alegria pelo milagre de estarem vivos.

Os fidalgos napolitanos e as damas da escolta tratavam de recompor-se um pouco.

O conde de Bouville, que havia emagrecido alguns quilos e que flutuava em suas roupas, proclamava a todos a eficácia de sua promessa e parecia considerar que todos ali deviam a vida à sua própria iniciativa.

— Senhor Hugues — disse a ele Guccio com uma pitada de malícia —, pelo que eu saiba, não há tempestade em que alguém não faça uma promessa como a vossa. Como explicar, então, que tantos navios deixam mesmo assim de ser salvos?

— Sem dúvida é porque se encontra a bordo deles algum infiel de vossa espécie — replicou o ex-camareiro com um sorriso.

Guccio foi o primeiro a saltar para a terra firme. Ele voou da escada, leve, a fim de provar sua valentia. E imediatamente ouviram-no urrar. Depois de diversos dias passados sobre uma prancha móvel, ele caíra mal no chão; um de seus pés escorregara na pedra viscosa, e ele caíra, em seguida, na água. Por pouco não foi esmagado entre as pedras do cais e o casco do navio. Num instante, a água em volta dele tornou-se vermelha; em sua queda, tinha se ferido com um gancho de ferro. Tiraram-no d'água semidesfalecido, sangrando, e com o quadril aberto até o osso. Foi imediatamente transportado até a Santa Casa de Misericórdia.

III

A SANTA CASA DE MISERICÓRDIA

O grande aposento que abrigava os homens tinha as dimensões de uma nave de catedral. No fundo erguia-se um altar em que eram celebradas quatro missas por dia, além das Vésperas e do ofício da tarde. Os enfermos privilegiados ocupavam espécies de alvéolos arrumados junto das paredes e que eram chamados de "quartos de recomendação"; os outros deitavam-se a dois em cada cama, um de cabeça para baixo, outro para cima. Os irmãos da ordem dos Hospitaleiros, vestidos com uma longa túnica marrom, passavam sem parar entre as fileiras dos leitos, ora para dispensar remédios aos doentes, ora para dar-lhes as refeições. Os exercícios do culto eram intimamente ligados à terapêutica; os estertores de dor respondiam aos versículos dos salmos; o perfume de incenso não chegava a dominar o cheiro atroz de febre e de gangrena; a morte se oferecia em espetáculo público. No alto das paredes, inscrições feitas com grandes letras ornamentadas convidavam muito mais à preparação ao falecimento do que à cura[3].

Já fazia aproximadamente três semanas que Guccio estava lá, numa alcova, ofegante sob o prostrante calor do verão que fazia com que o sofrimento esgotasse ainda mais os doentes e que sua estadia ali fosse mais sinistra. Olhava com tristeza os raios de sol que entravam pelas altas janelas e projetavam grandes manchas de ouro naquela assembléia de desolação. Não podia fazer o menor movimento sem gemer; os bálsamos e elixires dos irmãos hospitaleiros queimavam-no como chamas, e a cada curativo ele sofria uma verdadeira tortura. Ninguém parecia ser capaz de lhe dizer se seu ferimento havia atingido o osso; mas Guccio sentia muito bem que o mal não atingia apenas a carne, pois quase desmaiava quando alguém apalpava sua bacia ou a região dos rins.

Os enfermeiros e cirurgiões afirmavam que ele não corria nenhum risco mortal, que em sua idade era possível sarar de tudo, e que Deus havia realizado em Sua casa muitos outros milagres, como por exemplo o caso daquele calafate desventrado que ali chegara um dia carregando as tripas com as mãos, e que tinha se curado e ido embora algum tempo depois, tão forte e alegre como antes. Nem por isso Guccio deixava de se sentir desesperado. Três semanas já haviam passado... e nada indicava que não seriam necessárias ainda mais três, ou até mesmo três meses, antes que ele pudesse se levantar, ou ainda que ele não se tornaria inválido para sempre.

Em alguns momentos já se imaginava condenado a acabar seus dias, aleijado e de muletas, atrás de um balcão de cambista, em Marselha. Seria possível que um dia ainda pudesse viajar, enfermo daquela maneira, e ainda menos, casar-se? Se pelo menos ele saísse vivo daquele horrendo hospital... Cada manhã, via levarem um ou dois cadáveres que já tinham adquirido uma cor ruim, pretejada. Seria a peste? E tudo aquilo porque tinha resolvido bancar o fanfarrão, querendo pular para o cais mais depressa do que os outros, quando mal acabara de escapar de um naufrágio!

Maldizia a sorte e sua própria tolice. Chamava quase todos os dias o escrivão e lhe ditava longas cartas para Maria de Cressay, cartas ao mesmo tempo cheias de lástima e de paixão, e depois as expedia pelos serviços postais dos bancos lombardos, em direção do escritório de Neauphle, para que o primeiro amanuense as entregasse em segredo à jovem.

Guccio garantia a Maria que ele desejava curar-se apenas pela felicidade de poder reencontrá-la e amá-la a cada dia de sua vida. Suplicava-lhe para não perder a fé nas juras de amor que haviam trocado e prometia-lhe mil felicidades. "Em meu coração a única alma existente é a vossa, e jamais haverá outra, e caso vossa alma viesse a me faltar, minha vida chegaria ao fim."

Pois aquele presunçoso, agora que a adversidade o pregava a um leito de hospital, punha-se a duvidar de tudo e a temer que a mulher que amava não o esperasse. Maria ia se cansar de um apaixonado que vivia ausente e escolheria algum fidalgo de sua província.

"Minha sorte", dizia ele a si mesmo, "é que fui o primeiro a amá-la. Mas agora já faz quase um ano e meio que trocamos nosso primeiro beijo."

Ao contemplar suas pernas afinadas pela doença, perguntava-se se um dia poderia novamente ficar de pé, mas, em suas cartas, ele procurava mostrar-se admirável. Descrevia-se como íntimo e protegido da nova rainha da França.

Ao lê-lo, ter-se-ia imaginado que ele próprio negociara o casamento real. Contava sua estadia de embaixador em Nápoles, a tempestade, e como tinha se comportado, a fim de encorajar a tripulação. Seu acidente, ele o atribuía a um impulso cavalheiresco: tinha se precipitado a fim de sustentar a princesa Clemência e impedir que ela caísse na água, no momento em que descia do navio que era sacudido, até no porto, pela agitação do mar...

Guccio também escrevera a seu tio Spinello Tolomei para lhe contar, porém com menos ênfase, seu acidente, e para pedir-lhe um crédito em Marselha.

As visitas, bastante numerosas, distraíam-no um pouco. O cônsul dos mercadores de Siena tinha vindo cumprimentá-lo e pôr-se à sua disposição; o representante dos Tolomei o enchia de atenções e fazia chegar até ele uma comida melhor do que a servida pelos irmãos hospitaleiros.

Numa tarde, Guccio teve a alegria de ver aparecer seu amigo Boccacio de Cellino, viajante dos Bardi, que se encontrava de passagem por Marselha. Junto dele, Guccio lamentou-se muito.

— Imagina tudo que vou deixar de fazer — dizia ele. — Não poderei assistir às bodas de *Donna* Clemenza, nas quais eu teria meu lugar em meio aos grandes senhores. Ter feito tudo isso por esse casamento e não poder estar presente! E vou faltar também à sagração de Reims. Ah! Isso me deixa tão triste... e ainda por cima não tenho nenhuma resposta de minha bela Maria.

Boccacio esforçou-se por acalmá-lo. Neauphle não era um subúrbio de Marselha, e as cartas de Guccio não viajavam pelos mensageiros do rei. Elas precisavam transitar pelas paradas de Avinhão, de Lyon, de Troyes e de Paris; as correspondências não eram despachadas diariamente.

— Boccacio, meu amigo — exclamou Guccio —, se tu fores a Paris, faz-me o favor de chegar até Neauphle e ver Maria. Diz a ela tudo o que lhe contei! Informe-se sobre a chegada de minhas missivas e sobre o estado de seus sentimentos em relação a mim. E não me esconda verdade alguma, nem que seja a mais dura... Você não crê, Boccacino, que eu deveria me fazer transportar numa liteira?

— Para que seu ferimento se abra de novo? Para que os vermes entrem nele? Para perecer de febre em algum albergue ruim do caminho? Bela idéia! Ficou louco? Você tem vinte anos, Guccio...

— Ainda não!

— Uma razão a mais; em sua idade, o que significa um mês perdido?

— Mas se é o bom mês, então é a vida inteira que pode ser perdida.

Todos os dias a princesa Clemência enviava um de seus fidalgos para ter notícias do ferido. Três vezes, o conde de Bouville veio em pessoa sentar-se à cabeceira do jovem italiano. Bouville estava abatido de tanto trabalho e preocupação. Esforçava-se para dar uma aparência conveniente à escolta da futura rainha, antes de prosseguir a viagem. Ninguém mais tinha outras roupas além daquelas, encharcadas e estragadas, que usavam ao desembarcar. Os fidalgos e as damas de companhia passavam encomendas nos alfaiates e costureiras, sem a mínima preocupação com o pagamento. Todo o enxoval da princesa, perdido no mar, devia ser refeito; era preciso comprar de novo a prataria, a louça dos baús, os móveis de viagem. Bouville tinha requerido fundos a Paris; Paris respondera que ele devia solicitá-los a Nápoles, posto que todas as perdas haviam ocorrido na parte da viagem que incumbia à coroa da Sicília, e também pelo fato de a escolta encontrar-se em terra angevina. Os napolitanos tinham encaminhado Bouville para os Bardi, seus credores habituais, o que explicava a passagem do senhor Boccacio por Marselha. Em toda aquela embrulhada, Guccio fazia muita falta a Bouville.

— Mas por que tínheis que escorregar daquele jeito? — dizia o ex-camareiro com uma nuance de repreensão. — O Céu vos puniu por vossas palavras ímpias. Mas também puniu a mim mesmo, privando-me de vossa ajuda no momento em que ela seria tão útil. Eu não entendo nada de contas, e tenho certeza de que estou sendo roubado.

— Quando é que pretendeis partir? — perguntava-lhe Guccio que via chegar aquele momento com desespero.

— Oh, meu amigo, não será antes de meados de julho!

— Talvez eu já esteja bom.

— É o que desejo. Esforçai-vos. Vossa cura seria para mim de grande valia.

Mas os meados de julho vieram sem que Guccio estivesse curado. Nas vésperas da partida, Clemência de Hungria veio em pessoa dizer adeus ao enfermo.

Guccio já era muito invejado por seus companheiros de hospital pelas visitas que recebia e por todas as atenções com que o tratavam. Começou a ter ares de herói quando a noiva do rei da França, acompanhada por duas damas e seis fidalgos napolitanos entrou por uma das portas da grande sala da Santa Casa de Misericórdia.

Os irmãos hospitaleiros, que entoavam os hinos de Vésperas, voltaram-se, surpresos, engasgando. A bela princesa ajoelhou-se, como a mais humilde fiel; depois, tendo terminado de rezar, ela avançou entre os leitos, seguida por cem olhares trágicos. Em cada cama, dois enfermos, deitados dois a dois, levantavam as cabeças para vê-la passar. As mãos dos velhos estendiam-se em direção a ela.

Donna Clemenza ordenou imediatamente a seus acompanhantes que dessem esmola a todos os indigentes e que também dessem cem libras à fundação.

— Mas, senhora — cochichou Bouville, que andava ao lado dela —, não temos o suficiente para pagar tudo isso!

— Pouco importa! Isso é mais importante do que taças cinzeladas para beber, ou do que as sedas com que nos enfeitamos. Tenho vergonha de pensar em semelhantes vaidades, tenho vergonha até de minha saúde quando vejo tanta miséria!

Ela trazia para Guccio um relicário de corpo contendo um minúsculo pedaço da túnica de São João, "com uma gota visível do sangue do precursor", que ela comprara a preço de ouro de um judeu especializado naquele tipo de comércio. O relicário era sustentado por uma correntinha de ouro que Guccio logo passou em torno do pescoço.

— Ah! amável *signor* Guccio — disse a princesa Clemência —, sinto tanta pena ao vos ver aqui. Fizestes duas vezes uma viagem tão longa para ser, junto com o senhor de Bouville, o mensageiro de boas novas; vós me socorrestes tanto durante a travessia do mar, e agora não podereis vir às festas de minhas bodas!

Na sala fazia um calor infernal. Do lado de fora, uma borrasca ameaçava cair. A princesa tirou de sua algibeira um lenço e enxugou o suor que luzia sobre o rosto do ferido com um gesto tão natural e suave que os olhos de Guccio encheram-se de lágrimas.

— Mas como uma infelicidade destas pôde vos acontecer? — continuou Clemência. — Eu não vi nada, e ainda não entendi o que ocorreu.

— Eu achei... eu achei, Senhora, que estáveis descendo, e, como o navio ainda balançava, eu quis me jogar para vos oferecer meus braços. Havia pouca luz, não se via grande coisa... e pronto... meu pé escorregou.

Desde então ele ficaria realmente persuadido de que as coisas tinham mesmo se passado assim, e que fora por isso que havia sido levado a pular antes de todos os outros...

— Amável *signor* Guccio! — repetiu Clemência, emocionada. — Sarai depressa, eu ficarei feliz. E vinde anunciar-me vossa cura na corte da França. Minhas portas estarão sempre abertas para um amigo.

Trocaram um longo olhar, perfeitamente inocente, porque ela era filha de rei, e ele, de banqueiro italiano. Colocados pelo nascimento em outras posições, talvez tivessem podido se amar.

IV

OS SINAIS DA INFELICIDADE

O bom tempo durara pouco. Os furacões, as borrascas, o granizo, as chuvas torrenciais que devastaram naquele verão a Europa Ocidental, e que já tinham atingido a princesa Clemência no mar, recomeçaram no dia seguinte à sua partida de Marselha. Depois de uma primeira etapa em Aix-en-Provence e de uma outra no castelo de Orgon, a escolta entrou em Avinhão sob avalanches de água. O teto de couro pintado que protegia a liteira em que viajava a princesa gotejava pelos quatro cantos como as gárgulas de uma igreja. Será que os guarda-roupas reconstituídos com tão altos custos, os belos trajes novos em folha, os baús e as selas bordadas dos fidalgos napolitanos já iam novamente se estragar e perder-se, antes mesmo de terem chegado a maravilhar as populações da França?

Mal a tropa acabara de se instalar na cidade dos papas, o cardeal Duèze, bispo de Avinhão, seguido por todo o clero, veio cumprimentar a Senhora Clemência de Hungria. Visita de político. Candidato oficial da família de Anjou para a eleição do santo pontífice, Jacques Duèze conhecia bem *Donna* Clemenza porque a vira crescer, quando tinha sido chanceler na corte de Nápoles. O fato de Clemência desposar o rei da França arranjava as coisas para ele, e contava um pouco com aquele casamento para conseguir os votos que lhe faltavam entre os cardeais franceses.

Leve como um filhote de cervo, apesar de seus setenta anos, Monsenhor Duèze subiu a escada, forçando seus camareiros e diáconos a correr atrás dele. Estava acompanhado pelos dois cardeais irmãos Colonna, provisoriamente devotados aos interesses de Nápoles.

A fim de receber toda essa dignidade cardinalícia, o senhor de Bouville sacudiu o cansaço e tratou de recuperar sua dignidade de embaixador.

— Estou vendo, Monsenhor — disse ele ao cardeal Duèze, tratando-o como um velho conhecido —, que é mais fácil vos encontrar quando se escolta a sobrinha do rei de Nápoles do que quando se vem às ordens do rei da França; vejo também que não é mais necessário correr pelos campos afora para vos encontrar, como me aconteceu no inverno passado.

Bouville podia se permitir este tom humorado: o cardeal custara cinco mil libras ao Tesouro da França.

— Senhor conde — respondeu o cardeal —, é que o rei Roberto sempre me honrou, com grande perseverança, com sua devota confiança. E a união de sua sobrinha, cuja alta reputação de virtude eu conheço, com o trono da França é a realização das súplicas que fiz em minhas preces.

Bouville reconhecia aquela estranha voz, ao mesmo tempo ardente e trincada, abafada, aveludada de timbre, mas rápida de ritmo, que tanto o havia impressionado em seu primeiro encontro com o cardeal. Este, respondendo a Bouville, falava na verdade sobretudo para a princesa, em direção da qual ele se virava continuamente. Continuou:

— E depois, senhor conde, as coisas mudaram bastante, e não se avista mais por detrás de tudo o que vem da França a sombra do Senhor de Marigny, cujo poder era de longo alcance e que não nos era nem um pouco favorável. É verdade que ele foi tão infiel em sua administração a ponto de o jovem rei — cuja alma caridosa todos conhecem — não ter podido salvá-lo do justo castigo que ele mereceu?

— Vós sabeis que o senhor de Marigny era meu amigo — replicou Bouville corajosamente. — Creio que seus subordinados, mais do que ele mesmo, foram infiéis. Para mim foi muito duro ver um companheiro de tantos anos perder-se devido à teimosia orgulhosa que lhe ditava a vontade de tudo querer comandar. Eu bem que o avisei...

Mas Monsenhor Duèze ainda não chegara ao fim de suas pérfidas cortesias. Continuando a dirigir-se a Bouville, porém olhando sempre para Clemência de Hungria, ele continuou:

— Como podeis ver, não era necessário preocupar-se tanto com a anulação do casamento, razão de vossa visita anterior. A Providência com freqüência cuida de realizar nossos desejos... desde que a ajudemos com um empurrãozinho um pouco firme...

Com os olhos e com a expressão do rosto, ele parecia acrescentar, para que a princesa compreendesse: "Eu ajo de maneira a vos prevenir. Deveis saber com quem estais casando. Se algo vos perturbar, na corte de França, deveis vos dirigir a mim." Os homens de Igreja, mesmo quando falam muito, devem ser entendidos com meias palavras.

Bouville apressou-se a mudar de assunto e interrogou o prelado sobre o estado do conclave.

— Sempre o mesmo — disse Duèze —, isto é, não há conclave algum. As intrigas são mais numerosas do que nunca e tão finamente tecidas que ninguém seria capaz de desenrolar o novelo. O camerlengo consagra todos os seus esforços para provar que não pode nos reunir. Nós continuamos dispersos, uns em Carpentras, outros em Orange, eu mesmo aqui... Caetani em Vienne...

Duèze sabia que os viajantes deviam fazer escala em Vienne, na casa de uma irmã de Clemência, casada com o herdeiro do trono da região do Viennois[4]. Assim ele se apressou para pronunciar um requisitório cochichado, mas feroz, contra o cardeal Francesco Caetani, seu principal adversário.

— É divertido vê-lo hoje em dia com tanta coragem para defender a memória de seu tio, o papa Bonifácio. Não podemos esquecer que quando Nogaret veio até Anagni com sua cavalaria, a fim de assediar Bonifácio, Monsenhor Francesco abandonou seu caro parente, ao qual devia sua posição, e fugiu vestido de doméstico. Parece ter nascido para o perjúrio, como outros nasceram para o sacerdócio — declarou Duèze.

Seus olhos, animados por uma paixão de velho, brilhavam no fundo de seu rosto seco e cavado. A crer no que ele dizia, Caetani seria capaz das piores coisas; aquele homem era demoníaco...

— ... e o demônio, como todos sabem, pode muito bem introduzir-se em toda a parte, e nada deve ser mais divertido para ele do que tomar assento em nossos colegiados.

Os dois Colonna, animados por um ódio ancestral contra tudo que tivesse o nome ou o sangue dos Caetani, aprovaram energicamente.

— Eu sei muito bem — continuou Duèze — que o trono de São Pedro não deve permanecer indefinidamente vazio e que isso é ruim para o universo. Mas o que posso fazer? Ofereci-me para carregar esse fardo. Se Deus, designando-me, quiser elevar seu mais humilde servidor ao lugar mais alto, estou pronto a submeter-me à Sua vontade. O que posso fazer além disso, senhor conde?

Depois disso, entregou como presente de bodas a *Donna* Clemenza um exemplar ricamente ilustrado da primeira parte de sua obra *Elixir*, tratado de ciência hermética, do qual a princesa, provavelmente, não compreenderia uma linha sequer.

Depois se foi, rápido e saltitante, seguido por seus prelados, diáconos e camareiros. Ele já vivia como um papa e, até onde fosse possível com suas forças, impediria a eleição de qualquer outro em seu lugar.

No dia seguinte, enquanto a cavalgada principesca avançava pela estrada de Valence, Clemência de Hungria de repente perguntou a Bouville:

— Do que morreu a Senhora Margarida de Borgonha?

— Dos rigores do cárcere, Senhora, e de pesar por todos os seus pecados, sem dúvida alguma.

— O que queria dizer o cardeal, ao falar daquele "empurrãozinho firme" que teria ajudado a Providência?

Hugues de Bouville sentiu-se perturbado. Recusava a dar algum crédito aos rumores que circulavam sobre o falecimento de Margarida.

— O cardeal é um homem estranho — disse ele. — Tem-se a impressão de que sempre se exprime por enigmas latinos. Sem dúvida é porque estudou demais. Confesso que não chego a entender todos os meandros de seu espírito. Penso que ele queria dizer que o cárcere é um regime severo, se o carcereiro é minucioso, e que isso pode bastar para encurtar a vida de uma mulher...

Uma recrudescência da chuva veio, muito a propósito, livrá-lo daquela conversa. Tiveram que fechar as cortinas de couro da liteira.

Estendida sobre as almofadas, acalentada ao passo das mulas e fechada naquele barulho de água estalando, incessante, Clemência de Hungria pensava em Margarida.

"Assim, a felicidade que me é prometida", dizia ela a si mesma, "eu a devo à morte de outra." Ela se sentia inexplicavelmente ligada àquela desconhecida, àquela rainha que ia substituir e cujas faltas, tanto quanto o castigo, inspiravam-lhe horror e piedade.

"Seus pecados causaram seu falecimento, e seu falecimento faz de mim uma rainha." Via nisso algo que era como uma condenação de si mesma, e tudo lhe parecia pressagiar a infelicidade. A tempestade, o ferimento de Guccio e aquelas chuvas que viravam uma verdadeira calamidade... tudo aquilo eram sinais nefastos.

As aldeias atravessadas ofereciam um aspecto desolado Depois de um inverno de fome, quando as colheitas anunciavam-se boas e os camponeses começavam a recuperar a coragem, as intempéries, em poucos dias, tinham varrido todas as esperanças. A água, que não parava de cair, fazia tudo apodrecer.

Todos os rios — o Durance, o Brôme, o Isère — estavam em cheia, e o Rhône, cujo curso seguiam, tinha adquirido uma perigosa força. Às vezes era preciso desviar de uma árvore abatida pela tempestade.

Para Clemência, era penoso o contraste entre sua Campânia natal — onde o céu era sempre azul e os pomares repletos de frutas douradas — e aquele vale devastado, aqueles povoados sinistros, quase totalmente esvaziados por causa da fome.

"E mais ao norte, será ainda pior. Eu me dirijo para um país duro."

Ela teria querido aliviar todas aquelas misérias, e fazia parar freqüentemente a liteira a fim de distribuir esmolas. Bouville era obrigado a intervir, e esforçava-se por acalmar aqueles ardores de bondade.

— Se vós fazeis assim tantas doações, Senhora, não teremos mais os meios de chegar até Paris.

Foi ao chegar em Vienne, na casa de sua irmã Beatriz, herdeira do trono da região do Viennois, que Clemência soube que Luís X acabara de partir em guerra contra Flandres.

— Senhor meu Deus — murmurou ela —, hei de me tornar viúva antes mesmo de ter visto uma única vez meu esposo? E hei de vir neste país unicamente para trazer comigo a infelicidade?

V

O REI EMPUNHA A AURIFLAMA

Enguerrand de Marigny fora acusado outrora de se vender aos flamengos negociando com eles um tratado de paz vantajoso para os mesmos. Este era, aliás, o primeiro item das quarenta e uma acusações feitas contra ele.

Ora, mal o corpo de Marigny fora pendurado às correntes do cadafalso de Montfaucon, o conde de Flandres rompeu o tratado. Para isso, agiu da maneira mais simples possível: recusou-se, ainda que tivesse prestado juramento anteriormente, a vir a Paris homenagear o novo rei. E, ao mesmo tempo, parou de pagar os impostos e passou a reafirmar suas reivindicações territoriais com respeito às cidades de Lille e Douai.

Diante destas novas, Luís X entregou-se a uma daquelas iras dementes pelas quais acreditava mostrar sua realeza e que lhe tinham valido o apelido de Cabeçudo: dessa vez sua raiva era mais violenta do que tudo que havia mostrado até então.

Andando de um lado para o outro em seu gabinete como um animal enjaulado, com os cabelos em desordem, as faces arroxeadas, quebrando objetos, jogando longe cadeiras, proferiu durante muitas horas palavras sem sentido, com seus urros interrompidos apenas pelos acessos de tosse que o faziam agachar-se, dobrado em dois.

— A subvenção! Eu preciso de forcas! Preciso de mais forcas! Eu restabeleci a subvenção... E onde anda essa princesa da Hungria? Que ela se apresse! De joelhos! De joelhos o conde de Flandres! E com meu pé sobre sua cabeça! Bruges? Vou meter fogo nessa cidade!

Tudo se misturava, os nomes das cidades em rebelião, a promessa de castigos e até mesmo a tempestade que havia retardado a chegada de sua nova esposa. Mas a palavra que repetia com maior freqüência era "subvenção", pois há alguns dias, seguindo os conselhos de Carlos de Valois, ele acabara de encerrar o recebimento dos impostos excepcionais destinados a cobrir os gastos da expedição contra Flandres, cobrança que havia sido ordenada por seu pai, no ano anterior.

Então muitos começaram, sem dizer abertamente, a lamentar a morte de Marigny e a maneira pela qual ele tratava esse tipo de rebelião, ao responder, por exemplo, ao abade Simon de Pise que, em certo verão, informava-o sobre a agitação dos flamengos: "Esses grandes ardores não me surpreendem, irmão Simon, tudo isso é efeito do calor. Nossos senhores feudais são tão ardentes e apaixonados pela guerra... Mas estejai certo de uma coisa: o reino da França não se deixa despedaçar com um mero palavreado... para isso, seriam necessárias outras obras." Desejaram, então, reassumir o tom de Marigny. Infelizmente, o único homem que podia falar daquela maneira já se fora deste mundo.

Encorajado por Valois, que jamais se cansava de provar suas altas virtudes de comandante de guerra, o Cabeçudo pôs-se a sonhar com proezas. Reuniria o maior exército jamais visto na França, investiria como uma águia contra os flamengos rebeldes, reduziria muitos deles a mil pedaços, seqüestraria outros, acabaria com eles em uma semana e mostraria do que era capaz, obtendo sucesso numa empreitada em que Felipe, o Belo, fracassara. Já se via voltando da expedição, precedido pelos estandartes do triunfo, com seus cofres novamente guarnecidos pelo butim e pelos tributos impostos às cidades vencidas, tendo conseguido ao mesmo tempo superar a memória de seu pai e apagar os aborrecimentos de seu primeiro casamento. Depois, com o mesmo impulso, em meio às ovações do povo, chegava a galope, príncipe vencedor e herói de batalha, a fim de acolher sua nova esposa e conduzi-la ao altar e à sagração.

Se ele não estivesse encarregado de administrar a França e seus quinze milhões de almas, aquele jovem poderia ter inspirado um sentimento de piedade devido ao que existe de doloroso na tolice.

No dia 23 de junho ele reuniu a corte dos Pares, resmungou o quanto quis, mas, com violência, declarou culpado de perjúrio o conde de Flandres e decidiu convocar a hoste real[5] a comparecer, no primeiro dia de agosto, diante da cidade de Courtrai.

A escolha deste ponto de encontro não era das mais felizes; o nome de Courtrai soava como a palavra derrota. Ora, é preciso prestar atenção, em matéria de guerra, aos precedentes existentes; as catástrofes geralmente se reproduzem nos mesmos lugares.

Para a manutenção da formidável hoste que queria reunir, Luís X encontrava-se, naturalmente, em dificuldades financeiras. Seu Conselho recorreu então aos mesmos expedientes que empregava Marigny. E muitos se perguntaram se tinha sido realmente útil condenar à morte o antigo reitor e coadjutor do reino, para logo depois recorrer a seus métodos, e ainda por cima aplicando-os muitíssimo mal.

Todos os servos do domínio que poderiam comprar a liberdade foram alforriados; foi autorizada a chegada de novas levas de judeus às cidades reais, mediante uma taxa esmagadora pelo direito de estadia e de comércio; foram reduzidos os privilégios dos banqueiros e mercadores italianos, ao mesmo tempo que instituíram um, depois dois impostos suplementares sobre todas as transações, e isso a despeito das belas garantias dadas anteriormente pelo conde de Valois a seus credores. Logo os italianos viram o atual reinado com outros olhos, bem menos favoráveis[6].

Quiseram igualmente cobrar impostos do clero; mas este, argumentando que o trono da Santa Sé estava vago e que nenhuma decisão poderia ser tomada na ausência de um papa, recusou; depois de negociações difíceis, os bispos consentiram em pagar um auxílio a título excepcional, mas unicamente em contrapartida de exonerações e franquias que, finalmente, custaram mais caro ao Tesouro do que este mesmo recebia com os subsídios obtidos.

A convocação do exército cumpriu-se sem dificuldades e mesmo com certo entusiasmo da parte dos senhores feudais, aos quais agradava a idéia de usar mais uma vez suas armaduras e de ir em busca de aventura.

O povo demonstrava menos alegria.

— Será que já não é o bastante — diziam as fuxiqueiras — que todos estejam quase mortos de fome? E ainda por cima querem dar agora nossos homens e nosso dinheiro à guerra do rei?

Mas os soldados eram atiçados com a esperança de um butim e de dias inteiros de pilhagem livre e de estupros; para muitos homens, a hoste oferecia uma escapada da monotonia da labuta quotidiana e da preocupação de ganhar o pão de cada dia; ninguém queria se mostrar covarde; e os sargentos reais sabiam como chamar os campônios ao dever decorando com um punhado de enforcados algumas árvores pelas estradas afora.

A maioria dos decretos de Felipe, o Belo, relativos à organização do exército permaneciam em vigor, graças à obstinação do condestável, e continuavam a dar provas de eficácia.

Todo homem válido, caso tivesse mais de dezoito anos e menos de sessenta, tinha dívida para com o serviço militar, salvo no caso em que se livrasse dele por meio do pagamento de uma multa ou então caso pudesse provar que exercia um ofício indispensável.

A formação da hoste obedecia a uma articulação essencialmente territorial. O cavaleiro e até mesmo o escudeiro jamais iam sozinhos para a guerra; eram acompanhados pelos servos de armas, pelos copeiros e por outros homens que seguiam a pé. Possuidores de seus cavalos, de seu armamento e de seus homens, deviam constituir tropas com os vassalos, servos e súditos de seu feudo. A outorga da ordem da cavalaria correspondia a uma nomeação em certo grau, acompanhada de obrigações militares muito precisas. O simples cavaleiro, uma vez que havia equipado e reunido seu grupo, ia juntar-se ao cavaleiro de ordem superior, geralmente um cavaleiro de *pendão*, seu suserano imediato. Os cavaleiros de pendão iam juntar-se aos cavaleiros de *bandeira*, com direito a hastear seu próprio estandarte; estes, por sua vez, estavam sob ordem dos cavaleiros de *dupla bandeira*, chefes das grandes unidades táticas convocadas sob a jurisdição de seu baronato ou de seu condado.

A *bandeira* do conde de Poitiers, irmão do rei, apresentava-se, ela sozinha, como um enorme corpo de exército de proporções imponentes, posto que reunia ao mesmo tempo as tropas da região de Poitou e as do condado da Borgonha; além do mais, dez bandeiras encontravam-se administrativamente ligadas a ela, entre as quais a do conde de Évreux, a de Anseau de Joinville, filho do grande Joinville, e a do condestável Gaucher de Châtillon, que trazia consigo as tropas de seu condado de Porcien.

Certamente não era sem motivo que Felipe, o Belo, tinha confiado a seu segundo filho, antes mesmo de ele completar vinte e dois anos, o comando de um batalhão tão importante; a bandeira de Poitiers criava um equilíbrio, de certa forma, em relação à bandeira de Valois, à qual obedeciam os recrutas das regiões de Valois, de Anjou e do Maine.

Uma outra grande unidade era, evidentemente, aquela convocada diretamente pelo domínio real propriamente dito. A essa última pertencia Robert d'Artois, devido a sua castelania de Conches-en-Ouche e seu condado de Beaumont-le-Roger, que continuava prometido, mas que nunca lhe fora entregue.

As cidades não eram obrigadas a uma contribuição menor do que a exigida pelos campos. Para a hoste de Flandres, Paris tinha sido obrigada a fornecer quatrocentos homens a cavalo e dois mil homens a pé. Os soldos seriam assegurados pelos burgueses mercadores do bairro da Cité, de quinze em quinze dias. Os cavalos e as carroças necessários foram requisitados nos monastérios.

No dia 24 de julho de 1315, depois de algum atraso, como acontecia sempre, Luís X tomou das mãos do abade Egidius de Chambly, que era guardião da mesma, a auriflama de França, longa faixa de seda vermelha, fixada a uma haste revestida de cobre dourado, e bordada de chamas de ouro às quais ela devia seu nome: *l'or-y-flambe**.

De ambos os lados da auriflama, carregada como uma relíquia, flutuavam as duas bandeiras do rei, à direita a azul, bordada com o motivo da flor-de-lis, e à esquerda com a cruz branca.

E o exército se pôs a caminho, compreendendo todos os contingentes vindos do oeste, do sul e do sudoeste, os cavaleiros do Languedoc, as tropas da Normandia e da Bretanha. As bandeiras da Borgonha-ducado, da Champagne, do Artois e da Picardia viriam juntar-se a ele no caminho, nas proximidades de Saint-Quentin.

Aquele foi um dos raros dias ensolarados de todo um verão de chuvas intensas. A luz brilhava sobre os milhares de lanças, sobre os camalhos de aço, as cotas de malha e os escudos de combate pintados de cores vivas. Os cavaleiros comentavam os últimos aperfeiçoamentos em termos de armadura, essa ou aquela nova forma de proteção de cabeça em que se assentava melhor o capacete, uma fenda no elmo que permitia um melhor campo de visão ou ainda algum acessório mais envolvente que protegia com maior eficácia os ombros dos golpes de maça ou fazia com que se desviasse o corte das espadas.

Por várias léguas, atrás dos homens armados, estendia-se o cortejo das carroças de quatro rodas que transportavam víveres, forjas, provisões diversas; depois vinham os grupos de mercadores autorizados a acompanhar o exército, e as mulheres de vida fácil, transportadas num bom número de charretes sob o comando dos patrões dos bordéis.

No dia seguinte a chuva recomeçou, penetrante, amolecendo as estradas, abrindo buracos, escorrendo pelos capacetes de ferro, pelas armaduras, pregando o pêlo dos cavalos ao couro. Cada homem pesava cinco quilos a mais.

E nos dias seguintes ela continuou, sem parar...

---

* Expressão que significa "nela o ouro flameja" e da qual se formavam as palavras *oriflamme*, em francês, e auriflama em português.

A hoste de Flandres jamais chegou até Courtrai. Ela se deteve em Bonduis, perto de Lille, diante do rio Lys, inchado de tanta água, barrando a passagem, transbordando pelos campos afora, desmanchando os caminhos, encharcando a terra argilosa. Como não era mais possível avançar, o acampamento se estabeleceu naquele lugar, sob o dilúvio.

VI

A HOSTE LAMACENTA

No interior do abrigo real, vasta tenda toda bordada de flores-de-lis, mas onde todos chafurdavam como em qualquer outro lugar, Luís X, rodeado por seu irmão mais jovem, Carlos, recentemente nomeado conde de La Marche, por seu tio, o conde de Valois, por seu chanceler Étienne de Mornay, escutava o condestável Gaucher de Châtillon expor a situação. O relatório não apresentava nada de encorajador.

Châtillon, conde de Porcien e senhor feudal de Crèvecœur, era condestável desde 1284, isto é, desde o início do reinado de Felipe, o Belo. Vira o desastre de Courtrai, a vitória de Mons-en-Pévèle e muitas outras batalhas naquela fronteira do norte, sempre ameaçada, na qual ele se encontrava agora pela sexta vez de sua vida. Estava então com sessenta e cinco anos. Era um homem de estatura mediana, bem talhado, que os anos e o cansaço não haviam abatido. Seu pescoço cheio de pregas saindo pela armadura, suas pálpebras semifechadas e a maneira que ele tinha de virar a cabeça, lentamente, da direita para a esquerda, faziam com que se assemelhasse a uma tartaruga. Parecia um tanto quanto lento, porque era muito pensativo. Sua força física, sua coragem no combate impunham respeito, tanto quanto suas competências estratégicas. Conhecera a guerra o suficiente para não apreciá-la mais, e agora só a considerava como uma necessidade política; não tinha papas na língua e não contava vantagens para recolher glórias vãs.

— Vossa Majestade — disse ele —, as carnes e os víveres não chegam mais até a hoste, as carroças estão atoladas nos pântanos que ficam a seis léguas daqui e nossos cavalos de tiro não dão conta de arrancá-las do lamaceiro. Os homens estão começando a se mostrar enraivecidos e reclamam de fome; as bandeiras que ainda têm o que comer são obrigadas a defender suas reservas contra os vizinhos; os arqueiros da Champagne e do Perche chegaram agora mesmo às vias de fato, e não é nem um pouco bonito ver que vossos soldados fazem a guerra entre eles antes mesmo de terem chegado a enfrentar o inimigo. Serei obrigado a ordenar alguns enforcamentos, coisa que não aprecio nem um pouco. O problema é que os cadafalsos não enchem barriga. Já temos enfermos demais, e nossos cirurgiões-barbeiros são incapazes de cuidar deles todos; são os capelões, evidentemente, que terão um enorme trabalho. Já faz quatro dias que dura essa situação e não se vê nenhuma melhoria nas intempéries. Dois dias a mais e a fome vai se declarar francamente, e ninguém poderá impedir os homens de desertarem para ir em busca do que comer. Tudo está embolorado, tudo está podre, tudo está enferrujado...

E como prova, ele sacudiu o camalho de aço, do qual pingavam litros de água, e que ele havia tirado dos ombros ao entrar.

O rei andava de um lado para o outro, nervoso, ansioso, agitado. Ouviam-se, do lado de fora, vociferações e estalos de chicote.

— Que parem com esse tumulto! — gritou o Cabeçudo. — Não se pode ouvir mais nada!

Um escudeiro levantou a portinhola da tenda. A chuva continuava caindo, torrencial, formando diante da entrada um espécie de segunda cortina. Trinta cavalos, atolados no lamaçal até a altura das juntas, estavam atrelados a um enorme tonel que eles não conseguiam mover.

— Para onde vai este vinho? — perguntou o rei aos charreteiros que chafurdavam na argila.

— Para o Senhor d'Artois, Vossa Majestade — respondeu um deles.

O Cabeçudo olhou-os por um instante com seus enormes olhos esbugalhados, balançou a cabeça e depois desviou sem nada mais acrescentar.

— Pois eu não estava dizendo, Vossa Majestade? — continuou Gaucher. — Talvez ainda tenhamos o que beber hoje, mas amanhã... nem pensar... Ah! Eu deveria ter rogado com maior insistência para que aceitásseis meu conselho. Minha opinião era que devíamos ter parado antes, estabelecendo-nos em algum ponto alto, ao invés de mergulharmos neste lamaçal. O Senhor de Valois e Vossa Majestade insistiam para que continuássemos. Temi que me considerassem medroso por causa da idade, caso tentasse impedir a hoste de avançar. Cometi um erro.

Carlos de Valois preparava-se para replicar, quando o rei perguntou:

— E os flamengos?

— Eles estão bem diante de nós, do outro lado do rio. São tão numerosos quanto nós mesmos e estão em situação semelhante, creio. Porém estão mais próximos de seus pontos de abastecimento e contam com o apoio do povo de seus burgos. Se a água diminuísse amanhã, estariam mais preparados para nos atacar do que nós para assediá-los.

Carlos de Valois deu com os ombros.

— Ora, vamos, Gaucher, a chuva está perturbando vosso humor. Quem é que vai acreditar que com uma boa investida não chegaremos a acabar com esse bando de canalhas? Tão logo avancemos, com nossa muralha de armaduras e nossa floresta de lanças, eles vão tratar de bater em retirada como um bando de pardais.

O conde tinha uma aparência magnífica, apesar da lama que o cobria, vestido com sua cota de seda bordada a ouro colocada sobre a malha; e era claro que tinha mais aparência de rei do que o verdadeiro monarca. Primo de todo mundo, ele também era parente do condestável, tendo desposado em terceiras núpcias uma descendente da família Châtillon.

— Fica claro, Carlos, que não estáveis presente em Courtrai há treze anos. Vós estáveis então ocupado em guerrear na Itália, para o papa. Quanto a mim, vi esse bando de canalhas, como dizeis, causar grande mal a nossos cavaleiros mais apressados, vi-os derrubando-os das montarias e cortando-os com punhais, apesar de suas armaduras, sem sequer se dignarem a fazê-los prisioneiros.

— Pois então só me resta crer que minha presença fez muita falta — disse Valois com uma auto-suficiência de que só ele era capaz. — Mas desta vez, eu estou aqui.

O chanceler Mornay cochichou na orelha do jovem conde de la Marche:

— Logo, logo as faíscas vão brilhar entre vosso tio e o condestável; quando se encontram um diante do outro a ira toma conta deles.

— A chuva! A chuva! — dizia Luís X com raiva. — Será que tudo sempre estará contra mim?

Uma saúde frágil, um pai cuja autoridade o esmagara durante vinte e cinco anos, uma esposa infiel e escandalosa, ministros hostis, um Tesouro vazio, vassalos revoltados, uma fome generalizada no inverno em que começava seu reinado, uma tempestade que quase levava embora sua nova mulher... Sob que horrenda discórdia entre os planetas, que os astrólogos não tinham ousado revelar-lhe, teria ele nascido para encontrar tanta adversidade em cada decisão, em cada empreitada, e acabar assim vencido, sem sequer chegar à batalha... vencido pela água, pela lama na qual ele enfiara seu exército?

Naquele momento anunciaram-lhe a chegada de uma delegação dos senhores feudais da Champagne, conduzidos pelo cavaleiro Étienne de Saint-Phalle; eles pediam uma revisão da carta de intenções que lhes havia sido outorgada no mês de maio. Os vassalos da Champagne ameaçavam retirar-se da hoste caso não fossem atendidos imediatamente.

— Eles escolheram um ótimo dia! — exclamou o rei.

— Quando se começa a perder o controle — disse Gaucher balançando sua cabeça de tartaruga —, deve-se esperar que tudo vá por água abaixo...

Cada bandeira da hoste apresentava uma fisionomia especial que era devida tanto às características de sua província de origem quanto à personalidade de seu chefe. Na bandeira do conde de Poitiers reinava uma disciplina severa; o alinhamento das tendas era rigoroso, as alamedas desimpedidas e limpas tanto quanto era possível, as sentinelas espaçadas de maneira regular; e nela ainda não faltavam víveres, pelo menos até aquele momento. Quando as carroças tinham começado a atolar, Poitiers dera ordens para que repartissem os víveres substanciais e que confiassem o transporte dos mesmos aos homens que seguiam a pé. Inicialmente, eles resmungaram, mas depois abençoavam o Senhor Felipe pela medida sensata. Da mesma forma que apreciava a ordem, Poitiers gostava do conforto. Cem homens de armas tinham sido empregados para cavar fossas de escoamento, antes de montarem sua tenda suspensa sobre inúmeros pedaços de lenha cortados regularmente; tudo isso lhe permitia viver praticamente a seco. Quase tão rica e espaçosa quanto a do rei, sua tenda continha diversos apartamentos separados por tapeçarias.

Naquele momento em que seu irmão perdia o controle diante dos representantes da Champagne, Felipe de Poitiers, sentado em sua poltrona portátil, com espada, escudo e elmo ao alcance da mão, conversava tranqüilamente com seus principais chefes de tropa.

Dirigindo-se a um de seus escudeiros, perguntou-lhe:

— Héron, já lestes, como eu vos pedi, o livro daquele florentino...

— Dante dei Alighieri...

— Isso mesmo... este autor que trata tão mal de minha família, segundo me disseram. Ele era protegido de Carlos-Martel da Hungria, o pai dessa princesa Clemência que logo vai chegar à França como rainha. Eu gostaria de saber do que trata sua obra.

— Eu a li, sim, Senhor conde — respondeu Adam Héron. — Esse senhor Dante imagina, para início de sua comédia, que no trigésimo quinto ano de sua vida ele se perde numa floresta sombria em que o caminho é barrado por animais amedrontadores, o que faz com que o senhor Dante reconheça que ele se distanciou do mundo dos vivos...

Os senhores feudais que rodeavam o conde de Poitiers olharam-se surpreendidos. O irmão do rei nunca deixava de espantá-los. Eis que agora, no meio de um campo de guerra e no desespero em que todos se encontravam, de repente sua única preocupação era distrair-se com poesia, como se estivesse no canto da lareira, em seu palacete, em Paris. Apenas o conde de Évreux, que conhecia bem seu sobrinho e o apreciava cada dia mais depois que ele servia sob suas ordens, tinha adivinhado sua intenção. "Felipe tenta distrair seus homens em meio a esta má ação e, ao invés de deixá-los esquentar a cabeça, faz com que sonhem na espera do momento em que deverão ir à luta."

Pois Anseau de Joinville, Goyon de Bourçay, Jean de Beaumont, Pierre de Garancière e Jean de Clermont, tendo se sentado em seus baús, estavam escutando, com os olhos brilhantes, o relato do escudeiro Héron, segundo Dante. Aqueles homens rudes, com freqüência brutais em suas maneiras de viver, estavam sob o impacto do mistério e do sobrenatural, prontos a acolher o maravilhoso. As lendas os seduziam. Aquele espetáculo não deixava de ser estranho: um público vestido de ferro que seguia apaixonadamente as alegorias eruditas do poeta italiano, que se interrogava sobre a beleza daquela dama Beatriz amada tão fortemente, que estremecia pela lembrança de Francesca di Rimini e de Paolo Malatesta, e que de repente caía na gargalhada porque Bonifácio VIII, em companhia de alguns outros papas, assava no décimo oitavo círculo do inferno, na fossa dos enganadores e simoníacos.

— Boa maneira, essa inventada por esse escritor, para se vingar de seus inimigos e desabafar suas críticas — disse Felipe de Poitiers, rindo. — Mas onde é que ele colocou meus parentes?

— No purgatório, Senhor conde — respondeu o escudeiro que tinha ido, atendendo ao pedido de todos, buscar o volume copiado num enorme pergaminho.

— Então, lede o que ele escreveu de meus parentes ou, melhor, fazei a tradução para aqueles que não compreendem a língua da Itália.

— Não ouso fazê-lo, Senhor conde...

— Faça, nada há a temer. É importante saber o que pensam de nós aqueles que não nos amam.

— O senhor Dante inventa que ele encontra uma sombra que geme muito forte. Ele a interroga sobre as causas de sua dor e eis a resposta que obtém:

Eu fui a raiz desta planta funesta
Que projeta de tal forma sua sombra sobre a terra cristã
Que os bons frutos nela quase nunca chegam a amadurecer.
Se as cidades de Douai, Gand, Lille e Bruges pudessem se mover,
Uma terrível vingança ocorreria;
Eu a reivindico, esta vingança, ao soberano juiz.

— Ora! Eis aí alguém que falou em tons proféticos, e o que ele disse combina muito bem com o que estamos vivendo agora — disse o conde de Poitiers. — Este poeta conhece bem nossos aborrecimentos com Flandres. Continuai...

Eu fui chamado Hugo Capeto;
De mim descendem os Luís e os Felipe
Que recentemente reinaram sobre a França.
Eu era filho de um açougueiro de Paris;
Quando todos os antigos reis vieram a desaparecer,
A não ser um, trajando um hábito cinza...

— Isso é completamente falso — interrompeu o conde, descruzando as longas pernas. — É uma falsa lenda que se conta por esses tempos afora a fim de nos prejudicar. Hugo era duque de França[7].

Por todo o tempo que durou a leitura, ele não parou de comentar calmamente, às vezes com ironia, os ataques que o poeta italiano, já ilustre em seu país, dirigia contra a casa real francesa. Dante acusava Carlos d'Anjou, irmão de São Luís, não somente de ter assassinado o herdeiro legítimo do trono de Nápoles, mas ainda de ter envenenado São Tomás de Aquino.

— E nossos primos de Anjou também aparecem bem representados aí — disse a meia voz o conde de Poitiers.

Mas o príncipe francês que Dante atacava tão violentamente, aquele ao qual reservava suas piores maledicências, era um outro Carlos, que viera devastar Florença e espetar em seu ventre "*a lança com a qual combatera Judas*".

— Ora, é de meu tio Valois que ele trata aqui e de sua grande cruzada toscana, quando ele era vigário-geral da Cristandade! Eis a razão de uma vingança tão forte. Parece que o Senhor Carlos conseguiu nos arrumar excelentes amigos na Itália![8]

Os presentes trocaram olhares, sem saber que atitude assumir. Mas viram que Felipe de Poitiers sorria, esfregando o rosto com sua longa mão branca. Então ousaram rir. Entre os partidários do conde de Poitiers, o Senhor de Valois não era lá muito apreciado...

Ora, o poeta Dante não era o único a detestar os príncipes da França. Estes tinham outros inimigos, igualmente tenazes, até nas fileiras do exército.

A duzentos passos da tenda do conde de Poitiers, numa outra tenda dos cavaleiros da Borgonha-condado, o senhor de Longwy, homem de pequena estatura, do rosto seco e severo, confabulava com um personagem vestido de maneira esquisita, meio monge, meio soldado.

— As novas que me trazeis da Espanha são boas, irmão Évrard — dizia Jean de Longwy —, e gosto de saber que nossos irmãos de Castela e de Aragão recuperaram suas comendadorias. Eles estão mais felizes do que nós, que devemos continuar agindo em silêncio.

Jean de Longwy era sobrinho do Grão-Mestre dos Templários, Jacques de Molay, do qual se considerava herdeiro e sucessor. Tinha jurado vingar o sangue do tio e reabilitar sua memória. A morte prematura de Felipe, o Belo, que viera cumprir a tripla e famosa maldição, não havia desarmado seu ódio; ele o dirigia agora aos herdeiros do Rei de ferro, a Luís X, a Felipe de Poitiers, a Carlos de la Marche. Longwy suscitava à coroa todos os aborrecimentos que podia; militava nas ligas dos senhores feudais; ao mesmo tempo, se esforçava por reconstituir secretamente a ordem dos Templários, mantendo os elos com os irmãos que haviam escapado à perseguição e que o tinham reconhecido com grão-mestre.[9]

— Desejo ardentemente o fracasso do rei da França — continuou ele — e só participo desta hoste em nome da esperança de vê-lo abatido por um bom golpe de espada, bem como seus irmãos.

Magro, com os olhos negros e próximos um do outro, e manco devido às torturas que sofrera, o antigo Templário Évrard respondeu:

— Que vossos votos sejam atendidos, Mestre Jean, por Deus, caso seja possível, ou então pelo Diabo.

— Não deveis me chamar de mestre, aqui — disse Longwy.

Ele levantou bruscamente a portinhola da tenda para assegurar-se de que não estavam sendo espionados e despachou para algum trabalho dois servos de estrebaria que se abrigavam da chuva sob uma das abas da tenda. Depois, voltando-se novamente para Évrard:

— Não temos mais nada a esperar da coroa da França. Mas a reabilitação da Ordem vai depender do novo papa, e só ele poderá nos restituir nossas comendadorias daqui e de ultramar. Ah! Que belo dia será esse, irmão Évrard!

A queda da Ordem havia se passado há apenas oito anos, sua condenação era ainda mais recente, e quase não se haviam completado ainda dezesseis meses da morte de Jacques de Molay numa fogueira. Todas as lembranças eram recentes, as esperanças, vivas. Longwy e Évrard ainda podiam sonhar.

— Então, irmão Évrard — continuou Longwy —, agora vós ireis até Bar-sur-Aube, onde o capelão do conde de Bar, que é dos nossos, vos dará um lugar de escriturário com o objetivo de não ter mais que vos esconder. Depois vós partireis para Avinhão, de onde me chegou a informação de que o cardeal Duèze, que é criatura de Clemente V, recuperou as chances de ser eleito, o que devemos evitar a todo custo. Encontrai o cardeal Caetani, que está resolvido, ele também, a vingar seu tio, o papa Bonifácio.

— Aposto que ele me acolherá bem, quando souber que já ajudei a enviar Nogaret para os quintos do inferno. Vós estais preparando a liga dos sobrinhos!

— Exatamente, Évrard, exatamente. Encontrai, pois, Caetani, e dizei a ele que nossos irmãos da Espanha e da Inglaterra, bem como os que estão escondidos na França, desejam-no e escolhem-no de coração como papa. Eles estão prontos a apoiá-lo, não somente com orações, mas por todos os outros meios possíveis. Eu falo em nome deles. Vós ficareis à disposição do cardeal para obedecê-lo no que ele vos pedir... E lá, tratai de ver também o irmão Jean du Pré que poderá ser de grande ajuda para vós. E não deixeis de vos informar sobre a presença de alguns de nossos outros irmãos por aqueles lados. Tratai de reuni-los em pequenos grupos, de fazer com que repitam os juramentos, como vós sabeis. Ide, meu irmão; este salvo-conduto, que vos declara irmão-capelão de minha companhia, vos ajudará a sair do acampamento sem que vos interroguem.

Ele estendeu um papel que o antigo Templário introduziu por dentro da perneira de couro que cobria até os quadris seu hábito de algodão grosseiro.

— Não tendes dinheiro, certamente? — disse também Longwy.

— Não, senhor.

Longwy tirou duas moedas de prata de sua algibeira. Évrard beijou-lhe a mão e partiu mancando sob a chuva.

Atravessando a bandeira da França, escutou numa alameda gritos e risos. Uma mulher, com um decote amplo, levantando a saia até os cabelos vermelhos, corria entre duas tendas, perseguida por soldados brincalhões. De trás de uma carroça coberta com uma lona, outra vagabunda fazia gestos provocadores. Évrard se deteve, com a anca torta, e permaneceu imóvel por um momento, atento à sua própria emoção. As ocasiões de satisfazer os desejos da carne eram raras. O que o fazia hesitar era menos o fato de empregar para tais finalidades o óbolo dado por mestre Jean do que o fato de fazer tão pouco tempo que o havia recebido. Bah! Ele pediria esmolas no resto do caminho. É mais fácil obter o pão pela caridade do que o prazer. Ele se dirigiu para a carroça das prostitutas...

Bem perto dela erguia-se uma grande tenda vermelha bordada com motivos representando os três castelos de Artois, mas sobre a qual flutuava a bandeira de Conches.

O acampamento de Robert d'Artois não se assemelhava em nada ao do conde de Poitiers. No primeiro, apesar da chuva, tudo era movimento, agitação, rumor, idas e vindas numa desordem tão geral que ela parecia desejada. O lugar dava a impressão de um mercado exposto ao vento, mais do que a de uma praça de guerra. Cheiros de vinho azedo, de couro e esterco molhado, de excrementos que ofendiam um pouco o olfato.

D'Artois havia alugado aos mercadores que acompanhavam o exército uma parte dos campos dependentes de sua bandeira. Quem desejasse comprar um talabarte novo, trocar o fecho de um elmo, comprar protetores de cotovelo ou simplesmente tomar um copo de cerveja ou de vinho de má qualidade podia ir até ali. A falta de ocupação, entre os soldados, favorece os gastos. Diante da porta do senhor Robert era uma verdadeira feira, arranjada também para atrair as moças de boa vida, a tal ponto que ele chegava a oferecê-las a seus amigos.

Quanto aos arqueiros, aos soldados armados de besta, aos servos das estrebarias e outros rústicos, eles tinham se distanciado e alojavam-se sob abrigos que haviam construído ou então sob as carroças.

No interior da tenda vermelha, o assunto não era a poesia. Um tonel de vinho estava continuamente à disposição de todos ali, os copos circulavam em meio à baderna, os dados rolavam sobre os baús; o dinheiro era apostado sob palavra, e mais de um cavaleiro já perdera mais do que lhe teria custado seu resgate numa batalha.

Robert comandava apenas as tropas de Conches e de Beaumont-le-Roger, mas um grande número de cavaleiros de Artois, que estavam sob as ordens da bandeira da condessa Mahaut, encontravam-se o tempo todo com ele, quando na verdade ali eles não tinham nada a fazer, do ponto de vista das regras militares então vigentes.

Encostado ao mastro central, Robert d'Artois dominava com sua estatura colossal toda aquela turbulência. Com o nariz curto, as faces mais largas que a testa e os cabelos de leão jogados para trás por sobre sua cota escarlate, ele brincava negligentemente com diversas armas. Entretanto, havia uma ferida na alma do gigante, e não era sem razão que queria se extraviar na bebida e na farra.

— Para os meus, de nada valem as batalhas contra Flandres — confiava ele aos senhores feudais que o rodeavam. — Meu pai, o conde Felipe, que muitos aqui conheceram e serviram fielmente...

— Sim, nós o conhecemos! Era um bravo homem, um valente! — respondiam os senhores feudais de Artois.

— ... meu pai foi ferido mortalmente no combate, em Furnes. É na tenda dele que nos encontramos — dizia Robert acompanhando suas palavras com um largo gesto circular. — E meu avô, o conde Robert...

— Ah! Bravo homem! Excelente suserano, respeitoso de nossos bons costumes! Jamais lhe pediam justiça em vão...

— ... quatro anos depois, ele era abatido em Courtrai. Uma infelicidade nunca vem sozinha. Amanhã, talvez, meus senhores, vós estareis me enterrando.

Existem duas espécies de supersticiosos: aqueles que jamais evocam a infelicidade com medo de atraí-la, e aqueles que esperam desviá-la pagando-lhe o tributo das palavras. Robert d'Artois era da segunda espécie.

— Caumont, dai-me outro copo, e bebamos até meu último dia! — gritou ele.

— Não, não queremos isso! Nós protegeremos vosso corpo, fazendo em volta dele uma muralha — responderam os cavaleiros do domínio de Artois. — Quem, a não ser vós, defende nossos direitos?

Eles o consideravam como suserano natural e idolatravam-no um pouco por seu tamanho, sua força, seu apetite, sua generosidade. Todos sonhavam parecer-se com ele; todos tentavam imitá-lo.

— Ora, vide, meus bons senhores, como é que se recompensa tanto sangue derramado pelo reino — continuou ele. — Porque meu avô morreu depois de meu pai... sim, por isso mesmo, o rei Felipe encontrou a ocasião para tirar de mim minha herança e dar o domínio de Artois a minha tia Mahaut, que vos trata tão bem, com a ajuda da família Hirson, seu chanceler, seu tesoureiro e todos os outros, a ponto que sois esmagados com tantos impostos, ao mesmo tempo em que vossos direitos vos são recusados.

— Se formos amanhã para a batalha e caso um Hirson se encontre ao alcance de minha lança, prometo que ele receberá um golpe que não virá obrigatoriamente dos flamengos — declarou um marmanjo de grossas sobrancelhas ruivas cujo sobrenome era Souastre.

Robert d'Artois, apesar de beber tanto, mantinha o controle de si mesmo. Todo aquele vinho distribuído, as prostitutas oferecidas e tanto dinheiro gasto tinham uma razão; o gigante trabalhava em nome de seus próprios interesses.

— Meus nobres senhores, meus nobres senhores — disse ele —, antes de mais nada, a guerra do rei, do qual somos todos leais súditos e que, por enquanto, compreende perfeitamente vossas queixas, eu posso garantir. Mas uma vez acabada esta guerra, então, meus senhores, eu vos aconselho a não baixarem armas. Vós tereis depois disso uma boa ocasião para vos manter em tropa, com vossa gente reunida. Voltai assim para o domínio de Artois e percorrei a região a fim de expulsar os agentes de Mahaut e de dar a eles bons pontapés nas nádegas, nas praças centrais dos burgos. Quanto a mim, eu vos apoiarei na Câmara do rei e retomarei, se preciso for, meu processo, fazendo apelo da sentença que me lesou; e eu me comprometo a restaurar vossos costumes, como eles eram no tempo de meus pais.

— Assim faremos, senhor Robert, assim faremos!

Souastre abriu os braços.

— Juremos — exclamou ele — que não vamos nos separar até que nossas reivindicações sejam atendidas, e até que nosso bom Robert d'Artois nos seja devolvido como suserano de nosso condado.

— Nós juramos! — responderam os senhores feudais.

Então trocaram abraços e continuaram fazendo promessas; e acenderam as tochas, porque o dia caía. Robert se regozijava ao ver a liga do domínio de

Artois, que ele fomentara, tão pronta para passar à ação. Realmente teria sido uma tolice morrer no dia seguinte...

Naquele momento, um escudeiro adentrou a tenda, dizendo:

— Senhor Robert, os chefes da bandeira estão convocados a comparecerem imediatamente diante do rei!

Quando d'Artois entrou, sem pressa, na tenda do rei, a maioria dos grandes senhores feudais já se encontrava lá, sentados em círculo a fim de ouvirem o condestável.

Muitos deles não se lavavam nem barbeavam há seis dias. Comumente, jamais teriam passado tanto tempo sem ir à sauna. Mas a sujeira fazia parte da guerra.

Cansado de ter que repetir as mesmas evidências, Gaucher de Châtillon foi breve e quase impertinente em relação ao soberano. Aquele reizinho, decididamente, não lhe convinha nem um pouco, tomando decisões daquela maneira, sozinho, sobre assuntos que mereciam reunião do Conselho e, ao contrário, reunindo uma assembléia quando devia ordenar sem discussão. Gaucher estava acostumado a outros métodos, pelos quais o comando das tropas não constituía matéria para deliberação.

Estendendo sua cota de seda azul sobre os joelhos, Carlos de Valois começou a discorrer.

— É verdade, Vossa Majestade, como Gaucher acabou de confirmar, que não podemos continuar por mais tempo neste lugar em que tudo apodrece ao mesmo tempo, tanto a alma dos homens quanto o pêlo dos cavalos. A inação nos causa tanto prejuízo quanto a chuva...

Ele interrompeu sua fala porque o rei tinha começado a falar com Mathieu de Trye, seu camareiro. O Cabeçudo exigia somente que lhe passassem sua caixinha de pastilhas; as dificuldades lhe inspiravam a necessidade de consumir alguma guloseima doce.

— Prossegui, meu tio, eu vos rogo — disse ele.

— É preciso partir amanhã cedo — continuou Valois —, é preciso encontrar uma passagem rio acima que nos permita atravessar para o outro lado a fim de atacar os flamengos e vencê-los antes que caia a noite.

— Com homens e cavalos de barriga vazia? — perguntou o condestável.

— A vitória encherá a barriga de todos. Eles ainda podem agüentar um dia; o bastante para que evitemos o pior e ataquemos.

— Quanto a mim, minha opinião é que todos morrerão na batalha ou até mesmo antes, afogados. O que é preciso é retirar o exército até as alturas de Tournai ou Saint-Amand, esperar que recebamos víveres e que as águas baixem...

— Vê-se muito bem, meu primo — disse Valois —, que vós recebeis cem libras por cada dia em que a hoste cavalga com o rei e que estais pouco preocupado em acabar com a guerra.

Valois pretendia impor certo tom de zombaria a suas palavras, mas o condestável levou a coisa a sério e replicou:

— Tenho o dever de vos lembrar, meu primo, que nem sequer o rei pode investir contra o inimigo sem que o condestável lhe dê ordem para isso. E esta ordem, no estado atual das coisas, não será dada por mim. Isso dito, o rei pode até trocar de condestável.

Um pesado silêncio seguiu-se a tais palavras. A coisa se complicava. Será que, para agradar Valois, Luís X seria capaz de destituir o chefe do exército, tal como fizera com Marigny e com todos os legiferadores de Felipe, o Belo?

O conde de Poitiers interveio imediatamente.

— Meu irmão, compartilho inteiramente do conselho de Gaucher. Nossas tropas não se encontram absolutamente em condições de combater, antes de se recuperarem durante uma semana.

— Essa é também minha opinião — disse o conde de Évreux.

— Então, jamais castigaremos esses flamengos! — exclamou Carlos de la Marche, que se comprazia em imitar Valois.

O condestável lançou ao irmão mais jovem do rei um olhar cheio de desprezo. O "pateta", como o chamava sua própria mãe, havia dado o seu palpite.

Nisso o conde da Champagne anunciou que ele iria embora caso a batalha não fosse travada no dia seguinte; seus cavaleiros estavam agitados demais e, de todo modo, os havia convocado apenas por duas semanas. Valois abriu as mãos carregadas de anéis, como se quisesse dizer: "Essa não!" Já parecia menos convencido, e apenas o amor próprio o impedia de voltar atrás em suas opiniões belicosas.

— É a retirada ou a derrota, Vossa Majestade — disse Gaucher.

O rei continuava não dando sinal de tomar uma resolução. Toda aquela aventura só fazia sentido, para ele, caso fosse resolvida rapidamente. Tomar a decisão da sabedoria, ir reagrupar-se em outro lugar, esperar, tudo isso significava retardar seu casamento e endividar-se mais ainda. Quanto a pretender atravessar um rio em cheia e investir a galope na lama...

Na verdade, tinha pensado que não seria obrigado a atacar, e que o fato de avistar uma hoste real tão formidável já seria o bastante para fazer com que os flamengos cedessem.

Robert d'Artois, que se mantinha sentado atrás de Valois, debruçou-se na direção deste e murmurou algumas palavras. Valois aprovou com a cabeça, com ares de indiferença. Que fizessem o que bem entendessem; ele se retirava do debate.

Então Robert se levantou e, avançando alguns passos a fim de dominar melhor a assembléia, disse:

— Vossa Majestade, eu adivinho vossa preocupação. Vós não tendes os meios financeiros para manter essa grande hoste aqui, sem fazer nada. Além do mais, vossa nova esposa vos espera e todos nós temos pressa para vê-la feita rainha. Meu conselho é que não deveis vos obstinar. Não é o inimigo que nos obriga à retirada, mas sim esta chuva na qual eu vejo a vontade divina, diante da qual cada um de nós, por mais poderoso que seja, tem que se inclinar. Nosso Senhor pretende sem dúvida vos advertir dessa maneira que não deveis combater antes de receberdes a unção dos Santos Óleos. Vós obtereis a mesma glória, meu primo, com uma bela sagração, quanto com uma batalha bem-sucedida. Renunciai, portanto, por enquanto, a castigar esses maus flamengos e, caso o medo que vós lhes infligistes não seja o bastante, poderemos voltar tão numerosos quanto hoje na próxima primavera.

Naquela situação embaraçosa, aquela solução radical — a renúncia — proposta por um homem de cuja coragem ninguém podia suspeitar, recebeu o assentimento de grande parte dos senhores feudais e, antes de mais nada, do próprio rei. Mostrando mais uma vez sua falta de ponderação, Luís X precipitou-se reconhecido, sem titubear, aceitando a escapada que lhe propunha Robert d'Artois.

— Meu primo, vós falastes com sabedoria — declarou ele. — O Céu nos envia um aviso. Que o exército parta, então, já que não pode prosseguir.

Depois, inchando o peito como para se dar ares majestosos, ele acrescentou:

— Mas juro por Deus que, caso ainda esteja vivo no ano que vem, hei de invadir os flamengos e não hei de sossegar até que se dobrem completamente a todas as minhas vontades.

A partir de então ele não sentiu mais o menor incômodo por bater em retirada. O condestável e Felipe de Poitiers tiveram que insistir muito para convencê-lo de adotar certas medidas indispensáveis, como a de manter pelo menos algumas guarnições ao longo da fronteira com Flandres; mas ele não os ouvia mais. Seu espírito já estava longe.

Com aquela dispersão, Valois encontrava grande satisfação. Tinha podido manter sem nenhum esforço sua reputação heróica. D'Artois estava mais satisfeito ainda: a guerra abortada favorecia sua liga de senhores feudais.

A pressa do rei era tamanha que ela se tornou contagiosa e, no dia seguinte, na falta de carroças, sem poder arrancar do lamaçal todo o material de guerra, puseram fogo nas tendas, nos móveis, em todo o equipamento. O apetite geral de destruição era satisfeito assim.

Deixando atrás dele, por vastos espaços, braseiros enfumaçados que lutavam contra a chuva eterna, o exército, extenuado e esfomeado, apresentou-se à noite diante da cidade de Tournai; os habitantes, amedrontados, fecharam as portas da cidade; ninguém exigiu que elas fossem abertas e o rei foi pedir asilo num monastério.

Dois dias depois, um sete de agosto, ele chegava a Soissons, onde assinou os decretos que punham fim àquela campanha militar. Encarregou Valois dos preparativos para a sagração e enviou Felipe de Poitiers para Saint-Denis, a fim de devolver a auriflama e de retomar de volta a espada e a coroa reais. Os príncipes se reencontrariam entre as cidades de Reims e Troyes, para seguirem na frente de Clemência de Hungria.

Quatorze dias tinham sido suficientes a Luís, o Cabeçudo, para enterrar de uma vez por todas, com suas segundas núpcias, a inesquecível e ridícula expedição que conduzira e que já começava a ser designada por muitos pelo nome de *hoste lamacenta*.

VII

O FILTRO

Uma liteira leve, carregada por duas mulas ao lado das quais corriam os servos, penetrou no grande pátio do palacete de Artois, na rua Mauconseil. Beatriz d'Hirson, sobrinha do chanceler do condado de Artois e dama de companhia da condessa Mahaut, desceu. Ninguém teria podido pensar que aquela bela jovem morena acabara de percorrer quase quarenta léguas em dois dias. Seu vestido quase não se amassara; seu rosto estava repousado e liso como se tivesse acabado de acordar. Aliás, ela realmente dormira durante uma parte do trajeto sob cobertores de boa qualidade, acalentada pelo balanço da liteira. O peito ereto, as pernas longas, avançando com passos que pareciam lentos porque eram grandes e regulares, foi diretamente ter com sua patroa. A condessa estava à mesa, diante de sua segunda refeição, que fazia na metade da manhã.

— Pronto, Senhora, a coisa foi feita — disse Beatriz estendendo à condessa uma minúscula caixinha de chifre.

— Como vai minha filha Jeanne?

Com uma voz arrastada, nasalada e sempre vagamente irônica, mesmo quando não havia motivo algum para ironizar, a dama de companhia respondeu, marcando pausas inesperadas:

— A condessa de Poitiers vai bem, Senhora... tão bem quanto é possível. A estadia em Dourdan não é muito penosa para ela... pois conseguiu conquistar a admiração dos guardas. Sua pele está bem clara e emagreceu pouco. A esperança é seu apoio... bem como os cuidados que vós tendes para com ela.

— E seus cabelos? — perguntou a condessa.

— São cabelos de um ano, apenas, condessa. Ainda não são longos, mas também não são como os de um homem. Parece que estão nascendo mais lisos do que eram.

— Enfim, ela está apresentável?

— Com um escapulário em volta do rosto, com certeza... E, depois, pode usar falsas tranças.

— O problema é que na cama as falsas tranças não param no lugar — disse Mahaut.

Ela engoliu, a grandes colheiradas, o fim de um caldo de ervilhas e toucinho e, para aliviar o paladar, bebeu uma taça de vinho de Arbois. Depois abriu a caixinha de chifre e examinou o pó cinzento em seu interior.

— Quanto é que isso me custou?

— Vinte e duas libras.

— Que peste, as feiticeiras cobram bem caro pela ciência delas.

— Os riscos que correm são enormes.

— Dessa soma, quanto guardaste para ti?

— Quase nada, Senhora... Apenas o bastante para comprar aquele vestido escarlate que vós me tínheis prometido... e que ainda não me destes.

A condessa Mahaut não pôde impedir-se de sorrir; aquela jovem sabia como lidar com ela.

— Tu deves estar com a barriga vazia; come um pouco deste patê de ganso — disse ela, servindo a si mesma uma grossa fatia.

Depois, voltando-se novamente para a caixinha de chifre, acrescentou:

— Creio na virtude dos venenos para que nos livremos de um inimigo, mas não acredito nos filtros destinados a conquistar um adversário. Tu é quem teve a idéia, não eu.

— Entretanto, Senhora, eu vos afirmo que é preciso acreditar — respondeu Beatriz. Este filtro é muito bom; ele não é feito à base de miolos de carneiro... mas apenas com ervas, e foi preparado diante de mim. Eu fui até Dourdan e tirei um pouco de sangue do braço direito da Senhora Jeanne. Depois, levei o sangue para a pessoa de quem vos falei, Isabelle de Fériennes... que o misturou com erva cidreira, licínia e aipo; e essa Isabelle pronunciou a fórmula de conjuração; colocou a mistura num tijolo novo e queimou-a com pau de freixo a fim de obter o pó que aqui está. Agora só resta colocar este pó numa bebida, fazer com que o conde de Poitiers o engula e logo depois vereis que ele estará novamente apaixonado por sua mulher... e com uma força que nada poderá atravancar. Ele deve mesmo vir aqui, ainda hoje de manhã?

— Estou à espera. Voltou da hoste ontem à noite e eu pedi-lhe que viesse ver-me.

— Então, já vou misturar o filtro com o hipocraz que vós lhe oferecereis como bebida. O hipocraz, que é feito com tantas especiarias e que tem uma cor escura, irá dissimular muito bem o pó. Mas eu vos aconselho, Senhora, a voltar para a cama e fingir que está doente, assim tereis o pretexto para não beberes também; pois não deveis absorver esta bebida e... encontrar-se depois tomada de amores pela Senhora vossa filha.

— É uma boa idéia, essa de recebê-lo acamada e fingir que não me sinto bem — respondeu a condessa d'Artois. — Assim poderemos conversar mais diretamente.

Ela mandou retirar os restos da refeição, pediu uma camisola e foi novamente para a cama. Depois chamou para perto dela seu chanceler Thierry d'Hirson, bem como seu primo-irmão Henri de Sully, que morava com ela; e trabalhou com eles examinando os negócios de seu condado.

Um pouco mais tarde, anunciaram a chegada do conde de Poitiers. Ele entrou, vestido de cores escuras como sempre, com suas pernas de garça real revestidas por botas macias e com a cabeça coberta por um chapéu, como que pendurada no alto de seu comprido corpo.

— Ah! Meu genro! — exclamou Mahaut, como se o Salvador aparecesse diante dela. — Como estou contente de vos rever. Sabeis o que eu estava fazendo? Eu estava escutando a leitura do estado atual de meus bens a fim de enunciar minhas últimas vontades. Passei a pior noite do mundo, com as entranhas torturadas pelas angústias da morte; e senti um terrível temor de passar para o outro lado sem a ocasião de vos rever e abrir para convosco meu coração, porque, apesar de tudo, eu vos amo como se fôsseis um filho.

A fim de conjurar as mentiras que ela acabava de proferir, tirou o pequeno reliquário em forma de medalhão que usava sempre junto ao peito pendurado numa corrente de ouro e beijou-o com devoção.

— Que São Druon me proteja![10] — disse ela, enfiando novamente o medalhão por baixo de sua roupa.

Bem instalada entre as almofadas de brocado, com as faces cheias e coloridas, os ombros largos, os braços carnudos, Mahaut dava sinais de uma robusta saúde. Parecia precisar apenas de se divertir um pouco.

"Vamos lá, vou assistir a mais uma representação de comédia", pensou Felipe de Poitiers. "Tanto em temperamento quanto na aparência, ela parece em todos os sentidos com Robert. Eles se odeiam pelo fato de serem parecidos demais. Aposto que ela vai me falar dele."

Pois ele não estava enganado. Mahaut logo se pôs a vituperar sobre aquele mau sobrinho, com suas manobras, suas intrigas, e contra a liga de senhores feudais que ele animava contra ela. Para Mahaut, tanto quanto para Robert, todos os negócios do mundo passavam pelo condado de Artois, cuja posse disputavam há treze anos. Os pensamentos, as ações, as amizades, as alianças e até mesmo os amores dos dois sempre estavam ligados, de uma maneira ou de outra, àquela luta; um entrava num clã exclusivamente porque o outro pertencia ao clã adverso; Robert só apoiava um decreto porque Mahaut o desaprovava; Mahaut era de início hostil a Clemência de Hungria porque Robert dera seu apoio àquele casamento. Aquele ódio que excluía toda possibilidade de acordo, toda transação, ultrapassava seu próprio objeto, e era possível perguntar-se se não havia entre a giganta e o gigante uma espécie de paixão às avessas, desconhecida até mesmo por eles próprios, e que teria sido melhor pacificada no incesto do que na guerra.

— Todas essas malvadezas apressam o fim da minha vida — disse Mahaut. — Eu soube que meus vassalos, reunidos por Robert, pronunciaram um juramento contra mim. Foi isso que me perturbou a saúde e colocou-me no estado em que estou.

— Eles juraram minha morte, Senhor conde — disse Thierry d'Hirson.

Felipe de Poitiers virou-se para o cônego chanceler e viu que era ele, e não Mahaut, que estava doente de tanto medo.

— Eu ia juntar-me à hoste, para pôr ordem em minha tropa — continuou Mahaut. — Como vistes, eu tinha preparado meus adornos de guerra...

Ela mostrou, num canto do aposento, um imponente manequim vestido com um longo vestido de malha de aço e com uma cota de seda bordada com as armas do condado de Artois; ao lado estavam preparados o elmo e as luvas protetoras.

Mahaut suspirou. Lamentava a ocasião perdida. Ela gostava muito de se vestir de cavaleiro, como um homem.

— E depois eu soube do fim desta gloriosa cavalgada que custa ao reino tanto dinheiro e tanta honra. Ah! Pode-se dizer que a fortuna quase não sorriu a vosso irmão e que tudo o que ele empreende fracassa. Na verdade, penso realmente que vós teríeis sido um rei muito melhor do que ele, e é uma grande pena para todos, meu genro, que vós tenhais nascido em segundo lugar. Vosso pai — que Deus o tenha — freqüentemente se queixava disso.

Depois do escândalo do palacete de Nesle e da detenção de Jeanne em Dourdan, o conde de Poitiers reencontrava a sua sogra apenas nas cerimônias públicas, durante os funerais de Felipe, o Belo, por exemplo, ou então durante as sessões da Câmara dos pares, porém jamais tivera novamente com ela um encontro privado. Os encontros entre ambos tinham sido frios. Para essa retomada de contato, Mahaut jogava todas as cartas e não poupava elogios. Ela convidou seu genro a sentar-se mais perto da cama. Hirson e Sully distanciaram-se em direção à porta.

— Não, meus bons amigos, vossa presença não é demais; sabeis muito bem que para vós não tenho segredos — disse ela.

Ao mesmo tempo, ela lhes fazia sinal, com um movimento dos dedos, para que saíssem do aposento.

Entre os grandes senhores feudais, era pouco habitual que se recebesse um visitante a sós. Os apartamentos estavam freqüentemente ocupados ou eram continuamente atravessados por parentes, familiares, vassalos, servos. As entrevistas normalmente se passavam à vista de todos ou, pelo menos, na presença de algum fidalgo de serviço ou de uma dama de companhia. Daí a necessidade, naquela época, das alusões e das meias palavras. Quando dois interlocutores principais se retiravam junto ao canto de uma janela para conversar em voz baixa, as pessoas de seu séquito fingiam desinteresse, mas sentiam-se facilmente perturbadas ou inquietas. Toda entrevista a portas fechadas assumia ares de complô. E era exatamente esse aspecto que Mahaut pretendia dar à sua conversação com o conde de Poitiers, nem que fosse para chegar a comprometê-lo um pouco e fazer com que entrasse em seu jogo.

Tão logo ficaram a sós, ela perguntou:

— Quais são vossos sentimentos por minha filha Jeanne?

Como ele hesitasse em responder, ela encetou sua pregação. Claro, Jeanne de Borgonha havia cometido erros, erros muito graves, ao deixar de advertir seu marido sobre as intrigas de alcova que desonravam a casa real, tornando-se assim cúmplice — ... voluntariamente, involuntariamente... quem poderia dizer ao certo?... — daquele escândalo. Mas ela não cometera pecado de corpo, nem traíra seu casamento; todos reconheciam isto; e o próprio rei Felipe, em toda sua ira, havia concordado com tal evidência, posto que determinara para Jeanne outro local como domicílio de reclusão, ao mesmo tempo que jamais afirmara que tal reclusão era para toda a vida...

— Eu sei, pois estava presente ao Conselho de Maubuisson — disse o conde de Poitiers que desejava pôr fim àquelas lembranças amargas.

— Como é que Jeanne teria podido vos trair, Felipe? Ela vos ama. Sois o único amor dela. Basta que vos lembreis de seus gritos, quando a levaram na carruagem negra: "Dizei ao Senhor conde Felipe que eu sou inocente!" Ainda sinto o coração cortado, eu, que sou sua mãe, por ter tido que assistir a isso. E nesses quinze meses de estadia em Dourdan, eu sei, por intermédio de seu confessor, que ela jamais proferiu a menor palavra contra vós, ao contrário, ela só tem para convosco palavras de amor e preces a Deus a fim de reconquistar vosso coração. Eu asseguro que vossa mulher é a mais fiel, a mais devotada entre todas, e ela já foi duramente castigada.

Colocava todos os erros, todas as culpas, em Margarida de Borgonha, e isso com maior tranqüilidade pelo fato de Margarida não pertencer à sua família mais próxima e, depois, porque ela estava morta. Era Margarida a pecadora, a desavergonhada, a biscate; era Margarida que havia arrastado Branca, pobre menina inconsciente, que tinha abusado da amizade de Jeanne... Aliás, será que até Margarida não mereceria certas desculpas? A esperança de ser rainha da Navarra não é suficiente, e que mulher não teria se sentido infeliz com um marido como aquele! Definitivamente, Mahaut considerava o Cabeçudo como o primeiro responsável por seu próprio infortúnio.

— Parece que vosso irmão não é lá muito bem dotado...

— Sempre me garantiram, ao contrário, que ele era normal em relação a isso... ainda que um pouco atrapalhado ou violento de maneiras... mas de forma alguma impedido de chegar ao fim — respondeu o conde de Poitiers.

— Vós não ouvistes, como eu, as confidências femininas — replicou Mahaut.

Ela se ergueu, maciça, sobre as almofadas, e olhou seu genro bem nos olhos.

— Felipe, falemos de maneira direta. Pensais que a herdeira, a pequena Jeanne de Navarra, é realmente filha de Luís, ou seu pai seria o galanteador de Margarida?

Felipe de Poitiers coçou por um instante o queixo.

— Meu tio Carlos de Valois afirma que ela é bastarda, e o próprio Luís, com as maneiras que tem para distanciar esta criança, parece confirmar isto.

Outros, como meu tio Évreux ou, claro, o duque de Borgonha, dizem que ela é legítima.

— Caso venha a ocorrer uma infelicidade a Luís, cuja saúde não é muito boa, sois o segundo na linhagem da sucessão. Mas se a pequena Jeanne for declarada bastarda, como pensamos ser o caso, então vos tornais o primeiro, e sereis rei. Vós sois feito para reinar, Felipe.

— A nova esposa que chega de Nápoles talvez dê a meu irmão um herdeiro.

— Caso ele seja capaz de procriar. E se Deus lhe der tempo para isso... — disse Mahaut insistindo bastante nessas últimas palavras.

Naquele momento, Beatriz d'Hirson entrou, trazendo uma bandeja com uma jarra cinzelada, taças de cobre e uma grande taça cheia de pastilhas de amêndoas. Mahaut fez um movimento impaciente. A interrupção era realmente bem inoportuna! Mas sem perturbar-se nem apressar-se, a dama de companhia encheu as taças e apresentou ao conde de Poitiers o hipocraz e as pastilhas. Mahaut estendeu maquinalmente a mão para pegar uma taça. Beatriz olhou-a com uma tal expressão que ela logo se deteve, dizendo:

— Não, estou muito doente, tudo me dá ânsias de vômito.

Poitiers estava pensativo. Ele próprio não tinha deixado de pensar muitas vezes, no decorrer dos últimos meses, nos problemas colocados por uma eventual sucessão. Claramente, Mahaut propunha-lhe aliança e apoio, no caso em que Luís X viesse a desaparecer.

Beatriz d'Hirson saiu do aposento.

— Ah, Felipe! Salvai minha filha Jeanne da morte, eu vos suplico — exclamou de repente Mahaut, patética. — Ela não merece isto.

— Mas quem a ameaça? — perguntou Poitiers.

— Robert, sempre Robert! — respondeu ela. — Eu soube que ele estava de conivência com vossa irmã Izabel para tramar a perda de minhas filhas e de Margarida... E vi esse grande espertalhão, sentado aí mesmo onde estais hoje, vir anunciar-me minha infelicidade, com uma expressão toda cheia de piedade. E eu acreditei que ele estava sendo sincero. Ele fingia, aquele imundo! Mas isso não há de lhe dar sorte, como não deu sorte a Izabel. Seu marido perdeu novamente a Escócia e continua a chafurdar no vício da sodomia com seus carregadores...

Ela se deteve por um momento, porque Poitiers aproximava a taça de seus olhos míopes a fim de examinar o trabalho de cinzelaria. Depois emendou:

— Mas esse demoníaco Robert ainda fez mais, depois disso. Sabíeis que no dia em que Margarida foi encontrada morta ele tinha estado na fortaleza de Château-Gaillard, de manhãzinha?

— Isso é mesmo verdade? — disse Poitiers sem demonstrar uma surpresa extrema.

Ele também tinha suas informações. Bebeu um gole e pareceu apreciar o líquido ingerido.

— Branca, presa na mesma torre, ouviu tudo. A pobre moça, depois disso, comporta-se como louca. Ela enviou-me há alguns dias uma mensagem... Escutai o que digo, Felipe, ele vai matá-las todas, uma depois da outra. Suas intenções são óbvias. Agora Robert pode agir como bem entende e pode conseguir tudo que quiser do rei. Eles são cúmplices do mesmo crime. Basta que Robert fale, para que Luís aprove. Agora ele vai dar um jeito em minha descendência. Eu sou sozinha, viúva, com um filho ainda jovem demais para me dar apoio, e por cuja vida eu temo tanto quanto pela vida de minhas filhas[11]. Tanto sofrimento, tantos temores, só fazem por acabar com a vida de uma mulher antes da hora.

Novamente ela tocou em sua relíquia peitoral.

— Deus é testemunha: eu não queria falecer deixando meus filhos entregues a este chacal. Eu vos rogo, trazei vossa esposa Jeanne para junto de vós a fim de protegê-la e mostrai ao mesmo tempo que eu ainda tenho um aliado. Pois caso aconteça que Jeanne perca a vida, ou caso ela permaneça presa e o domínio de Artois seja tirado de mim como desejam alguns tão ardentemente, então eu serei obrigada a pedir que me devolvam, para meu filho, o palatinato da Borgonha, que era o dote de Jeanne.

Poitiers foi obrigado a admirar a destreza com a qual sua sogra havia marcado seu último ponto. Assim a transação proposta era clara: "Ou aceitais o retorno de Jeanne e dou-vos meu apoio para a sucessão ao trono caso ele venha a se tornar vago, para que minha filha se torne rainha da França; ou então recusais a reconciliação conjugal, mas então eu mudo de opinião e negocio a retomada do condado da Borgonha contra o abandono do domínio de Artois."

Ora, a Borgonha-condado constituía não somente um imenso domínio, mas também, devido à sua situação de palatinato, um possível acesso à coroa eletiva do império da Alemanha.

Poitiers contemplou por um instante Mahaut, monumental, assim, rodeada pelos drapeados de brocado que pendiam de sua cama.

"Ela é traiçoeira como uma raposa e obstinada como um javali; sem dúvida, suas mãos estão manchadas de sangue, mas jamais poderei me defender se não puder contar com a amizade dela... Na violência, como na mentira, sempre há uma pitada de ingenuidade..."

E para disfarçar o sorriso que aflorava em seus lábios, bebeu mais um gole em sua taça de cobre.

Ele não prometeu nada, não concluiu nada, pois era de natureza reflexiva, e não achava que havia urgência em decidir. Mas, pelo menos, ele já vislumbrava o meio para contrabalançar, no Conselho dos pares, a influência de Valois, que considerava funesta.

Bebeu um último gole e disse:

— Falaremos de tudo isso por ocasião da sagração, quando poderemos nos rever em breve, minha mãe.

E com aquelas palavras — "minha mãe" — , que ele empregava pela primeira vez em quinze meses, Mahaut compreendeu que tinha vencido.

Logo após a partida de Felipe, Beatriz entrou e examinou a taça.

— Ele a esvaziou quase até o fundo — disse ela satisfeita. — Vós vereis, senhora Mahaut... que o Senhor conde de Poitiers vai logo, logo, dirigir-se até Dourdan.

— O que eu vejo, sobretudo, é que ele daria um bom rei... caso perdêssemos o que temos agora.

VIII

UM CASAMENTO CAMPESTRE

Numa terça-feira, 13 de agosto de 1315, ao despontar da aurora, os habitantes do pequeno burgo de Saint-Lyé, na Champagne, foram acordados por cavalgadas vindas do norte e do sul, pelas estradas de Sézanne e de Troyes.

Em primeiro lugar, chegaram a galope os governantes da casa real, e eles penetraram, com toda uma escolta de escudeiros, de copeiros e domésticos, sob as arcadas do castelo. Depois apareceu a grande carroça dos móveis e da louça, conduzida por mordomos, empregados encarregados da prataria e das tapeçarias; enfim, chegou, montando várias mulas e entoando cânticos, todo o clero de Troyes, seguido de perto pelos mercadores italianos que costumeiramente trabalhavam nas feiras da Champagne. O sino da igreja começou a badalar incessantemente; o rei ia se casar logo, logo em Saint-Lyé.

Então os camponeses gritaram suas saudações tradicionais e as mulheres correram aos campos para colher flores e fazer corbelhas, como para a passagem do santo sacramento, enquanto os oficiais encarregados da elaboração do banquete esparramavam-se pelos arredores, recolhendo todos os ovos, a carne vermelha, as aves e os peixes de viveiro que eles podiam encontrar.

Por sorte, tinha parado de chover desde a véspera; mas o tempo continuava pesado e cinzento; o calor do sol, na falta de seus raios, atravessava as nuvens. Os servidores reais enxugavam a testa, e os aldeães, olhando o céu, anunciavam que a tempestade cairia antes do final da tarde. No castelo, ouvia-se o trabalho dos carpinteiros; as cozinhas fumegavam, enquanto o conteúdo de charretes e mais charretes de palha era espalhado nas salas a fim de servir como cama para as escoltas.

Saint-Lyé não vira tamanha efervescência desde o dia em que Felipe Augusto, no início do século anterior, tinha vindo ali confirmar solenemente a doação daquela fortaleza aos bispos de Troyes. Um grande acontecimento a cada cem anos[12].

Por volta da metade da manhã, o rei, rodeado por seus dois irmãos, seus dois tios, seus primos Felipe de Valois e Robert d'Artois, atravessou a aldeia a galope, sem responder às aclamações que lhe dirigiam e derrubando os arranjos de flores que precisaram ser recompostos após sua passagem.

Ele continuou ainda por uma meia légua e, repentinamente, vindo no sentido contrário, avistou o cortejo de Clemência de Hungria.

Aquele cortejo, conduzido pelo bispo de Troyes, Jean d'Auxois, deslocava-se lentamente, com uma velocidade de procissão.

— O rei, Senhora! Lá está o rei! — disse Bouville que cavalgava ao lado da liteira da princesa.

Clemência, debruçando-se para olhar, perguntou-lhe qual deles, entre aqueles cavaleiros que avançavam em sua direção, era seu futuro marido. Bouville explicou-se mal, ou talvez não tenha entendido muito bem a pergunta, de modo que Clemência compreendeu que seu noivo era o conde de Poitiers, porque este se mantinha na cela com uma nobreza tão natural, a ponto de parecer-lhe, em sua esguia figura, o mais sedutor. Ora, foi o cavaleiro de aspecto menos agradável que, antes de todos, desceu do cavalo e aproximou-se da liteira. Bouville, que também já tinha descido de sua montaria, tomou-lhe a mão a fim de beijá-la e, dobrando um dos joelhos, disse:

— Vossa Majestade, eis a Senhora Princesa da Hungria.

Então a bela princesa angevina viu aquele homem jovem de grandes olhos sem brilho e de tez obscura, com o qual ela iria compartilhar doravante o destino, a cama e o poder, enviada pelos decretos da sorte e intrigas da corte.

Luís X, por sua vez, contemplava-a sem nada dizer, com ares estupefatos, a tal ponto que, no primeiro momento, Clemência pensou que ela não o agradava.

Foi ela que se decidiu a romper o silêncio.

— Vossa Majestade — disse ela —, faço-me desde já vossa serva, para sempre.

Tais palavras pareceram destravar a língua do Cabeçudo.

— Eu temia, minha prima, que vosso retrato pintado fosse enganador e exagerado; mas vejo agora que tendes ainda maior graça e beleza do que aquela imagem me mostrou.

E se voltou para seu séquito, como para fazer com que todos apreciassem sua sorte.

Depois procederam às apresentações dos membros da família. Um senhor de forte corpulência, vestido de dourado como se estivesse de partida para um torneio, beijou Clemência tratando-a por "minha sobrinha", e assegurou-lhe que a conhecera ainda criança, em Nápoles. Clemência compreendeu que se tratava de Carlos de Valois, o principal artesão daquele casamento. Depois ela soube que o elegante cavaleiro que se havia inclinado tratando-a de "minha irmã" era o mais velho de seus cunhados.

De repente, as mulas que sustentavam a liteira agitaram-se; uma colossal massa humana, vestida de vermelho, e da qual Clemência não conseguiu ver a cabeça, velou por um instante a luz; a princesa ouviu pronunciarem:

— Vosso primo, o senhor Robert d'Artois.

Logo todos se puseram novamente a caminho, e o rei rogou ao bispo que se encarregasse imediatamente de todos os preparativos, a fim de que tudo estivesse pronto na igreja.

Clemência havia esperado que o encontro se passasse de outra forma. Ela imaginara que haveria várias tendas erguidas num lugar anteriormente escolhido, que os arautos armados fariam soar as trombetas por todo lado e que lhe ofereceriam uma refeição leve, durante a qual começaria a conhecer seu noivo. Pensara também que o casamento seria celebrado alguns dias depois e que seria o prelúdio de duas semanas de festas, com cantos improvisados, saltimbancos e menestréis, de acordo com os costumes para as bodas principescas.

A brusqueza daquela acolhida em plena floresta, numa estrada, na ausência de aparato à altura, surpreendeu-a um pouco. Aquilo parecia um simples encontro durante uma saída para a caça. Ela ficou ainda mais espantada ao saber que se casaria imediatamente, num castelo vizinho em que os noivos e o séquito passariam em seguida a noite, para partir no dia seguinte em direção a Reims.

— Meu amável Senhor — perguntou ela ao rei, que agora cavalgava a seu lado —, pretendeis retornar à guerra?

— Certamente, Senhora, deverei retornar... no ano que vem. Desta vez não persegui os flamengos e acabei abandonando-os a seu próprio medo, mas agi assim apenas no intuito de vir vos acolher e de realizar nossos esponsais.

O galanteio era tão gentil que Clemência ficou perplexa. Ela ia de surpresa em surpresa. Aquele rei, tão impaciente para vir encontrá-la, era capaz de licenciar seu exército embora, ao mesmo tempo, estivesse lhe oferecendo um rude casamento numa aldeiazinha.

Apesar dos arranjos de flores e do entusiasmo dos camponeses, o castelo de Saint-Lyé, pequena fortaleza de paredes espessas e sujas devido a três séculos de umidade, pareceu sinistro à princesa napolitana. Ela teve apenas uma hora para trocar de roupas e recolher-se antes da cerimônia, se é que se pode falar em recolhimento quando se está num aposento em que trabalham inúmeros servos, cujos preparativos ainda não tinham sido terminados. O Senhor conde de Valois logo veio rodear a princesa como um grande zangão dourado, pretendendo instruir e informar a sobrinha, em tão pouco tempo, de tudo que ela devia saber sobre a corte da França e, especialmente, sobre o lugar essencial que ele mesmo nela ocupava.

Assim, Clemência devia saber desde já que Luís X, mesmo possuindo todas as qualidades desejáveis para um bom esposo, não tinha apenas virtudes, sobretudo em política. Era sensível às influências e defendia-se mal contra os maus conselheiros. Naquele caso de Flandres, por exemplo, Valois estimava que Luís não o escutara como deveria, ao passo que dava ouvidos demais aos conselhos do condestável e do conde de Poitiers. Quanto à eleição do papa... Por acaso Clemência havia passado por Avinhão? Quem ela encontrara lá? O cardeal Duèze? Claro: Duèze é que deveria ser eleito... Era preciso fazer com que Clemência compreendesse porque Valois insistira tanto e manobrara tão bem para que ela se tornasse rainha da França; ele contaria doravante com sua presença atenta, sua graça e sua sabedoria para ajudá-lo a orientar bem o rei. Que Clemência não hesitasse jamais em se abrir com ele, com toda a confiança, sobre todos os assuntos. Desde agora, eles deveriam concluir uma estreita aliança. Pois era ele o parente mais próximo dela na corte, devido a seu primeiro casamento com Margarida de Anjou e, ao mesmo tempo, agora ocupava o lugar de pai do soberano...

Na verdade, Clemência começava a sentir-se embriagada com aquela onda enorme de palavras, com todos aqueles nomes pronunciados numa misturada e com a agitação daquele personagem todo bordado de ouro em volta dela. Uma quantidade grande demais de impressões novas, de rostos percebidos rapidamente, misturavam-se em sua cabeça. E depois, enfim, ia se casar dentro em pouco. Estava convencida das boas intenções de todos, e a solicitude que lhe demonstrava o conde de Valois a tocava. Mas ela teria desejado preparar o espírito para aquilo tudo. Então era isso um casamento de rainha?

Ela teve coragem para perguntar por que apressavam tanto a cerimônia.

— Porque a sagração de Luís deve ocorrer domingo que vem em Reims, e ele quis que vossa união se consolidasse antes, para que possais participar da cerimônia com ele — respondeu Valois.

O que ele omitiu é que as despesas do casamento incumbiam à coroa, ao passo que as da sagração eram assumidas pelos almotacés de Reims. Ora, o caixa real, depois do fracasso da hoste lamacenta, estava mais vazio do que nunca. Daí aquelas bodas às pressas, sem o menor luxo; os regozijos e festejos seriam oferecidos pela cidade de Reims.

Clemência de Hungria só conseguiu um pouco de paz pedindo para ver seu confessor. Já se confessara de manhã, mas queria ter certeza de chegar ao altar sem pecado algum. Será que não teria cometido algum pecado venal naquelas últimas horas, será que ela não teria pecado pela falta de humildade ao surpreender-se por ser recebida sem luxos e pompas, será que não teria pecado pela falta de caridade em relação ao Senhor de Valois?

Enquanto se realizavam os últimos preparativos, Hugues de Bouville foi abordado no pátio do castelo pelo senhor Spinello Tolomei. O capitão-geral dos banqueiros italianos, sempre alerta apesar de seus sessenta anos e de sua enorme barriga, também tinha vindo até Reims porque conseguira assegurar o fornecimento de diversos produtos para a sagração. Ele pôde dar a Bouville as últimas notícias de Guccio, que continuava hospitalizado em Marselha.

— Mas por que tinha ele que se jogar na água? — gemeu Tolomei. — Ah... ele me faz tanta falta nesses dias! Ele é que viajava para mim.

— E quanto a mim? Pensais que ele não me fez falta durante todo o restante do trajeto? — respondeu Bouville. — A escolta gastou o dobro do que teria custado a viagem, caso Guccio tivesse cuidado das despesas.

Tolomei estava preocupado. Com o olho esquerdo fechado, o lábio inferior um pouco caído, se queixava dos acontecimentos mais recentes, das taxas cobradas sobre as vendas, da fiscalização dos mercados e das últimas medidas com relação aos banqueiros italianos. Aquilo tudo se parecia muito com os decretos do rei Felipe.

— E nos haviam garantido que isso ia mudar...

Bouville separou-se de Tolomei a fim de juntar-se ao cortejo nupcial.

Foi Carlos de Valois que conduziu a noiva até o altar. Quanto a Luís X, ele teve que caminhar sozinho. Nenhuma mulher da família vinha a seu lado para substituir o acompanhamento materno. Sua tia-avó Agnes de França, filha de São Luís, duquesa e viúva dotada da Borgonha, havia se recusado a vir, e todos sabiam por quê: era a mãe de Margarida. A condessa Mahaut tinha dado como pretexto um impedimento de última hora causado pela agitação no condado de Artois; ela iria diretamente para Reims, para a sagração, cerimônia que fazia parte de suas obrigações enquanto par do reino. As condessas de Valois e de Évreux que, quanto a elas, eram aguardadas, não vieram; saberiam depois que um erro de itinerário tinha feito com que desviassem na direção de uma capela de Saint-Lyé, a uma dezena de léguas, situada nas paragens de Reims...

Monsenhor Jean d'Auxois, usando a mitra, oficiava. Durante todo o tempo que durou a missa, Clemência reprovou a si mesma o fato de não conseguir recolher-se tanto quanto teria desejado. Ela se esforçava para elevar seus pensamentos em direção ao Céu, suplicando a Deus que lhe concedesse, em todos os momentos da vida, virtudes de esposa, qualidades de soberana e as bênçãos da maternidade; mas seus olhos, sem que pudesse controlá-los, dirigiam-se para o homem que ela escutava respirar ao lado dela, cujos traços mal conhecia, e com o qual, ainda naquela noite, ia compartilhar o leito nupcial.

A cada vez que se ajoelhava, ele deixava escapar uma tossezinha breve que parecia um tique; a ruga profunda que marcava seu queixo curto surpreendia, num ser ainda tão jovem. A boca era fina, com os cantos caídos, os cabelos longos e como que achatados sobre a cabeça, de uma cor imprecisa. E quando aquele homem se voltava para ela, Clemência sentia-se incomodada pelo olhar de seus grandes olhos sem brilho. Ela se espantava por não sentir novamente aquele estado de felicidade sem limites e sem nódoas que dela tomava conta ao deixar Nápoles.

"Meu Deus, impedi-me de ser ingrata para com as bênçãos que vós me concedeis."

Mas ninguém pode comandar constantemente o próprio espírito; e Clemência surpreendeu-se pensando que se tivesse podido escolher entre os três príncipes da França, teria preferido o conde de Poitiers. Um forte horror tomou conta dela, e ela quase gritou: "Não, não quero, não sou digna!" Naquele momento, diante do bispo que lhe perguntava se ela aceitava Luís, rei de França e de Navarra, como esposo, ela ouviu que respondia "sim", sem poder reconhecer sua própria voz.

A primeira trovoada da tempestade que se armava se fez ouvir quando a aliança — larga demais — era colocada no dedo de Clemência; os assistentes se entreolharam e muitos fizeram o sinal da cruz.

Quando o cortejo saiu, os camponeses esperavam, reunidos diante da igreja, vestidos com suas rústicas camisas de algodão e com as pernas envoltas em trapos. Clemência murmurou:

— Não vamos dar esmolas?

Pensara alto e observou-se que suas primeiras palavras como soberana tinham sido palavras de bondade.

Para agradá-la, Luís X ordenou a seu camareiro que lançasse alguns punhados de moeda. Os camponeses imediatamente se jogaram ao chão, e o espetáculo oferecido à nova esposa foi o de uma batalha selvagem por sobre os arranjos de flores. Era possível escutar tecidos que se rasgavam, resmungões surdos semelhantes aos das porcas e choques entre crânios. Os senhores feudais divertiam-se muito contemplando aquilo. Um dos miseráveis, mais alto e mais pesado que outros, esmagava com o pé as mãos que tinham conseguido pegar uma moeda e forçava-a a abrir-se.

— Eis aí um grosseirão que sabe se defender — disse Robert d'Artois. — A quem ele pertence? Eu gostaria de comprá-lo.

E Clemência viu com desprazer que Luís também achava graça naquela cena.

"Não é dessa forma que se doa", pensou ela, "eu vou ensinar a ele."

A chuva começou a cair.

As mesas tinham sido preparadas na sala maior do castelo. O banquete durou cinco horas. "Eis-me aqui rainha da França", dizia Clemência a si mesma. Não se acostumava à idéia. Aliás, não se habituava a nada do que via. A gula dos senhores franceses a horrorizava. À medida que circulava o vinho, o tom das vozes se elevava. Única mulher naquele banquete de homens de guerra, Clemência via todos os olhares voltarem-se para ela e adivinhava que na extremidade da sala os propósitos trocados entre os convivas assumiam um tom bem licencioso.

De quando em quando, um deles se ausentava. Mathieu de Trye, o camareiro-mor, gritou;

— Senhores, Vossa Majestade proíbe que se mije na escada pela qual ele vai passar!

Já estavam no quarto prato servido dos seis que compunham o banquete, entre os quais um porco inteiro apresentado no espeto e um pavão com sua cauda reconstituída, quando dois escudeiros chegaram trazendo um patê monumental que colocaram diante do casal real. Cortaram-no, e uma raposa viva surgiu do patê, diante das exclamações da assistência. Como eles não tinham podido preparar um verdadeiro bolo de casamento de vários andares, nem outras sobremesas complicadas que teriam exigido diversos dias de trabalho, os cozinheiros haviam decidido se distinguir daquela maneira.

A raposa enlouquecida pulava no salão, indo de um lado para o outro, com a cauda avermelhada e espessa, e com seus belos olhos brilhantes, um pouco leitosos de tanto medo.

— Pega! Pega! — urravam os convivas pulando de suas cadeiras.

Uma caça foi improvisada em volta das mesas. Foi Robert d'Artois que pegou o animal. Viram o gigante mergulhar em direção ao solo e levantar-se segurando a raposa que gritava, mostrando os dentes afinados e seu beiço preto. Depois Robert foi fechando lentamente os dedos; as vértebras estalaram; os olhos da raposa tornaram-se vidrados e Robert estendeu o animal morto sobre a mesa, diante da nova rainha, como uma homenagem.

Clemência, que mantinha com o polegar sua aliança larga demais, perguntou a seu marido se, na França, o costume era que as mulheres não assistissem aos casamentos. Ela recebeu de Luís algumas explicações embaraçadas.

— Mas, de qualquer modo, minha irmã, vós não teríeis tido a ocasião de ver minha esposa — disse o conde de Poitiers.

— Por que não? — perguntou Clemência, que sentia um grande interesse por tudo que ele dizia e, ao mesmo tempo, um incômodo ao responder.

— Porque ela ainda está fechada no castelo de Dourdan — disse Felipe de Poitiers.

Depois, voltando-se para o rei:

— Vossa Majestade, nesse dia de tanta felicidade, venho vos solicitar a suspensão da pena que foi infligida a Jeanne, minha esposa. Seus erros não eram crimes e ela se arrependeu deles.

O Cabeçudo, pego de surpresa, não sabia o que decidir. Seria melhor, diante de Clemência, dar provas de mansuetude ou, ao contrário, de firmeza, duas qualidades que eram igualmente reais? Procurou com os olhos Carlos de Valois, a fim de lhe pedir conselho, mas este havia se retirado para tomar um pouco de ar fresco. E Robert d'Artois, do outro lado do salão, estava ensinando a seu primo Felipe de Valois como agarrar uma raposa sem ser mordido.

— Meu esposo — disse Clemência —, pelo amor que tendes por mim, concedei a vosso irmão a graça que ele solicita. O dia de hoje é um dia de esponsais e eu gostaria que todas as mulheres de vosso reino compartilhassem de nossa alegria.

Ela parecia interessar-se sinceramente pelo caso, com um calor repentino; ela se sentia aliviada por ouvir Felipe de Poitiers falar de sua mulher e exprimir o desejo de que Jeanne voltasse para o lar.

Luís havia comido muito e tinha esvaziado mais taças de vinho do que teria sido conveniente. Aproximava-se o instante em que tomaria nos braços aquele belo corpo tranqüilo do qual ele era, dali em diante, mestre e senhor. Não tinha juízo suficiente para pesar naquele momento as conseqüências políticas do que lhe pediam.

— Não há nada, minha amiga, que eu não queira fazer para vos agradar — respondeu ele. — Meu irmão, podeis recuperar a senhora Jeanne e trazê-la para junto de vós quando quiserdes.

Carlos de La Marche, que tinha seguido com atenção o diálogo, disse então:

— E para Branca, Vossa Majestade, o que decidis?

— Branca, nunca! — disse o rei.

— Tudo o que peço é poder visitá-la na fortaleza de Château-Gaillard, e que seja transferida para um convento em que terá um tratamento menos duro...

— Nunca! — repetiu o Cabeçudo com um tom que praticamente proibia qualquer insistência.

Os ressentimentos de Luís em relação a Jeanne de Borgonha, devido a participação que ela tivera em seus infortúnios conjugais, tinham-se atenuado com seu segundo casamento. Em contrapartida, tinha um verdadeiro pavor de imaginar que Branca, saindo da fortaleza e do isolamento absoluto, pudesse divulgar as circunstâncias da morte de Margarida. Aquele temor inspirou o Cabeçudo a tomar, pelo menos uma vez na vida, uma decisão rápida e sem apelo.

Clemência, julgando sensato restringir-se à sua primeira vitória, não ousou intervir.

— Então eu não terei nunca mais o direito de ter uma esposa? — perguntou Carlos.

— Deixai agir o destino, meu irmão — respondeu Luís.

O rosto de Carlos de La Marche que, apesar de belo era um tanto mole, assumiu uma expressão contrariada e emburrada.

"Parece que a sorte favorece mais Felipe do que eu."

E, desde então, engendrou-se em Carlos de La Marche um ressentimento — não contra seu irmão, o rei, mas sim contra seu outro irmão, Felipe de Poitiers.

No término daquele dia cansativo, a rainha estava tão exausta que os acontecimentos noturnos desenrolaram-se como se fossem algo de uma outra vida. Ela não sentiu horror nem sofrimento excessivo, nem tampouco uma felicidade especial. Simplesmente se submeteu, admitindo que as coisas deviam se passar daquela maneira. Ouviu, antes de mergulhar no sono, palavras balbuciadas que fizeram com que esperasse ser apreciada por seu esposo. Se fosse menos novata naquele domínio, teria compreendido que dispunha — pelo menos por algum tempo — de um grande poder sobre Luís X.

Este, de fato, tinha se maravilhado por encontrar naquela jovem filha de rei uma passividade tão cheia de consentimento que, até agora, ele só vira nas servas. A angústia de não chegar ao final que se apoderava dele com Margarida havia desaparecido. Talvez, no final das contas, tudo se explicasse por ele não ter sido feito para as morenas. Diversas vezes se sentiu triunfante sobre aquele belo corpo que brilhava tenuemente, como que nacarado sob a pequena lamparina a óleo pendurada acima da cama, e do qual ele podia dispor como bem quisesse seu desejo. Jamais chegara a tamanha realização.

Quando saiu do quarto, no final da manhã, sua cabeça dava voltas, mas ele a mantinha bem alta e com mais orgulho do que se tivesse vencido os flamengos; sua noite de núpcias havia apagado seus fracassos militares.

Pela primeira vez, o Cabeçudo foi capaz de enfrentar sem incômodo as brincadeiras licenciosas de seu primo Robert d'Artois, que tinha a fama de ser o macho mais bem dotado e resistente da corte.

Depois, por volta de meio-dia, eles se puseram a caminho do norte. Clemência olhou para trás para guardar na memória uma última imagem daquele castelo em que se tornara mulher e rainha, e de cujas dimensões exatas nunca mais poderia se lembrar.

Dois dias mais tarde, chegavam a Reims. Os habitantes não tinham visto uma sagração há trinta e três anos, isto é, para a metade da população, pelo menos, o espetáculo era novo. Oficiais reais, ocupadíssimos, corriam junto com os almotacés da sede do governo municipal para o arcebispado. Nas praças haviam se instalado todos os tipos de mercadores, saltimbancos e domadores de animais, como numa quermesse. Grandes senhores feudais, grandes prelados, chegados dos quatro cantos da França, passavam com suas escoltas, procurando o lugar em que se alojariam. Camponeses, burgueses e pequenos senhores feudais afluíam nas paragens, aumentando assim uma multidão que os sargentos tentavam conter junto ao itinerário embandeirado do cortejo real.

Os habitantes de Reims não podiam imaginar que teriam a ocasião de contemplar de novo aquela grande cavalgada e de pagar por isso, muitas vezes, num futuro próximo.

O rei que naquele dia atravessava o portal da catedral de Reims estava acompanhado dos três sucessores que a História lhe daria. De fato, atrás de Luís X cavalgavam seus irmãos Felipe e Carlos, bem como seu primo Felipe de Valois. Nos próximos quatorze anos, a coroa seria colocada sucessivamente na cabeça de cada um deles.

Segunda Parte

DEPOIS DE FLANDRES, O CONDADO DE ARTOIS...

I

OS ALIADOS

De todas as funções humanas, a que consiste em governar seus semelhantes, ainda que sendo a mais invejada, é a mais decepcionante, pois ela jamais chega ao fim e não permite ao espírito nenhum repouso. O padeiro que assou sua fornada, o lenhador que abateu seu carvalho, o juiz que acabou de pronunciar uma sentença, o arquiteto que vê terminado o teto de um edifício, o pintor, uma vez terminado seu quadro, podem, pelo menos por uma noite, experimentar aquela paz relativa que proporciona um esforço que levou ao cumprimento de algo. O homem de governo, jamais. Mal uma dificuldade política parece resolvida, outra, que já estava se formando enquanto ele se ocupava da primeira, exige uma atenção imediata. O general vencedor aproveita por muito tempo das honras da vitória; mas o ministro deve enfrentar as novas situações provocadas pela própria vitória. Nenhum problema tolera ficar por muito tempo sem resolução, pois tal como hoje ele aparece de menor importância, amanhã ele pode assumir uma importância trágica.

O exercício do poder quase só é comparável ao da medicina, que também conhece um encadeamento sem tréguas, o primado das urgências, a vigília constante dos males benignos porque podem ser os sintomas de lesões graves; enfim, uma perpétua responsabilidade em domínios nos quais a sanção depende de circunstâncias futuras. O equilíbrio das sociedades, tal como a saúde dos indivíduos, jamais tem um caráter definitivo e não pode representar uma labuta acabada.

O ofício de rei, no tempo em que governavam, comportava tais servitudes constantes.

Mal Luís X tinha conseguido acalmar os problemas de Flandres, resignando-se a deixá-los sem solução por não conseguir enfrentá-los, mal tinha ele corrido para Reims a fim de aproveitar do prestígio místico que a sagração conferia ao soberano, nem que fosse o menos amável e o menos competente dos monarcas, novas perturbações já explodiam no norte da França.

Os senhores feudais do domínio de Artois, tal como haviam prometido a Robert, não tinham baixado as armas após o retorno da *hoste lamacenta*. Percorriam o domínio com seus estandartes, tratando de conquistar as populações para a causa que defendiam. Toda a nobreza estava do lado deles e, com elas, os campos. A burguesia das cidades estava dividida. Arras, Boulogne, Thérouanne haviam adotado a causa dos senhores das ligas feudais. Calais, Avesnes, Bapaume, Aire, Lens, Saint-Omer permaneciam fiéis à condessa Mahaut. O condado estava numa agitação próxima da insurreição.

A alta nobreza era representada na liga por Jean de Fiennes, cunhado do conde de Flandres, o que tornava aquele movimento de revolta especialmente preocupante.

Os rebeldes contavam, para os procedimentos legais, com a ajuda de Gérard Kiérez, homem hábil na formulação de requerimentos, na redação de petições e na condução de ações jurídicas diante do Parlamento e do Conselho do rei.

Os senhores de Souastre e de Caumont dirigiam os ajuntamentos militares.

Todos trabalhavam por conta sob a inspiração de Robert d'Artois. As reivindicações eram de dois tipos. Por um lado, requeriam a aplicação imediata e integral da carta de intenções cuja outorga tinham obtido recentemente e que restaurava os "antigos costumes" do tempo de São Luís; por outro lado, reclamavam a troca de certos encarregados da administração do condado e, antes de mais nada, a substituição do chanceler de Mahaut, Thierry d'Hirson, que era detestado pelos rebeldes.

Caso as exigências desses homens tivessem sido satisfeitas, a condessa Mahaut teria sido privada de toda autoridade em seu apanágio, o que esperava ardentemente Robert d'Artois.

Mas Mahaut não era mulher de se deixar despojar assim. Trapaceando, discutindo, prometendo sem cumprir, fingindo ceder num dia para tudo negar no dia seguinte, tentava ganhar tempo por quaisquer meios possíveis. Os antigos costumes? Claro, trataremos de aplicá-los. Mas antes é preciso fazer uma investigação, a fim de saber exatamente quais eram os costumes de outrora em cada terra senhorial. Os prebostes, os oficiais, o próprio chanceler precisavam ser destituídos? Se tinham fracassado em suas incumbências, ou se tinham abusado de seus cargos, ela os castigaria sem piedade. Para isso, também, estava disposta a mandar investigar... E depois o debate seria levado à presença do rei, posto que ele não estava a par de coisa alguma, devido à sua preocupação com outros assuntos. A condessa Mahaut escutava as solicitações do senhor Gérard Kiérez; ela testemunhava uma evidente boa vontade. A fim de acertar todos os pontos pendentes, eles se reveriam proximamente em Bapaume... Por que Bapaume? Porque Bapaume pertencia a ela, e lá ela mantinha uma guarnição militar... Ela insistia para que o encontro se desse em Bapaume. E depois, no dia combinado, ela não aparecia, pois tinha precisado ir a Reims para a sagração... Passada a sagração, esquecia a entrevista prometida. Mas logo voltaria para o condado de Artois; que os senhores feudais tivessem paciência, as investigações estavam em curso... isto é, alguns sargentos tratavam de recolher, sob ameaça de espancamento ou de prisão, testemunhos favoráveis à administração do chanceler Thierry d'Hirson.

O sangue subiu depressa à cabeça dos senhores feudais. Eles declararam abertamente a rebelião e proibiram Thierry de reaparecer no condado de Artois, dando-o como um homem morto caso pusesse novamente os pés lá. Depois convocaram a comparecer diante deles um outro Hirson. Denis, o tesoureiro, que fez a besteira de comparecer; colocando uma espada em sua garganta, eles o obrigaram a renegar seu irmão por juramento[13].

As coisas tornavam-se tão perigosas que Luís X resolveu ir em pessoa até Arras a fim de restabelecer a ordem. Ele se deslocou sem resultados. O que poderia fazer depois que, tendo dispersado o exército, o único estandarte que tinha continuado de pé era justamente o dos rebeldes?

No dia 19 de setembro, os partidários de Mahaut pensaram que seria bom deter, de surpresa, os senhores de Souastre e de Caumont, apontados como chefes da rebelião, e jogá-los numa prisão. Robert d'Artois correu imediatamente para junto do rei a fim de pregar em nome da causa deles.

— Vossa Majestade — disse ele —, esse caso não me diz respeito; trata-se de um problema de minha tia Mahaut, posto que é ela quem governa o condado, com os belos resultados que estamos vendo agora. Mas caso decidam manter presos Souastre e Caumont, eu vos asseguro que amanhã mesmo a guerra vai estourar no condado de Artois. Eu só venho vos dar minha opinião porque estou interessado no bem do reino.

O conde de Poitiers puxava as coisas para o outro lado.

— Talvez não seja muito hábil a prisão desses dois senhores, mas seria ainda mais inábil soltá-los agora. Vós encorajareis assim todas as rebeliões no reino; vossa autoridade, meu irmão, é que será atingida assim.

Carlos de Valois impacientou-se.

— Basta, meu sobrinho! — exclamou ele dirigindo-se a Felipe de Poitiers —, já não é o bastante que tenhais recuperado vossa mulher, que vai sair de Dourdan por esses dias? E já quereis pregar pela causa da mãe dela! Não se deve pedir ao rei que abra as prisões para aqueles que apreciamos, nem pedir para que ele prenda aqueles que não nos agradam.

— Não vejo nenhuma semelhança com isto, meu tio — respondeu Felipe.

— Pois quanto a mim, eu vejo; e pode-se até mesmo imaginar que a condessa Mahaut está por trás de vossas proposições.

Finalmente, o Cabeçudo ordenou a Mahaut que liberasse os dois senhores. No clã da condessa, um trocadilho malvado logo começou a circular: "Nosso rei Luís, por enquanto, é pura clemência."

Souastre e Caumont, dois marmanjos que se completavam às maravilhas, um deles desbocado, e o outro rude nas brigas, saíram da semana de detenção que tinham tido com a auréola dos mártires. No dia 26 de setembro reuniram em Saint-Pol todos os seus partidários, que a partir de então começaram a autodenominar-se "aliados". Souastre discursou muitíssimo, e a grosseria de suas palavras tanto quanto a violência de suas proposições angariaram a aprovação do auditório. Era preciso que todos se recusassem a pagar os impostos, era preciso enforcar todos os prebostes, os cobradores de impostos, os sargentos e os representantes da condessa.

O rei tinha mandado para lá dois conselheiros, Guilherme Flotte e Guilherme Paumier, a fim de pregarem pela calma; negociaram uma nova entrevista, desta vez, em Compiègne. Os aliados aceitaram o princípio da entrevista, mas tão logo os dois Guilherme deram as costas, um emissário de Robert d'Artois chegou, suado e sem fôlego, por ter galopado durante muito tempo. Trazia aos senhores feudais apenas uma informação: a condessa Mahaut, envolvendo seu deslocamento de um grande segredo, ia chegar em pessoa ao condado de Artois; no dia seguinte ela estaria no solar de Vitz, na casa de Denis d'Hirson.

Quando Jean de Fiennes tornou esta notícia pública, Souastre gritou:

— Agora sabemos o que temos a fazer.

Pelas estradas de Artois ecoou, naquela noite, um barulho de cavalgada e de tinido de armas.

II

JEANNE, CONDESSA DE POITIERS

A grande carruagem de viagem, toda esculpida, pintada e dourada, deslizava entre as árvores. De tão longa às vezes era preciso proceder em dois tempos para que pudesse fazer as curvas, e nas subidas, os homens da escolta tinham que descer dos cavalos para empurrar.

A enorme caixa de carvalho que abrigava os viajantes era assentada bem entre os eixos, os solavancos do caminho não eram muito fortes no interior, pois este era abarrotado de almofadas e tapetes. Seis mulheres estavam instaladas na carruagem, como num quarto, conversando, jogando ou recitando adivinhas. Ouviam-se os galhos das árvores esfregarem-se contra o couro do teto.

Jeanne de Poitiers abriu a cortina pintada com motivos de flores-de-lis e dos três castelos de ouro da família Artois.

— Onde estamos? — perguntou ela.

— Seguimos o curso do rio Authie, Senhora — respondeu Beatriz d'Hirson. — Acabamos de atravessar Auxi-le-Château. Em menos de uma hora estaremos em Vitz, na casa de meu tio Denis... Ele vai gostar de vos rever. E talvez a Senhora Mahaut já esteja lá, acompanhada pelo Senhor vosso esposo.

Jeanne de Poitiers olhava a paisagem, as árvores ainda verdes, os prados em que os camponeses ceifavam o raro capim que brotava novamente sob um céu ensolarado. Como acontece sempre durante os verões em que chove muito, o tempo, naquele final de setembro, tinha voltado a ser belo.

— Senhora Jeanne, por favor... não vos debruceis assim à janela o tempo todo — falou Beatriz. — A Senhora Mahaut recomendou-me que não permitisse que vós vos deixásseis ver... quando entrássemos no domínio de Artois.

Mas Jeanne não podia se conter! Olhar! Ela não fazia outra coisa desde que fora liberada. Como um esfomeado se enche de comida sem acreditar que pode conseguir se saciar, ela retomava posse, por meio do olhar, do universo. As folhas das árvores, as nuvens leves, uma torre de sino que se desenhava ao longe, o vôo de um pássaro, a relva dos campos, tudo lhe parecia de um esplendor exaltante.

No momento em que as portas do castelo de Dourdan se abriram diante dela, e que o capitão da fortaleza, inclinando-se excessivamente, tinha lhe desejado boa viagem ao mesmo tempo que exprimia o quanto se sentira honrado por tê-la como hóspede, Jeanne fora tomada por uma espécie de vertigem.

— Será que nunca mais poderei me acostumar à liberdade? — foi o que ela se perguntou.

Em Paris, uma decepção a esperava. Sua mãe tivera que partir precipitadamente para o condado de Artois. Mas lhe deixara sua carruagem de viagem, bem como diversas damas de companhia e inúmeras servas.

Enquanto alfaiates, costureiras e bordadeiras apressavam-se em reconstituir um guarda-roupa, Jeanne tinha aproveitado daquela parada de alguns dias para percorrer, em companhia de Beatriz, a capital. Ela se sentia como uma estrangeira, vinda do outro lado do mundo, e ficava maravilhada com tudo que via. As ruas! Não se cansava do espetáculo das ruas. As bancas da Galeria merceeira, as lojinhas do cais dos Ourives! Sentia vontade de apalpar tudo, de comprar tudo. Ainda que conservasse certa reserva distante, controlada, que sempre fizera parte de seu comportamento, seus olhos brilhavam, seu corpo se animava de uma alegria sensual ao toque dos brocados, das pérolas, das jóias. Entretanto, não podia apagar a lembrança de ter vindo naquelas mesmas lojas em companhia de Margarida de Borgonha, de Branca, dos irmãos Aunay...

"Prometi a mim mesma, na prisão, que caso um dia saísse de lá", pensava ela, "não consagraria mais meu tempo às coisas frívolas. Aliás, isso nem me comprazia tanto assim, outrora! De onde me vem esse entusiasmo que não posso reprimir?"

Observava os trajes das mulheres, notava os novos detalhes dos penteados, dos vestidos e capas. Tentava ler nos olhos dos homens a impressão que produzia. Os cumprimentos mudos que recebia, a maneira como os jovens se viravam para seguir sua passagem podiam tranqüilizá-la plenamente. Ela encontrava uma desculpa hipócrita para sua vaidade.

"Preciso saber se ainda possuo os encantos necessários para agradar meu marido."

Na verdade, seus dezesseis meses de detenção tinham-na marcado pouco. O regime de Dourdan não era em nada comparável ao de Château-Gaillard. Jeanne havia sido alojada decentemente, e tinha contado até com uma serva; fora autorizada a ler, a bordar e até mesmo a passear no pomar do castelo. Em sua prisão, ela se entediara, muito mais do que havia sofrido.

Sob as falsas tranças presas acima das orelhas, seu pescoço delgado sustentava ainda com a mesma graça a delicada cabeça, com as maçãs do rosto altas, aqueles olhos que faziam pensar, tal como sua maneira de andar e, aliás, todo o seu porte, nos louros galgos da Barbária. Jeanne parecia-se muito pouco com a mãe, senão pela robusteza da saúde, e tinha puxado mais, na aparência, para o lado do falecido conde palatino seu pai, que fora um senhor cheio de elegância.

Agora que estava prestes a atingir o objetivo da viagem, Jeanne sentia aumentar sua impaciência; as últimas horas pareciam-lhe mais longas do que todas as noites decorridas. Parecia que os cavalos tinham diminuído a velocidade... Será que não era possível pedir aos condutores que fossem mais depressa?

— Ah! Eu também, senhora, estou com pressa de chegar ao fim desta viagem, mas não pelos mesmos motivos que vós — dizia uma das damas de companhia, num dos cantos da carruagem.

Aquela senhora, a dama de Beaumont, estava grávida de seis meses. A estrada começava a tornar-se difícil para ela; às vezes, abaixava os olhos em direção do ventre, suspirando tão profundamente que as outras mulheres não podiam impedir-se de rir.

Jeanne de Poitiers disse a meia-voz a Beatriz:

— Tens certeza de que meu marido não se ligou a nenhuma outra mulher durante todo esse tempo? Tu não estás mentindo?

— Não, Senhora, eu garanto... Aliás, mesmo que o Senhor de Poitiers tivesse se interessado por outras mulheres, agora não poderia mais pensar nelas... depois de ter bebido aquele filtro que vai trazê-lo de volta para vós, inteiramente. Lembrai-vos de que foi ele que solicitou ao rei que permitisse vosso retorno...

"E mesmo que tenha uma amante, pouco importa, hei de acomodar. Um homem, mesmo dividido com alguém, vale mais do que a prisão", pensava Jeanne. Ela abriu novamente a cortina, como se isso pudesse fazer com que os cavalos andassem mais depressa.

— Eu vos rogo, Senhora — disse Beatriz — não vos mostrais assim... Atualmente, não somos muito apreciados aqui por esses lados.

— Entretanto as pessoas parecem tão afáveis... Esses simplórios que nos cumprimentam não têm um semblante agradável? — disse Jeanne.

Ela fechou a cortina. E não viu que, logo depois de a carruagem passar, três camponeses, que acabavam de cumprimentá-la inclinando-se até o chão, foram correndo para o bosque a fim de desamarrar seus cavalos, partindo depois a galope.

Um momento depois, a carruagem penetrou no pátio do solar de Vitz; a impaciência da condessa de Poitiers teve que passar por uma nova provação. Denis d'Hirson, ao acolhê-la, informou-lhe que nem a condessa d'Artois nem o conde de Poitiers tinham vindo, e que eles a aguardavam no castelo de Hesdin, dez léguas ao norte. Jeanne empalideceu.

— O que significa isso? — perguntou ela, à parte, a Beatriz. — Será que não é uma maneira de se esquivar para não me ver?

E uma brusca angústia a invadiu. Toda aquela viagem, o sangue tirado de seu braço, o filtro, as civilidades do guardião de Dourdan... será que tudo não passava de uma comédia montada, na qual Beatriz desempenhava o papel da má ladra? Jeanne, no final das contas, não possuía nenhuma prova que seu marido tinha realmente solicitado sua volta. Será que não estava simplesmente sendo transferida de uma prisão para outra, e que essa transferência estava sendo envolta em mistério por misteriosas razões e toda aquela aparência de liberdade? A menos que... a menos que... tivessem tomado a precaução de fazer com que ela fosse vista em Paris, livre e agraciada, para em seguida fazer com que desaparecesse impunemente. Beatriz não havia ocultado dela que Margarida morrera em condições suspeitas. Jeanne se perguntava se também não ia merecer uma sorte semelhante.

Ela apreciou muito pouco a refeição que Denis d'Hirson lhe ofereceu. O estado de felicidade que experimentava há oito dias tinha dado lugar, bruscamente, a uma ansiedade atroz, e tentava ler seu destino nos rostos dos que a rodeavam. Beatriz, com a voz arrastada e sempre vagamente irônica, era impenetrável. Seu tio, o tesoureiro, mal falava, respondia de viés às perguntas e mostrava todos os sinais da preocupação. Havia lá dois senhores feudais, o senhor de Licques e o de Nédonchel, que tinham sido apresentados a Jeanne como seus guardiães até Hesdin. Ela achava que eles tinham um aspecto bem desagradável. Não estariam encarregados de uma sinistra tarefa a ser executada em alguma curva do caminho?

Ninguém, ao dirigir-se a Jeanne, fazia alusão à sua detenção; todos fingiam ignorar que ela tivesse passado vários meses na prisão, e até isso contribuía para não tranqüilizá-la. As conversações, das quais ela não compreendia nada, giravam unicamente em torno da situação no domínio de Artois, sobre os costumes, sobre o encontro de Compiègne proposto pelos enviados do rei, sobre as perturbações do momento.

— Senhora, não percebestes alguma agitação durante o trajeto, nem algum ajuntamento de homens armados? — perguntou Denis d'Hirson a Jeanne.

— Não vi coisa alguma que se assemelhasse a isto, senhor Denis — respondeu ela — e os campos pareceram-me muito calmos.

— Entretanto assinalaram-me certa movimentação; dois de nossos prebostes foram atacados hoje de manhã.

Jeanne tendia cada vez mais a acreditar que o único objetivo de todas aquelas palavras era o de adormecer sua desconfiança. Parecia-lhe que uma rede invisível ia se fechando em volta dela... Sentia-se sozinha, abominavelmente sozinha.

A senhora grávida comia com uma extraordinária gula e continuava a suspirar profundamente olhando o próprio ventre.

O senhor de Nédonchel, homem dos dentes compridos, do rosto amarelado e dos ombros caídos, disse:

— A condessa Mahaut, eu vos garanto, senhor Denis, será obrigada a ceder. Utilizai sobre ela vossa influência. Que ela ceda, pelo menos em parte. Que ela renuncie a vosso irmão, por mais difícil que possa ser o fato de lhe dizer isto, ou que ela pelo menos finja renunciar a ele, pois em caso algum os aliados hão de querer discutir sobre algum acordo enquanto ele for seu chanceler. O senhor de Licques e eu mesmo corremos grande risco devido a nossa fidelidade à condessa, ao mesmo tempo que fingimos agir juntamente com os outros senhores feudais. Quanto mais ela esperar, mais seu sobrinho Robert ganhará em influência sobre os espíritos.

Naquele momento, um sargento sem chapéu e sem fôlego penetrou na sala de refeição.

— O que houve, Cornillot? — perguntou Denis d'Hirson.

O sargento Cornillot cochichou algumas frases moídas na orelha de Denis d'Hirson. Este empalideceu, levantou a toalha de mesa que cobria seus joelhos e saltou da cadeira.

— Um momento, meus senhores, devo verificar algo.

E saiu correndo por uma das pequenas portas da sala, seguido de perto por Cornillot. Os passos precipitados dos dois ecoaram numa escada.

Um instante depois, quando os convivas ainda nem haviam se recuperado da surpresa, um grande clamor subiu do pátio. Dir-se-ia que todo um exército acabara de entrar lá, a galope. Um cachorro, que devia ter recebido um pontapé, uivava sem parar. Licques e Nédonchel correram até as janelas, ao passo que as mulheres da escolta da condessa de Poitiers amontoaram-se num canto do aposento como um bando de galinhas d'angola. Junto de Jeanne haviam permanecido apenas Beatriz e a senhora grávida cujo rosto tinha adquirido uma cor ruim.

Beatriz juntou as mãos; ela tremia. Jeanne compreendeu que, sem dúvida, não estava de comum acordo com os atacantes. Mas isso não tornava a situação menos crítica e, de qualquer modo, faltava tempo para pensar.

A porta foi arrombada, e não aberta, e cerca de vinte senhores feudais, chefiados por Souastre e Caumont, entraram empunhando espadas e urrando:

— Onde está o traidor? Onde está escondido o traidor?

Eles se detiveram, um pouco hesitantes diante do espetáculo que lhes era oferecido. Tinham motivo para surpresa. Inicialmente, não confirmaram a presença de Denis d'Hirson, que tinham certeza de encontrar lá, mas que acabara de desaparecer como num passe de mágica. E depois, aquele grupo de mulheres, algumas tagarelando, outras à beira do desmaio, apertando-se umas contra as outras e já se sentindo vítimas de estupro coletivo. Enfim e, sobretudo, a presença de Licques e de Nédonchel. Ainda dois dias antes, em Saint-Pol, aqueles dois senhores faziam parte dos rebeldes, e eis que agora eram descobertos ali, à mesa de uma casa do campo rival.

Os trânsfugas foram copiosamente insultados; perguntaram-lhes quanto ganhavam pela perjúria, se haviam se vendido aos Hirson por trinta tostões; e Souastre golpeou com sua luva de ferro o rosto comprido e amarelo de Nédonchel, que começou a sangrar pela boca.

Licques esforçava-se por explicar, por se justificar.

— Nós viemos pregar em nome de vossa causa; queríamos evitar as mortes e as devastações inúteis. Estávamos quase conseguindo, por meio das palavras, um acordo melhor do que vós podeis conseguir com vossas espadas.

Obrigaram-no a calar-se, abatendo-o com terríveis injúrias. No pátio, os outros aliados continuavam a semear a desordem. Eram pelo menos uma centena.

— Não pronunciai meu nome — assoprou Beatriz na orelha da condessa de Poitiers —, pois é a minha família que eles detestam.

A senhora grávida teve uma crise de nervos e desmoronou numa cadeira.

— Onde está a condessa Mahaut? — gritavam os barões. — Ela vai ter que nos ouvir! Sabemos que ela está aqui, nós seguimos a carruagem dela...

As coisas começavam a ficar mais claras para Jeanne. Não era especialmente contra a sua vida que aqueles espalhafatosos se agitavam. Uma vez passado seu primeiro movimento de pavor, a raiva subiu-lhe até a garganta; o sangue dos Artois despertava nela.

— Eu sou a condessa de Poitiers — exclamou ela — e a carruagem que vós vistes estava me transportando. Não aprecio nem um pouco que penetrem desta maneira na casa em que me encontro.

Como os insurretos ignoravam que ela tivesse saído da prisão, aquele anúncio não previsto tornou-os silenciosos por um momento. Decididamente, iam de surpresa em surpresa.

— Dizei-me vossos nomes — continuou Jeanne —, pois costumo falar apenas com pessoas que conheço, e tenho dificuldade para saber quem sois sob vossas armaduras de guerra.

— Eu sou o senhor de Souastre — respondeu o chefe de espessas sobrancelhas ruivas — e este é meu companheiro Caumont. E eis aqui o Senhor Jean de Fiennes, e o senhor de Saint-Venant, e o senhor de Longvillers; estamos à procura da condessa Mahaut...

— Como? — interrompeu Jeanne. — Ouço apenas nomes de fidalgos! Não poderia imaginar que sois fidalgos, devido a vossas maneiras de tratar as senhoras, que vós deveríeis proteger, ao invés de atacar. Vede a Senhora de Beaumont, que está prestes a dar à luz e que vós acabais de fazer desmaiar. Não tendes vergonha?

Certa flutuação se fez sentir entre os aliados. Jeanne era bela, e sua maneira de enfrentá-los era imponente. E, depois, era a cunhada do rei e parecia ter voltado às graças do mesmo. Jean de Fiennes, que tinha nascido em posição mais elevada e que era o mais importante nobre presente, lembrava-se de ter visto Jeanne, outrora, na corte. Garantiu a ela que ele e os outros não lhe desejavam mal algum; sua expedição visava unicamente Denis d'Hirson, porque jurara que renegaria seu irmão e não cumpria sua palavra.

Na verdade, haviam esperado preparar uma armadilha para Mahaut e obrigá-la a ceder pela força. Com raiva por terem fracassado, pilharam a casa.

Durante uma hora, o solar de Vitz estremeceu com portas que batiam, móveis abertos e revistados, louça quebrada. Arrancaram das paredes as tapeçarias e os cortinados; pilharam a prataria que se encontrava nos aparadouros.

Depois, acalmados, mas sempre ameaçadores, os insurretos fizeram Jeanne e as mulheres que a acompanhavam montar na grande carruagem dourada; Souastre e Caumont assumiram o comando da escolta e a carruagem, envolta por um barulho de aço se entrechocando, foi-se pela estrada de Hesdin.

Os aliados, daquela maneira, estavam certos de chegar até a condessa Mahaut d'Artois.

Na saída do burgo de Ivergny, distante cerca de uma légua, uma parada ocorreu. Alguns aliados que partiram em busca de Denis d'Hirson tinham acabado de encontrá-lo, no momento em que ele tentava atravessar o rio Authie, em sua parte pantanosa. Apareceu sujo de lama, espancado, sangrando, acorrentado e puxado por dois senhores feudais a cavalo.

— O que vão fazer com ele? O que vão fazer com ele? — murmurou Beatriz. — Em que estado eles o colocaram!

E ela começou a pronunciar em voz baixa misteriosas preces que não tinham sentido algum, nem em francês, nem em latim.

Depois de parlamentarem um pouco, os senhores feudais decidiram conservá-lo como refém, trancafiando-o num castelo das vizinhanças. Mas o furor assassino que os animava tinha necessidade de uma vítima.

O sargento Cornillot fora pego ao mesmo tempo que Denis. Ora, aquele mesmo Cornillot, para sua infelicidade, havia participado algum tempo antes da arrestação de Souastre e de Caumont. Estes o reconheceram e os aliados exigiram que acabassem com ele imediatamente. Mas era preciso que tal morte servisse de exemplo e fizesse com que os outros sargentos de Mahaut pensassem melhor no que faziam. Alguns preconizaram o enforcamento; outros queriam que Cornillot sofresse o suplício da roda, outros preferiam que fosse enterrado vivo. Numa grande emulação de crueldade, discutiram diante dele sobre a melhor maneira para matá-lo, ao passo que o sargento, de joelhos, com o rosto banhado de suor, gritava inocência e suplicava para ser poupado.

Souastre encontrou uma solução com a qual todos concordaram, com exceção do condenado.

Foram buscar uma escada. Alçaram Cornillot a uma árvore, à qual o amarraram pelas axilas; depois de ele ter esperneado por algum tempo, para alegria dos assistentes, cortaram a corda e deixaram-no cair no chão. O infeliz, com as pernas quebradas, urrou durante todo o tempo em que cavaram sua cova. Enterraram-no de pé, deixando emergir apenas a cabeça, na qual giravam seus olhos enlouquecidos.

A carruagem da condessa de Poitiers continuava esperando no meio da estrada, e as damas da escolta tapavam os ouvidos a fim de não ouvirem os gritos do supliciado. A condessa de Poitiers sentia-se à beira do desmaio, mas não ousava intervir, de medo que a ira dos aliados se voltasse contra ela.

Finalmente, Souastre estendeu sua enorme espada a um de seus soldados. O clarão da lâmina brilhou rente ao solo e a cabeça do sargento Cornillot rolou sobre a relva, ao mesmo tempo em que um rio de sangue, que jorrava como de uma fonte vermelha, regou a terra macia.

No momento em que a carruagem se pôs novamente a caminho, a senhora grávida foi assaltada por dores; começou a gritar, caindo para trás. Logo todas as mulheres presentes souberam que ela não chegaria ao fim de sua gravidez.

III

O SEGUNDO CASAL DO REINO

Hesdin era uma importante fortaleza de três muralhas, entrecortada de fossos, repleta de torres de proteção, recheada de diferentes blocos construídos, de armazéns, e ligada por diversos subterrâneos aos campos das redondezas. O edifício comportava à vontade uma guarnição de oitocentos arqueiros. No interior da terceira muralha encontrava-se a residência principal dos condes de Artois, composta por diversos blocos de alojamentos suntuosamente mobiliados.

"Enquanto eu puder contar com esta praça forte", Mahaut dizia costumeiramente, "meus malvados vassalos não conseguirão acabar comigo. Eles vão se desgastar bem antes de os muros de minha fortaleza terem cedido, e meu sobrinho Robert se engana ao pensar que um dia permitirei que se apodere de Hesdin."

"Sou eu o herdeiro legítimo de Hesdin", declarava por sua vez Robert d'Artois; "minha tia Mahaut roubou-me esta fortaleza, como aliás todo o condado. Mas tanto farei que hei de recuperá-la um dia."

Quando os aliados, escoltando a carruagem de Jeanne de Poitiers e trazendo espetada na ponta de uma lança a cabeça do sargento Cornillot, chegaram, ao cair da noite, diante da primeira muralha, o número dos insurretos havia diminuído sensivelmente. O senhor de Journy, dando como pretexto que devia se ocupar de seus campos, tinha abandonado o cortejo, no que logo fora imitado pelo senhor de Givenchy, recém-casado, que temia que sua jovem esposa se entediasse ou se preocupasse com sua demora. Outros, cujos solares podiam ser avistados da estrada, tinham preferido ir jantar em casa, arrastando com eles seus melhores amigos e garantindo que logo estariam de volta. Os obstinados não passavam então de uns trinta e cavalgavam há vários dias, sentindo-se cansados pelo peso das armaduras.

Tiveram que parlamentar durante um bom momento antes que lhes permitissem atravessar o primeiro corpo de guarda. Depois, tiveram que esperar ainda, e Jeanne de Poitiers, no meio deles, teve que esperar entre a primeira e a segunda muralhas.

A lua nova aparecera num céu claro. Mas as sombras eram espessas no fundo dos pátios de Hesdin. Tudo estava tranqüilo, até tranqüilo demais, para o gosto dos rebeldes. Surpreendiam-se ao ver tão poucos homens armados. Um cavalo relinchou no fundo de uma estrebaria, depois de farejar a presença de outros cavalos.

O friozinho da noite se instalava, e nele Jeanne reconhecia os perfumes de sua infância. A senhora de Beaumont, na carruagem, continuava a gemer e dizia que estava morrendo. Os senhores feudais discutiam entre eles. Alguns consideravam que já tinham feito o bastante por aquele dia e que aquele caso começa a cheirar a uma armadilha, que seria melhor partirem e voltarem fortalecidos, outro dia. Jeanne via o momento em que seria levada junto com eles, como refém.

Enfim, a segunda ponte levadiça se abaixou, depois a terceira. Os senhores hesitaram.

— Tens certeza de que minha mãe está aqui? — cochichou Jeanne a Beatriz d'Hirson.

— Juro pela minha vida, Senhora.

Então Jeanne pôs a cabeça para fora da carruagem.

— Pois bem, senhores — disse ela —, vós perdestes a pressa que tínheis de falar com vossa suserana. Será que vos falta coragem para irem ter com ela?

Tais palavras empurraram para diante os senhores feudais e, para não fazer feio diante de uma mulher, entraram no terceiro pátio, onde desceram dos cavalos.

Por mais preparados que estejamos para um acontecimento, é raro que ele ocorra da maneira como esperávamos.

Jeanne de Poitiers tinha imaginado de vinte maneiras o momento em que se encontraria novamente diante dos seus. Havia se preparado para tudo, desde a acolhida glacial até os abraços, desde a grande cena de reabilitação até a íntima reunião familiar de reconciliação. Para cada eventualidade, ela construíra uma atitude a adotar e um discurso diferente. Mas jamais imaginara que entraria no castelo da família escoltada pela desordem da guerra civil e por uma dama de companhia em pleno aborto.

Quando Jeanne penetrou no salão iluminado por centenas de velas em que a condessa Mahaut, de pé, com os braços cruzados, os lábios tensos, olhava os vassalos rebeldes avançarem, suas primeiras palavras foram para dizer:

— Minha mãe, é preciso socorrer a senhora de Beaumont, que está perdendo a criança. Vossos vassalos provocaram nela um medo violento demais.

Logo a condessa encarregou sua afilhada Mahaut d'Hirson, uma irmã de Beatriz que também era sua dama de companhia, de ir buscar os mestres Hermant e Pavilly, seus médicos particulares, para que dessem os primeiros socorros à doente.

Depois, arregaçando as mangas e dirigindo-se aos barões:

— Seriam estas, senhores desprezíveis, ações dignas da ordem de cavalaria? Assim é que se comportam os verdadeiros fidalgos? Atacando minha nobre filha e as damas que a acompanham? Pensais que assim hei de fraquejar? Gostaríeis que vossas mulheres e vossas senhoritas fossem tratadas assim quando viajam por nossas estradas? Vamos, respondei, e dizei-me que desculpa tendes para vossas ações, pelas quais eu pedirei punição junto ao rei!

Os aliados empurraram Souastre para a frente.

— Vamos, fala! Diz o que tem que ser dito!

Souastre tossiu a fim de limpar a garganta. Tinha falado tanto, vituperado tanto, gritado tantos insultos, enchido tanto a cabeça de seus partidários, que agora, no momento mais importante, sua voz falhava.

— Senhora — começou com um tom rouco —, nós queríamos saber se enfim vos decidis a renunciar a vosso mau chanceler. Ele é quem abafa nossas reivindicações... queríamos saber se enfim vós reconheceis nossos costumes, tal como eram no tempo de São Luís...

Ele interrompeu a fala porque um novo personagem entrava no salão, e esse personagem era o conde de Poitiers em pessoa. Com a cabeça um pouco inclinada rumo ao ombro, avançava com grandes passos tranqüilos. Os senhores feudais, que não esperavam ver surgir daquela maneira o irmão do rei, amontoaram-se uns contra os outros.

— Senhores... — disse Felipe de Poitiers.

Ao avistar Jeanne, ele se deteve.

O conde de Poitiers veio até ela e beijou-a na boca, da maneira mais natural do mundo, diante de todos, para provar de uma vez por todas que sua mulher tinha sido plenamente reabilitada e que, portanto, os interesses de Mahaut eram, para ele, negócio de família.

— Então, Senhores — continuou ele —, estais descontentes. Pois bem! Nós também estamos! Assim, se de cada lado nos obstinarmos, e se decidirmos empregar a violência, não chegaremos a nada de útil. Ah! Sois vós, Bailliencourt... Vós estáveis presente na hoste... A violência é o recurso das pessoas que não sabem pensar... Ah! Caumont, eu vos vejo também agora... e meu primo de Fiennes! Não esperava vossas visitas em tais condições!

Ao mesmo tempo, caminhava entre eles, encarando-os, chamando pelo nome os que ele já tivera a ocasião de ver, e estendendo-lhes a mão para que a beijassem, em sinal de homenagem.

— Se a condessa d'Artois quisesse vos punir pelo péssimo comportamento que vós acabais de ter para com ela, isso seria muito fácil... Senhor de Souastre, olhai bem a que altura se encontra esta janela, e dizei-me: pensais que poderíeis escapar daqui?

Alguns aliados dirigiram-se até as janelas; as muralhas estavam guarnecidas de capacetes que se desenhavam ao crepúsculo. Uma companhia de arqueiros estava se instalando no pátio, e os sargentos mantinham-se prontos para levantar as pontes e deixar cair as grades guarnecidas de pontas de ferro, ao menor sinal.

— Fujamos, ainda é tempo — murmuraram alguns.

— O que é isso, Senhores, não deveis fugir; vossa fuga não poderia vos levar mais longe do que a segunda muralha. Mais uma vez, eu vos digo que devemos evitar toda violência, e rogo a vossa suzerana que não use as armas contra vós. Não é mesmo, minha mãe?

A condessa Mahaut aprovou com um breve movimento da cabeça.

— Tentemos resolver de outra maneira nossas discordâncias — prosseguiu o conde de Poitiers, sentando-se.

Convidou os vassalos rebeldes a fazerem o mesmo e pediu que lhes servissem algo para beber.

Como não havia assentos suficientes para todos, alguns se sentaram no chão. Aquela oscilação entre ameaças e cortesia os desorientava.

Felipe de Poitiers falou-lhes demoradamente. Demonstrou a eles que a guerra civil só trazia infelicidade, que eram súditos do rei antes de serem da condessa, e que deviam submeter-se à arbitragem do soberano. Ora, este enviara dois emissários, os senhores Flotte e Paumier, com a missão de concluir uma trégua. Por que os aliados recusavam a trégua?

— Meus companheiros não têm mais confiança na condessa Mahaut — respondeu Jean de Fiennes.

— A trégua foi pedida em nome do rei; foi, portanto, a ele que vós fizestes uma afronta, duvidando de sua palavra.

— Mas o Senhor Robert tinha nos garantido... — disse Souastre.

— Ah! Eu esperava mesmo ouvir isto! Tomai cuidado, senhores, para não escutardes demasiadamente as opiniões do Senhor Robert d'Artois, que fala com muita desenvoltura em nome do rei e faz com que trabalheis para ele mesmo. Nosso primo d'Artois perdeu sua causa contra a Senhora Mahaut há seis anos, e o rei, meu pai — que Deus tenha sua alma — julgou em pessoa este caso. O que se passa neste condado só diz respeito a vós, à condessa e ao rei.

Jeanne de Poitiers observava seu marido. Ouvia feliz o timbre regular de sua voz; experimentava um grande prazer ao reconhecer aquela maneira que ele tinha de bater bruscamente as pálpebras, pontuando suas frases, e aquela atitude um tanto negligente que não passava de força dissimulada. Felipe parecia amadurecido. Seus traços demonstravam isso; seu nariz afilado destacava-se mais, e seu rosto tinha assumido uma estrutura definitiva. Ao mesmo tempo, Felipe parecia ter adquirido uma singular autoridade como se, depois da morte do pai, uma parte da majestade natural do defunto tivesse encarnado nele.

No final de uma longa hora de parlamentação, o conde de Poitiers obteve o que queria, ou pelo menos o que era razoavelmente possível de se obter. Denis d'Hirson seria liberado; Thierry, provisoriamente, não poria os pés no condado de Artois, mas a administração da condessa permaneceria funcionando até o final das investigações. A cabeça do sargento Cornillot seria devolvida aos seus para que pudesse receber uma sepultura cristã...

— Pois agindo desta maneira, vós vos comportais como ímpios e não como defensores da verdadeira fé — disse ainda o conde de Poitiers. — Tais ações abrem a via para vinganças das quais logo vós poderíes ser vítimas, também.

Os senhores de Licques e de Nédonchel não sofreriam represália alguma, pois tinham apenas querido o bem de todos. As damas e senhoritas seriam respeitadas tanto num campo quanto no outro, tal como determinava o código da ordem de cavalaria. E depois, todos se encontrariam em Arras quinze dias mais tarde, isto é, no dia 7 de outubro, a fim de concluir uma trégua até a famosa conferência de Compiègne, tantas vezes adiada, e que agora ficava fixada para o dia 15 de novembro. Se os dois Guilhermes, Flotte e Paumier, não conseguissem pôr de acordo os desejos dos senhores feudais e os do rei, tratariam de enviar outros negociadores.

— Não é necessário assinar nada hoje. Eu tenho confiança, Senhores, em vossa palavra — disse o conde de Poitiers. — Vós sois homens de razão e de honra. Sei muito bem que vós, Fiennes, e vós, Souastre, vós, Loos, e todos, não seriam capazes de me decepcionar, nem de fazer com que eu me comprometa em vão diante do rei. E vós encontrareis os meios para convencer vossos amigos e fazer com que respeitem nossas convenções.

Ele os tinha manobrado tão bem que todos partiram agradecendo-lhe, como se tivessem encontrado nele um defensor. Montaram novamente seus cavalos, atravessaram as três pontes levadiças e engalfinharam-se pela noite adentro.

— Meu caro filho — disse Mahaut —, vós me salvastes. Eu não teria sabido dar provas de tanta paciência.

— Consegui uma trégua de uns quinze dias — disse Felipe, levantando os ombros. — Os costumes de São Luís! Eles começam a me cansar, com essa história dos costumes de São Luís! Ter-se-ia a impressão de que meu pai não existiu. Será que cada vez que um grande rei faz progredir o reino, um bando de tolos tem que se obstinar em regredir? E meu irmão os encoraja!

— Ah! Que pena, Felipe, que vós não sejais o rei! — disse Mahaut.

Felipe não respondeu. Olhava para sua mulher. Esta, agora que os temores haviam se dissipado, finalmente chegava ao fim de tantos meses de esperança, sentia de repente que todas as suas forças a abandonavam, e lutava contra as lágrimas.

Para ocultar sua perturbação, andava a esmo pelo aposento, retomando contato com os lugares de sua infância. Mas cada objeto aumentava sua emoção. Ela tocava o tabuleiro de jade e ágata no qual aprendera a jogar.

— Tu vês, nada mudou — disse Mahaut.

— Não, nada mudou — repetiu Jeanne, com um nó na garganta.

Ela dirigiu os olhos para a biblioteca, que continha doze volumes e era uma das mais ricas do reino, depois das bibliotecas dos monastérios. Jeanne acariciou as capas dos livros... *Les Enfances d'Ogier*, um exemplar da *Bíblia* em francês, *La Vie des Saints*, *Le Roman de Renart*, *Le Roman de Tristan*... Tantas vezes ela tinha folheado, na companhia de sua irmã Branca, as iluminuras pintadas sobre as folhas de pergaminho! E uma das damas de Mahaut lia para elas em voz alta.

— Este aqui tu conheces... sim, eu já o tinha comprado — disse Mahaut mostrando *Le Roman de la Violette.*

Ela tentava dissipar o incômodo que se apoderava dos três.

Naquele momento, o anão de Mahaut, que chamavam de Jeannot le Follet, entrou, segurando o cavalinho de madeira com o qual ele costumava dar cambalhotas pelo palacete afora. Tinha quarenta e dois anos, uma cabeça larga com enormes olhos de cão e um nariz adunco. Mal chegava à altura das mesas, e se vestia com uma túnica bordada com motivos de animaizinhos.

Quando avistou Jeanne, sentiu uma terrível emoção; escancarou a boca, sem nada dizer; e ao invés de avançar dando cambalhotas, como era sua obrigação, ele se precipitou em direção à jovem senhora e jogou-se ao chão para lhe beijar os pés.

A resistência de Jeanne, seu controle sobre si mesma, de repente cederam. Bruscamente, ele se pôs a soluçar, virou-se para o conde de Poitiers, viu que ele sorria, e jogou-se em seus braços, balbuciando:

— Felipe, Felipe!... Enfim, eu vos revejo!

A dura condessa Mahaut experimentou uma ligeira espetada no coração porque sua filha tinha se lançado assim nos braços do marido, e não nos dela, para chorar de felicidade.

"Mas o que mais eu poderia querer?", pensou Mahaut. "Vamos, isso é o mais importante e eu consegui fazer com que se realizasse."

— Felipe, vossa mulher está exausta — disse ela. — Conduzia-a a vossos aposentos. Farei com que vos sirvam lá o jantar.

E quando passavam perto dela, a condessa acrescentou, baixinho:

— Eu vos tinha dito que ela vos ama.

Ela os contemplou enquanto passavam pela porta. Depois fez um sinal a Beatriz d'Hirson para que os seguisse, discretamente.

Mais tarde, quando a condessa Mahaut, a fim de se recuperar do cansaço, fazia-se servir na cama sua sexta refeição diária, Beatriz entrou, com um sorrisinho nos lábios.

— E então? — perguntou Mahaut.

— Então, Senhora condessa, o filtro fez exatamente o efeito que esperávamos. Agora estão dormindo.

Mahaut escorregou um pouco apoiando-se aos travesseiros.

— Deus seja louvado — disse ela. — Conseguimos refazer o segundo casal do reino.

IV

A AMIZADE DE UMA SERVA

Algumas semanas passaram e foram mais ou menos calmas no condado de Artois. As partes adversas se encontraram em Arras, depois em Compiègne, e o rei prometeu comunicar sua arbitragem da situação antes do dia de São Nicolau. Os aliados, provisoriamente pacificados, voltaram para seus sombrios castelos.

Os campos estavam negros e desertos, as ovelhas baliam no fundo dos currais. As alvoradas de dezembro, esfumaçadas, assemelhavam-se à madeira verde em que se põe fogo.

No palácio de Vincennes, rodeada pela floresta, a rainha Clemência descobria o inverno francês.

Na parte da tarde, bordava. Clemência tinha começado uma grande toalha de altar que representava o paraíso. Os eleitos passeavam nele, sob um céu uniformemente azul, entre limoeiros e laranjeiras, o que fazia com que aquele paraíso fosse bem semelhante aos jardins de Nápoles.

"Uma mulher não é rainha para ser feliz", pensava muitas vezes Clemência, repetindo as palavras de sua avó Maria de Hungria. Não que ela fosse realmente infeliz, pois não tinha razão alguma para isso. "Estou sendo injusta", dizia ela a si mesma, "por não agradecer continuamente ao Criador por tudo o que me deu." Ela não conseguia compreender a razão daquela lassidão, daquela melancolia, daquele tédio que, um dia depois do outro, pesavam sobre ela.

Pois não estava ela envolta por mil cuidados? Seis damas de companhia, escolhidas entre as melhores nobres do reino, e inúmeras servas alternavam-se junto dela para executar seus menores desejos, prevenir seus menores gestos, carregar seu missal, preparar-lhe uma agulha, segurar seu espelho, penteá-la, cobri-la com um mantô tão logo a temperatura caísse um pouco...

Diversos mensageiros tinham como única missão correr constantemente entre Nápoles e Vincennes, a fim de encaminhar a correspondência que ela trocava com sua avó, com seu tio, o rei Roberto, e com todos os seus parentes.

Clemência dispunha de quatro éguas brancas, enfeitadas com freios de prata e rédeas de seda tecidas com fios de ouro; e, para os deslocamentos longos, tinham-lhe oferecido uma grande carruagem de viagem tão bela, tão rica, com suas rodas flamejantes como sóis, que ao lado dela, a da condessa Mahaut parecia não passar de uma carroça para transportar feno.

E Luís? Não era ele o melhor esposo da terra?

Ao visitar o castelo de Vincennes, Clemência dissera que gostaria de viver nele, e isso foi o bastante para que Luís decidisse imediatamente que eles se instalassem lá. Diversos senhores feudais, imitando o rei, tratavam de organizar suas residências por aquelas paragens. E Clemência, que não tinha imaginado como seria o inverno em Vincennes, não ousava confessar, agora, que preferiria voltar para Paris.

Realmente, o rei satisfazia todos os seus desejos. Não havia um dia em que ele não lhe oferecesse algum presente.

— Minha vida, quero que sejais a dama mais satisfeita do mundo.

Mas será que ela precisava realmente de três coroas de ouro, uma delas com dez enormes rubis balaches incrustados, outra com quatro esmeraldas grandes, dezesseis pequenas, e oitenta pérolas, e a terceira, também com mais pérolas, esmeraldas e rubis incrustados?

Para a mesa, Luís comprara doze grandes taças de cobre esmaltadas, trabalhadas com as armas da França e da Hungria. E porque ela era religiosa e pelo fato de ele admirar muito sua devoção lhe oferecera um relicário que custara oitocentas libras e que continha um fragmento da verdadeira Cruz. Ela, sem dúvida, teria decepcionado seu esposo se lhe tivesse dito que, no fundo, poderia fazer suas orações no meio de um jardim; e que a mais bela custódia do mundo, apesar de toda a arte dos ourives e de toda a fortuna dos reis, ainda era o sol brilhando num céu azul acima do mar.

No mês anterior, Luís lhe tinha doado certas terras que ela visitaria numa melhor estação do ano, as casas e os solares de Mainneville, Hébécourt, Saint-Denis de Fermans, Wardes e Dampierre, as florestas de Lyons e de Bray[14].

Um dia ela lhe perguntara:

— Por que, meu doce esposo, vos desfazeis de tantos bens a fim de doá-los a mim, posto que não passo de vossa serva e que só posso aproveitar deles por vosso intermédio?

— Não me desfaço de tais bens — respondera Luís. — Todas essas senhorias pertenciam a Marigny e eu as recuperei por julgamento. Posso dispor delas como quiser.

A despeito da repugnância que ela sentia ao herdar os bens de um enforcado, não podia recusá-los porque eram apresentados como dons de amor, e que este amor o rei pretendia proclamá-lo por tais atos de doação em nome da "*alegre e agradável companhia que nos proporciona Clemência, humilde e amavelmente...*"

Ele também lhe havia atribuído a propriedade das casas de Corbeil e de Fontainebleau. Cada noite que ele passava junto dela parecia valer um castelo. Ah! Sim... o rei Luís amava-a muitíssimo. Jamais, na presença dela, havia se mostrado "cabeçudo", e ela não compreendia como ele ganhara aquele apelido. Jamais tinha havido querela entre eles, jamais alguma violência. Deus, realmente, lhe havia dado um bom esposo.

E, apesar de tudo, Clemência se entediava e suspirava esticando os fios de ouro para bordar seus limoeiros.

Ela se esforçara, em vão, para se interessar pelos negócios do condado de Artois, sobre os quais Luís às vezes discorria diante dela, andando de um lado para o outro do quarto.

Sentia-se amedrontada pelas invectivas de Robert d'Artois e pela maneira como gritava: "Minha prima!" Parecia que ele tentava conter uma matilha dispersa. Aquele homem, em sua memória, permanecia, antes de mais nada, como um estrangulador de raposas. Ela sentia-se irritada pelo conde de Valois, que freqüentemente lhe dizia:

— E então, minha sobrinha, quando é que dareis um herdeiro ao reino?

— Quando Deus quiser, meu tio — respondia suavemente.

Na verdade, ela não tinha amigos. Sentia, porque era sensível e sem vaidades, que todas as marcas de afeição que recebia eram interessadas. Aprendia assim que os reis jamais são amados pelo que são de fato, e que as pessoas, ao se ajoelharem diante deles, tentam sempre colher no tapete algumas migalhas de poder.

"Nenhuma mulher é rainha para ser feliz; e pode ser até mesmo que o fato de ser rainha impeça a felicidade", repetia a si mesma Clemência numa tarde em que o Senhor conde de Valois, com os passos sempre apressados, entrou em seu aposento, dizendo:

— Minha sobrinha, eu vos trago uma notícia que vai agitar muitíssimo a corte. Vossa cunhada, a Senhora condessa de Poitiers, está grávida. As matronas certificaram a informação hoje de manhã.

— Fico feliz por ela — respondeu Clemência.

— Ela vos deve gratidão, pois fostes vós que possibilitastes seu presente estado. Se não tivésseis pedido pelo perdão dela no dia de vossos esponsais, duvido muito que Luís o tivesse dado espontaneamente, tão depressa.

— Deus me prova que fiz muito bem, posto que Ele acaba de abençoar esta união.

— Parece que Deus precisa de mais tempo para abençoar a vossa. Quando é que decidireis, minha sobrinha, seguir o exemplo de vossa cunhada? Na verdade, é pena que ela o tenha feito antes de vós. Vamos, Clemência, permiti-me que vos fale como um pai. Sabeis que não gosto de meias palavras quando tenho algo a dizer... Luís cumpre convenientemente seus deveres de esposo?

— Luís se comporta tão bem quanto um bom esposo deve fazê-lo.

— Vamos, minha sobrinha, vós compreendeis o que quero dizer; falo de seus deveres de esposo cristão, seus deveres corporais, se preferis esta expressão

Clemência tornou-se vermelha. Ela balbuciou:

— Não vejo por que Luís deveria ser repreendido em relação a isto. Não faz ainda nem cinco meses que me casei, e penso que não é cabível se alarmar desde já.

— Mas, enfim, ele honra regularmente o vosso leito conjugal?

— Quase todas as noites, meu tio, se é isso que quereis saber; e sou sua fiel serva a cada vez que ele deseja.

— Muito bem! Que assim continueis! Que assim continueis! — disse Carlos de Valois. — Vós sabeis, minha sobrinha, que fui eu quem fiz vosso casamento, e não quero ser repreendido por uma má escolha.

Então Clemência, pela primeira vez, deixou-se levar por um sentimento de raiva. Ela pôs de lado seu bordado, levantou-se da cadeira e, com uma voz na qual era possível reconhecer o tom da velha rainha Maria, ela respondeu:

— Pareceis estar esquecendo, senhor meu tio, que minha avó deu à luz treze filhos, e que minha mãe Clemência de Habsburgo já tinha três quando morreu, quase com a minha idade. Minha tia Margarida, vossa primeira esposa, não vos deu motivos de queixas, que eu saiba. As mulheres de nossa família são fecundas e dão provas disso em muitos reinos. Portanto, caso haja impedimento na concepção, ele não poderá vir de meu sangue. E em relação a isto, senhor, vós já falais o bastante por hoje, e para sempre.

Ela foi se trancar em seu quarto, recusando que alguma dama de companhia a acompanhasse.

Foi lá que Eudeline, a lavadeira-chefe do palácio, ao entrar para preparar a cama, encontrou-a duas horas mais tarde, sentada perto de uma janela por detrás da qual já caíra a noite.

— Mas como é possível, Senhora — exclamou ela —, ninguém vos trouxe velas! Vou chamar alguém já!

— Não, não... não quero ninguém — disse fracamente Clemência.

A serva atiçou o fogo que se apagava, mergulhou nas brasas um galho rico em resina e serviu-se dele para acender uma vela plantada num castiçal de ferro.

— Oh! Senhora, estais chorando! Quem foi que vos fez mal?

A rainha enxugou os olhos.

— Um sentimento ruim atormenta minha alma — disse ela bruscamente. — Sinto ciúmes.

Eudeline olhou-a com surpresa.

— Ciúmes, Senhora? Mas que razão poderíeis ter para isso? Estou certa que nosso rei Luís não vos engana, nem sequer em pensamentos.

— Tenho ciúmes da Senhora condessa de Poitiers — continuou Clemência. — Estou com inveja dela, que vai ter uma criança, ao passo que eu ainda não engravidei. Ah! Fico feliz por ela! Mas não sabia que a felicidade alheia pode, ao mesmo tempo, ferir tanto assim.

— Ah! Com certeza, Senhora, a felicidade alheia pode causar enorme dor!

Eudeline dissera aquilo de maneira bem curiosa, não como uma serva que aprova as palavras de sua senhora, mas como uma mulher que sofre do mesmo mal e que o compreende. Clemência não deixou de perceber aquele tom.

— Tu também não tens nenhuma criança? — perguntou ela.

— Tenho sim, Senhora, tenho sim, uma filha que tem meu nome e que acabou de fazer dez anos.

Ela se virou e começou a se apressar, arrumando a cama, esticando as colchas de brocado e as peliças dos brasões.

— Faz muito tempo que tu és lavadeira neste palácio? — continuou Clemência.

— Desde a primavera, logo antes de vossa chegada. Até então, eu estava no palácio da Cité, onde cuidava da roupa de Vossa Majestade, o rei Luís, depois de ter cuidado da de seu pai, o rei Felipe, durante dez anos.

Fez-se então um silêncio, durante o qual só se ouviu a mão da serva arrumando os travesseiros.

"Com certeza ela conhece todos os segredos desta casa... e das camas daqui", pensava a rainha. "Mas não, não vou lhe perguntar nada, não vou interrogá-la. Não é bom obrigar as servas a falarem. Não é digno de mim."

Mas que outra pessoa, além de uma serva — um destes seres que compartilham da intimidade dos reis sem compartilhar do poder — poderia informá-la? Jamais ela teria a audácia de fazer a pergunta que ardia em seu espírito aos príncipes da família; esta pergunta a perturbava depois da conversação com Carlos de Valois. Aliás, será que eles responderiam honestamente? Das altas damas da corte, nenhuma gozava realmente de sua confiança, porque nenhuma era sua amiga de verdade. Clemência sentia-se como a estrangeira que é adulada com elogios vãos, mas que é observada, espreitada, e cuja menor falta, cuja menor fraqueza, não será perdoada. Ela só podia se confiar a uma serva. Eudeline parecia-lhe especialmente merecedora de confiança. O olhar direto, uma postura simples, gestos cuidadosos e tranqüilos, a lavadeira chefe do palácio mostrava-se a cada dia mais solícita, e sua atenção era sem ostentação.

Clemência se decidiu e perguntou:

— É verdade que a pequena Senhorita de Navarra, que vive afastada da corte e que eu só vi uma vez, não é filha de meu esposo?

E ao mesmo tempo, ela pensava: "Será que eu não deveria ter sido posta a par, muito antes, dos segredos da coroa? Minha avó deveria ter-se informado melhor; na verdade, permitiram que eu viesse para este casamento ignorando muitas coisas."

— Ah! Senhora... — respondeu Eudeline, que continuava a arrumar os travesseiros, como se a pergunta não a supreendesse muito — creio que ninguém sabe, nem sequer nosso próprio rei Luís. Cada qual diz sobre isso o que lhe convém; os que afirmam que a Senhorita de Navarra é filha do rei têm algum interesse nisso, e o mesmo se passa com os que a consideram bastarda. Alguns chegam até mesmo, como o conde de Valois, a mudar de opinião de acordo com a passagem dos meses, quando na verdade se trata de algo que só pode ter uma verdade. A única pessoa que poderia dar certeza, e que era a Senhora de Borgonha, encontra-se agora com a boca cheia de terra...

Eudeline parou de falar e olhou para a rainha.

— Estais preocupada, Senhora, em saber se nosso rei...

Ela parou novamente, mas Clemência encorajou-a com o olhar.

— Ficai tranqüila, Senhora — disse Eudeline —, nada impede Vossa Majestade de ter um herdeiro, como as más línguas do reino e até da corte pretendem insinuar.

— Como é que tu podes saber... — murmurou Clemência.

— Eu sei — replicou Eudeline lentamente — e cuidaram muito bem para que eu fosse a única a saber.

— O que queres dizer?

— Quero dizer a verdade, Senhora, porque eu também guardo um segredo pesado. Sem dúvida, eu deveria me calar... Mas não seria isto uma ofensa para com uma dama como vós, nascida em tão alta posição e tão caridosa? Eu vos confesso que minha filha é filha de nosso rei Luís.

A rainha contemplava Eudeline com um espanto incomensurável. Que Luís tivesse tido uma primeira esposa não havia provocado nela quaisquer problemas pessoais. Luís, como todos os príncipes, haviam se casado de acordo com os interesses do Estado. Um escândalo, uma prisão, depois a morte, tinham-no separado de uma mulher infiel. Clemência não se preocupava com a intimidade ou com as desavenças secretas que tinham existido entre ele e sua primeira mulher. Nenhuma curiosidade, nenhuma representação perturbava seu pensamento. Ora, eis que o amor — o amor não conjugal — erguia-se diante dela na pessoa daquela bela mulher rósea e loura, com seus trinta anos generosos. E Clemência punha-se a imaginar tantas coisas...

Eudeline considerou o silêncio da rainha como uma repreensão.

— Não fui eu que quis, Senhora, eu vos asseguro. Ele tinha sobre mim toda a autoridade. E depois, era ainda tão jovem, ele ainda não tinha juízo; uma dama nobre sem dúvida o teria amedrontado.

Clemência fez um gesto que significava que ela não desejava receber outras explicações.

— Quero ver tua filha.

Uma expressão de temor passou pelo semblante da lavadeira.

— Vós podeis, Senhora, vós podeis, é claro, posto que sois a rainha. Mas eu vos peço para não fazer nada, pois do contrário saberiam que vos contei a verdade. Ela se parece tanto com o pai que Vossa Majestade, o rei Luís, temendo que vós a vísseis e que isto vos magoasse, trancou-a num convento antes de vossa chegada. Eu a visito apenas uma vez por mês e, quando ela atingir a idade para isso, entrará para o claustro monástico.

As primeiras reações de Clemência eram sempre generosas. Esqueceu por um momento seu próprio drama.

— Mas por que — disse ela a meia voz —, por quê? Como é que alguém poderia crer que tal ato pudesse agradar-me... e a que tipo de mulheres os príncipes da França estão acostumados? Então, minha pobre Eudeline, foi por causa de mim que te arrancaram tua filha! Peço-te perdão por isso.

— Oh, Senhora — respondeu Eudeline —, eu sei muito bem que isto não vem de vossa parte.

— Isso não vem de minha parte, mas foi feito por causa de mim — disse Clemência, pensativa. — Cada um de nós não é responsável apenas por seus maus atos, mas também por todo o mal que causa, mesmo sem saber.

— E eu mesma, Senhora — continuou Eudeline —, eu mesma, que era chefe das lavadeiras do Palácio, fui enviada pelo rei Luís para cá, para Vincennes, numa posição menos importante do que a que eu tinha em Paris. Ninguém tem nada a dizer contra as vontades do rei, mas, realmente, é muita falta de agradecimento pelo segredo que eu guardei. Sem dúvida, o rei Luís queria me esconder também; ele não imaginava que vós iríeis preferir esta morada ao grande palácio da Cité.

Agora que começara a se confiar, ela não podia mais parar.

— Devo vos confessar — continuou ela — que, na época de vossa chegada, eu estava pronta a vos servir apenas por dever, e de forma alguma por prazer. Mas vós sois tão boa de coração quanto vosso rosto é belo, e isso fez com que eu me afeiçoasse a vós. Vós não sabeis o quanto sois amada pelo povo simples: é preciso ouvir o que se diz de vós nas cozinhas, nas estrebarias, nas lavanderias! É nesses lugares, Senhora, que se encontram as almas que vos são devotadas, e não entre os grandes nobres. Vós conquistastes o coração de todos, e até o meu que era o mais fechado; agora não tendes serva mais apegada do que eu — concluiu Eudeline, pegando a mão da rainha para beijá-la.

— Tua filha te será devolvida — disse Clemência — e eu a protegerei. Vou falar sobre isso com o rei.

— Não fazei nada, Senhora, eu vos rogo — exclamou Eudeline.

— O rei me cobre de presentes que não desejo; ele bem que poderia me dar um que me agradasse!

— Não, não, eu vos suplico, não fazei nada — repetiu Eudeline. — Prefiro ver minha filha sob o véu do que embaixo da terra.

Clemência, pela primeira vez desde o início da conversa, sorriu.

— As pessoas de tua condição, na França, têm tanto medo assim do rei? Ou isso é a lembrança do rei Felipe que ainda paira sobre vós? Dizem que ele era bem impiedoso...

Eudeline sentia uma verdadeira afeição pela rainha, mas nem por isso deixava de consagrar ao Cabeçudo um sólido rancor; era para ela uma bela ocasião para satisfazer ao mesmo tempo aqueles dois sentimentos.

— Vós não conheceis ainda o rei Luís como todos o conhecem aqui; ele ainda não vos mostrou o avesso de sua alma. Ninguém esqueceu — disse ela abaixando a voz — que nosso rei Luís ordenou que fossem torturados os servidores de seu palacete, depois do fim do processo da Senhora Margarida, e que oito cadáveres, todos mutilados e quebrados, foram tirados do rio Sena, ao pé da torre de Nesle. Teriam eles caído no rio por acaso? Eu não gostaria que o acaso nos empurrasse, minha filha e eu, para o mesmo lugar.

— Isso são fofocas que os inimigos do rei fazem circular...

Mas ao mesmo tempo em que pronunciava aquelas palavras, Clemência lembrava-se das alusões do cardeal Duèze, em Avinhão.

"Teria eu desposado um monstro?", perguntava ela a si mesma.

— Eu lamento, caso tenha falado demais — continuou Eudeline. — Deus queira que vós não venhais a saber algo ainda pior, e que vossa grande bondade faça com que continueis na ignorância.

— O que é que eu poderia saber de pior?... Isso tem algo a ver com a morte da Senhora Margarida?

— Vós sois a única na corte, Senhora, para quem ainda podem existir dúvidas. Se ainda não conheceis a verdade, é porque existem pessoas que esperam o pior momento, provavelmente, para dizê-la e vos prejudicar ainda mais. Ele deu ordens para que ela fosse sufocada, todos sabem isso muito bem. Em volta da fortaleza de Château-Gaillard, todo mundo diz isso... Mas quando se tem a ocasião de vos conhecer, acaba-se aprovando o rei.

— Meu Deus, meu Deus! Não é possível... não é possível que um assassinato tenha sido cometido para que meu casamento se tornasse possível! — gemeu Clemência escondendo o rosto com as mãos.

— Ah! Não podeis começar a chorar de novo, Senhora — disse Eudeline. — Logo será hora da ceia e não podeis aparecer assim. Vós precisais lavar o rosto.

Ela foi buscar uma bacia com água fresca e um espelho, passou uma toalha molhada sobre as faces da rainha, arrumou uma de suas tranças que se tinha desfeito. Seus gestos eram de grande doçura e também tinham uma espécie de ternura protetora.

Por um momento aqueles rostos se encontraram, dois rostos com as mesmas cores louras e douradas, com os mesmos grandes olhos azuis.

— Tu sabes uma coisa? Somos parecidas... — disse a rainha Clemência.

— É o mais belo elogio que já me fizeram, e eu gostaria tanto que fosse verdade... — respondeu Eudeline.

Como a emoção das duas mulheres era profunda, e como ambas experimentavam uma real necessidade de amizade, o mesmo movimento dirigiu uma de encontro à outra e permaneceram por um instante abraçadas.

V

O GARFO E O GENUFLEXÓRIO

Com o queixo empinado, um sorriso nos lábios, e vestido com uma túnica forrada de pele por cima de seu camisolão, Luís X entrou em seu quarto.

Durante a ceia, percebera a rainha estranhamente lúgubre, distante, quase ausente; seguia seus comentários com atraso e quase não respondia às palavras dele. Mas não havia se preocupado demais. "Todas as mulheres são sujeitas a variações de humor", dizia a si mesmo, "e o presente que trago para ela hoje há de restituir-lhe a alegria." Pois o Cabeçudo era desse tipo de marido sem imaginação, que tem pouca consideração pelas mulheres e pensa que tudo se pode arranjar com um presente. De forma que ele chegava agora, mostrando-se tão gentil quanto possível e trazendo um estojinho de forma alongada.

Ele permaneceu por algum tempo surpreso, ao ver que Clemência, depois de sua chegada, continuava ajoelhada em seu genuflexório. Normalmente, ela já acabara suas devoções noturnas antes de ele entrar no quarto. Ele fez a ela um sinal com a mão, que significava: "Não vos preocupeis comigo, acabai vossas orações em paz..." e permaneceu no outro canto do aposento, virando o estojinho de um lado para o outro em suas mãos.

Os minutos passavam; ele foi pegar uma pastilha de amêndoa numa taça que ficava próxima da cama e comeu-a. Clemência continuava ajoelhada. Luís aproximou-se dela e percebeu que não estava rezando. Ela o olhava.

— Olhai, minha amiga — disse ele —, olhai a surpresa que tenho para vós. Não é uma jóia, mas sim uma raridade, um achado de ourives. Olhai...

Ele abriu o estojo e tirou dele um longo objeto brilhante, de duas pontas. Clemência, em seu genuflexório, fez um movimento de recuo.

— Oh, minha amiga! — exclamou Luís X rindo. — Não tenhais medo, isto não foi feito para ferir! É um garfinho para comer peras. Vede como o trabalho do ourives foi hábil.

Ele colocou sobre a madeira do genuflexório um garfo de dois dentes de aço muito pontudos, com um cabo de marfim e ouro cinzelado.

A rainha realmente não parecia se interessar muito pelo objeto, nem apreciar a novidade dele. Luís sentiu-se decepcionado.

— Eu o encomendei especialmente a um ourives de Florença, por intermédio de Tolomei. Parece que só existem no mundo cinco garfos como este, e eu quis que um deles vos pertencesse, para que não sujais vossos belos dedos quando comeis frutas. Trata-se de um objeto de dama; jamais os homens ousariam ou saberiam utilizar um instrumento tão precioso, a não ser o meu cunhado da Inglaterra que, segundo me disseram, possui um também, e não teme os risos alheios ao utilizá-lo à mesa.

Ele pensava, ao dizer essas últimas palavras, mostrar-se espirituoso e ganhar em troca um sorriso. Mas Clemência não havia se mexido de seu genuflexório e continuava a olhar o marido fixamente. Jamais ela fora tão bela; seus longos cabelos dourados caíam-lhe até os rins.

Luís emendou:

— Ah... o senhor Tolomei me disse que seu jovem sobrinho, que enviei com Bouville para vos buscar em Nápoles, está curado; logo retomará o caminho de Paris; em todas as suas cartas ao tio ele fala de vossa bondade para com ele.

Não obteve resposta.

"Mas o que ela tem?", perguntava-se. "Ela poderia pelo menos me dizer uma palavra de agradecimento." Com qualquer outra pessoa, ele já teria cedido à ira; mas não se resignava a ver sua felicidade manchada por uma cena de briga conjugal. Por isso, Luís decidiu fazer uma nova tentativa.

— Desta vez, creio que os negócios do condado de Artois serão resolvidos. As coisas se apresentam de maneira favorável. O encontro de Compiègne, ao qual vós me acompanhastes gentilmente, teve os resultados que eu esperava e logo deverei comunicar a minha arbitragem. Tudo se pacifica, quando vós estais perto de mim.

— Luís — disse bruscamente Clemência —, de que maneira morreu vossa primeira esposa?

Luís inclinou-se para a frente, como se tivesse recebido um soco no meio do corpo, e contemplou-a por um momento, estupefato.

— Margarida morreu... ela morreu... — respondeu ele agitando as mãos — de uma febre pulmonar que a sufocou, segundo o que me disseram.

— Luís, podeis jurar diante de Deus...

Ele a interrompeu, elevando a voz:

— O que quereis que eu jure? Não tenho nada a jurar. Onde pretendeis chegar? Eu vos disse tudo o que tinha a dizer e rogo-vos que vos contente com isso; não tendes nada a conhecer além disso.

Ele se pôs a percorrer o quarto, com ares desajeitados. Pela abertura do camisolão, via-se que a base de seu pescoço estava vermelha; seus grandes olhos brilhavam com uma cintilação inquietante.

— Eu não quero — gritou —, eu não quero que me falem dela! Nunca! E ainda menos vós. Eu vos proíbo, Clemência, de repetir em minha presença o nome de Margarida...

Ele foi interrompido por um acesso de tosse.

— Podeis jurar-me diante de Deus — repetiu Clemência com determinação —, podeis jurar-me que vossa vontade nada teve a ver com seu falecimento?

A ira, em Luís, logo obscurecia o raciocínio. Ao invés de negar, simplesmente, e de dar de ombros como se estivesse diante de uma suposição absurda que só podia ofendê-lo, replicou:

— E se este fosse o caso? Vós seríeis a última a ter o direito de me reprovar. Seria sobretudo para o lado de vossa avó que deveríeis jogar a responsabilidade.

— Minha avó? — murmurou Clemência. — O que minha avó tem a ver com tudo isso?

O Cabeçudo compreendeu imediatamente que acabara de fazer uma tolice, o que fez aumentar ainda mais sua ira. Era tarde demais para voltar atrás.

— Com certeza, a culpa é da Senhora de Hungria! Ela exigia que vosso casamento se realizasse antes do final do verão. Então... eu desejei... compreendeis? Eu desejei somente... que Margarida morresse a tempo. E meu desejo foi ouvido, isto é tudo. Se eu não tivesse expressado este desejo, vós não seríeis hoje rainha da França. Não vos mostreis assim tão inocente e não vinde repreender-me por algo que vos facilitou tanto a vida e fez com que passásseis a ocupar o posto mais elevado entre todos os vossos parentes.

— Eu jamais teria aceitado — exclamou Clemência — caso tivesse sabido que o preço era este. É por causa deste crime, Luís, que Deus não nos dá uma criança!

Luís deu uma meia-volta e deteve-se, imóvel, surpreso.

— Sim, por causa deste crime e de outros que vós cometestes — continuou a rainha, levantando-se do genuflexório. — Vós ordenastes o assassinato de vossa esposa. Vós ordenastes o enforcamento do senhor de Marigny. Vós manteis presos os legiferadores de vosso pai. Vós ordenastes que vossos próprios servos fossem torturados. Vós atentastes contra a vida e contra a liberdade das criaturas de Deus. E é por isto, agora, que Deus vos pune impedindo que engendreis novas criaturas.

Luís, cheio de surpresa, olhava-a avançar. Assim, constatava a existência de uma terceira pessoa que não se emocionava com sua perda de controle, que era capaz de deter seu furor e tomar a dianteira em relação a ele. Seu pai, Felipe, o Belo, tinha-o dominado pela autoridade soberana; seu irmão, o conde de Poitiers, dominava-o pela inteligência; e eis que sua nova esposa dominava-o pela fé. Jamais ele teria podido imaginar que seu justiceiro se apresentaria assim diante dele, no quarto nupcial e sob as aparências daquela tão bela mulher, cujos cabelos estremeciam como a cauda de um cometa louro.

O rosto de Luís enrugou-se; parecia uma criança que ia chorar.

— E o que quereis que eu faça, agora? — perguntou com uma voz aguda. — Eu não posso ressuscitar os mortos. Vós não sabeis o que é ser rei! Nada, absolutamente, se faz por meu querer, e sou eu que considerais culpado de tudo. O que pretendeis obter? De que serve me repreender por coisas que não posso reparar? Separai-vos então de mim, retornai a Nápoles, caso não possais mais suportar me ver. E esperai que haja um papa para pedir-lhe que desfaça o elo existente entre nós!... Ah! Este papa! Este papa! — acrescentou apertando os punhos. — Nada disso teria ocorrido se tivéssemos tido um papa.

Clemência pôs as mãos sobre os ombros dele. Ela era um pouco mais alta que seu marido.

— Eu não poderia pensar em separar-me de vós — disse ela. — Sou vossa esposa para compartilhar tudo convosco, tanto vossas misérias quanto vossas alegrias. O que eu quero é salvar vossa alma e inspirar-vos o arrependimento, sem o qual não existe perdão.

Ele a olhou nos olhos e só viu bondade e um grande esforço de compaixão. Respirou mais aliviado e atraiu-a para ele.

— Minha amiga, minha amiga, sois melhor do que eu, e quanto... Eu não poderia viver sem vós. Eu vos prometo que hei de me corrigir e hei de arrepender-me pelo mal que tenha podido causar.

Ao mesmo tempo, ele havia mergulhado a cabeça nos ombros de Clemência e tocava com os lábios a base de seu pescoço.

— Ah! Minha amiga — continuou ele —, como sois boa, como é bom vos amar! Eu serei exatamente, prometo-vos, tal como quereis. Claro, eu sinto remorsos, e eles sempre causam em mim, aliás, grandes temores. Eu só os esqueço em vossos braços. Vinde, minha amiga, vinde para que nos amemos.

Tentava levá-la para a cama; mas ela permanecia imóvel, e ele sentiu que seu corpo se crispava, recusando-se.

— Não, Luís — disse ela baixinho. — Precisamos fazer penitência.

— Mas nós faremos penitência, minha amiga. Se quiserdes, jejuaremos durante três semanas. Vinde, estou impaciente por tê-la em meus braços.

Ela se livrou dele e, como quisesse retê-la, uma costura de seu camisolão se abriu. O barulho do tecido rasgado amedrontou Clemência que, cobrindo com a mão o ombro desnudado, correu para se refugiar atrás do genuflexório. Este movimento de temor desencadeou no Cabeçudo um novo acesso de ira.

— Mas o que tendes, enfim? O que é preciso fazer para vos agradar?

— Eu não posso mais me entregar a vós antes que façamos juntos uma peregrinação. Iremos a pé; em seguida saberemos se Deus nos perdoa concedendo-nos a graça de engendrarmos uma criança.

— A melhor peregrinação para que se obtenha uma criança só pode ser feita aqui! — disse Luís mostrando a cama.

— Ah! Não zombais dos assuntos da religião — respondeu Clemência —, não é assim que podereis me convencer.

— Vossa religião é bem estranha, posto que ela faz com que vos recuseis a vosso esposo. Jamais vos explicaram que este é um dever ao qual não podeis vos recusar?

— Luís, vós não me compreendeis!

— Sim, eu vos compreendo! Compreendo que me rejeitais. Compreendo que não vos agrado, que estais vos cansando de mim, tal como ocorreu com Margarida...

Ele avançou, com o olhar dirigido, ao que parecia, para o garfo das duas pontas afiadas que continuava colocado sobre o genuflexório. Ela estendeu a mão para pegar o objeto antes que ele mesmo o fizesse. Ora, ele nem sequer notou seu gesto, pois Luís só prestava atenção ao grande pânico e ao grande desespero que se apoderavam dele.

Luís só se sentia tranqüilo em relação à sua masculinidade junto de uma mulher dócil. Uma recusa lhe tirava completamente o vigor; os dramas de seu primeiro casamento não tinham outra explicação. E se aquela enfermidade se apoderasse dele novamente? Não existe pena maior do que a de não poder possuir o que mais se deseja. Como poderia explicar a Clemência que, para ele, o castigo precedera o crime? Sentia-se aterrorizado diante da idéia que a engrenagem da recusa, da impotência e do ódio ia se desencadear mais uma vez.

"Seria eu um desgraçado, seria eu tão amaldiçoado a ponto de não poder ser amado por quem amo?"

Com as pálpebras fechadas, e ainda toda trêmula, Clemência, quanto a ela, pensava: "Mas será verdade que cheguei a pensar que ele queria me matar?"

Cedendo a uma vaga vergonha, tanto quanto à piedade, ela abandonou seu genuflexório e disse:

— Está bem, vou fazer como quereis.

E ela foi apagar as velas.

— Deixai as velas acesas — disse o Cabeçudo.

— Mas Luís... vós quereis...

— Tirai vossas roupas.

Decidida agora a uma total submissão, ela se despiu inteiramente, com o sentimento de obedecer ao demônio. Caso Luís fosse um amaldiçoado, compartilharia de sua danação. Ele arrastou até a cama aquele belo corpo de sombras modeladas, sobre o qual tinha novamente todo o poder. Para agradecer Clemência, ele murmurou:

— Eu vos prometo, minha amiga, eu vos prometo que mandarei libertar o senhor de Presles e todos os legiferadores de meu pai. No fundo, vós quereis sempre as mesmas coisas que meu irmão Felipe.

Clemência pensou que sua complacência seria a ocasião para que ele fizesse algum bem e que, na falta de uma penitência, pelo menos os prisioneiros seriam libertados.

Ora, naquela noite, um grande grito elevou-se em direção do teto do quarto real. Casada há cinco meses, a rainha Clemência acabava de descobrir que uma mulher não era rainha apenas para ser infeliz e que as portas do casamento podiam se abrir para deslumbramentos desconhecidos.

Ela permaneceu por longos minutos exausta, ofegante, maravilhada, e como se o mar de seu país natal a tivesse jogado em alguma praia dourada. Foi ela que buscou o ombro do rei para adormecer apoiada nele, enquanto Luís, perdidamente grato por aquele prazer que acabava de proporcionar, e sentindo-se mais rei do que no dia da sagração, conhecia sua primeira noite de insônia que não fosse provocada pela obsessão da morte.

Mas... ai dele! Aquela felicidade não se repetiu. A partir do dia seguinte, sem mesmo precisar da ajuda de um confessor, Clemência associou indissociavelmente o prazer ao pecado. Era de natureza mais nervosa do que se podia supor, pois, desde então, a mera aproximação de seu esposo causava-lhe dores intoleráveis que ela nem sempre conseguia calar e que às vezes a tornavam incapaz de receber as homenagens reais, não porque ela quisesse, mas devido a uma intolerância que lhe vinha do corpo. Ela se entristecia sinceramente por isso, desculpava-se, esforçava-se, porém em vão, para satisfazer os ardores insistentes de Luís.

— Eu vos garanto, meu doce senhor, eu vos garanto — dizia-lhe ela — que precisamos fazer uma peregrinação. Antes disso, eu não poderei...

— Pois bem, nós iremos, minha amiga, nós iremos logo, logo, e tão longe quanto vós havereis de querer; mas deixai-me, antes, resolver os problemas do condado de Artois.

VI

A ARBITRAGEM

Dois dias antes do Natal, no maior salão do palacete de Vincennes, arrumado para a ocasião como uma câmara de justiça, os pares, senhores feudais e legiferadores, sentados em bancos cobertos de tapetes, esperavam pelo rei.

Uma delegação de vassalos do condado de Artois, tendo como chefes Gérard de Kiérez e Jean de Fiennes, bem como os inseparáveis Souastre e Caumont, tinha chegado pela manhã. Parecia que tudo havia se arranjado. Os emissários do rei tinham multiplicado as providências para conciliar os adversários; o conde de Poitiers havia inspirado soluções cheias de sabedoria e aconselhara sua sogra a ceder em diversos pontos a fim de trazer de volta a paz para seus Estados.

Obedecendo às instruções do rei, na verdade bastante vagas, porém generosas nas intenções: "Não quero mais sangue derramado; não quero mais prisioneiros fechados injustamente; quero que todos obtenham satisfação de seus direitos e que a concórdia e a amizade reinem por toda a parte..." Com base em tais intenções, portanto, o chanceler Étienne de Mornay redigira uma longa sentença da qual o Cabeçudo sentiu-se imensamente orgulhoso quando tomou conhecimento, como se tivesse ditado pessoalmente todos os artigos.

Ao mesmo tempo, Luís X fazia com que fossem liberados Raul de Presles e seis outros conselheiros de seu pai que apodreciam na prisão desde o mês de abril. Aquele movimento de mansuetude geral tinha igualmente levado o rei a agraciar, apesar da oposição de Carlos de Valois, a mulher e o filho de Enguerrand de Marigny, que até então tinham sido mantidos no cárcere.

Uma tal mudança de atitude surpreendia a corte. O rei tinha chegado até mesmo a receber Luís de Marigny, na presença da rainha e de diversos dignitários. Beijando-o, ele declarara então:

— Meu afilhado, o passado está esquecido.

O Cabeçudo empregava agora esta fórmula a respeito de qualquer assunto, como se quisesse persuadir a si mesmo, e também aos outros, que uma nova fase de seu reino começara.

Estava com a consciência especialmente tranqüila, naquela manhã, no momento em que colocavam sobre sua cabeça a coroa e sobre seus ombros o grande mantô ornado de flores-de-lis.

Mathieu de Trye estendeu-lhe a mão de justiça de ouro*.

— Como ela é pesada! — disse Luís. — Ela já tinha me parecido pesada no dia da sagração.

— Vossa Majestade, vós pretendeis receber antes de mais nada mestre Martin, que acaba de chegar de Paris, ou preferis vê-lo após a reunião do Conselho? — perguntou o camareiro-mor.

— Mestre Martin está aqui? Quero vê-lo imediatamente. Que me deixem a sós com ele.

O personagem que entrou era um homem de cerca de cinqüenta anos, bastante corpulento, de tez muito morena e de olhos sonhadores. Ainda que estivesse vestido de maneira simples, quase como um monge, tudo, em seu aspecto, em seus gestos ao mesmo tempo untuosos e seguros, em sua forma de dobrar o mantô num dos braços e de inclinar-se para cumprimentar, revelava alguma coisa de oriental. Mestre Martin, em sua juventude, tinha viajado muitíssimo e chegara até as margens de Chipre, de Constantinopla e de Alexandria. Ninguém sabia ao certo se ele sempre usara o nome "Martin", pelo qual agora era conhecido.

— Enconstrastes respostas para as minhas perguntas? — perguntou-lhe de entrada o Cabeçudo.

— Sim, e sinto uma grande honra por ter sido consultado por Vossa Majestade.

— Então, dizei-me a verdade, mesmo no caso em que ela seja ruim. Não temo escutá-la.

Um astrólogo como mestre Martin sabia o que se devia pensar de um preâmbulo como aquele, sobretudo quando vinha de um rei.

— Vossa Majestade — respondeu ele —, nossa ciência não é absoluta. É

---

* Cetro real que se termina por uma pequena mão com os dedos erguidos, esculpida em metal precioso ou marfim; era o símbolo da justiça do rei. (N.T.)

verdade que os astros não mentem jamais, mas nosso entendimento pode cometer erros quando os observamos. Entretanto, não vejo nada que sugira que vossas preocupações tenham fundamento, nem nada que pareça impedir que tenhais descendentes. O céu de vosso nascimento é favorável a isto, e os astros nele aparecem dispostos de boa maneira para a paternidade. De fato, Júpiter está na ponta de Câncer, o que é sinal de fecundidade e, além do mais, este Júpiter de vosso tema astral forma um trígono de amizade com a Lua e com o planeta Mercúrio. Não deveis, portanto, renunciar à esperança de engendrar um descendente, longe disso. Por outro lado, a oposição que a Lua faz com Marte não anuncia para esta criança uma vida isenta de dificuldades. Será preciso rodeá-la, desde os seus primeiros dias, de cuidados cheios de vigilância e de servidores fiéis.

Mestre Martin adquirira uma bela notoriedade ao anunciar prematuramente, embora o tivesse feito com palavras muito indiretas, a morte de Felipe, o Belo, coincidindo com o eclipse de novembro de 1314. Escrevera: "Um poderoso monarca do Ocidente...", tomando a precaução de não enunciar seu nome. Desde então, Luís X sentia grande estima por mestre Martin.

— Vossa opinião é para mim preciosa, mestre Martin, e vossas palavras me confortam. Pudestes discernir quais são os momentos mais favoráveis para que eu possa conceber os herdeiros que desejo ter?

Mestre Martin sempre se exprimia lentamente, a fim de ganhar tempo para tornar suas palavras o mais encorajadoras possível.

— Falemos apenas do primeiro deles, Vossa Majestade, pois para os outros eu nada poderia prognosticar com certeza... Falta-me a hora de nascimento da rainha, que ela não conhece e que ninguém pôde me fornecer; mas creio não cometer um erro ao vos dizer que, antes da entrada do Sol no signo do Sagitário, um filho de Vossa Majestade nascerá, o que significa que o tempo da concepção seria aproximadamente meados de fevereiro.

— Convém então que eu cumpra o quanto antes a peregrinação a Saint-Jean d'Amiens, que a rainha tanto deseja fazer. E quando, mestre Martin, pensais que eu devo retomar a guerra contra os flamengos?

— Em relação a isto, Vossa Majestade, creio que deveis seguir as inspirações de vossa sabedoria. Vós já escolhestes uma data?

— Pretendo reunir a hoste antes do próximo mês de agosto.

O olhar sonhador de mestre Martin permaneceu por um momento suspenso sobre o rei, sobre sua coroa, sobre a mão de justiça que parecia incomodá-lo e que apoiava sobre o ombro, como um jardineiro faz com sua enxada.

— Antes do mês de agosto, será preciso atravessar o mês de junho... — murmurou o astrólogo.

Depois, mais alto:

— No próximo mês de agosto Vossa Majestade, é bem possível que os flamengos tenham deixado de vos preocupar.

— Creio realmente que isso é possível — exclamou o Cabeçudo —, pois eu lhes inspirei um enorme medo no verão passado, e eles sem dúvida me obedecerão sem batalha, antes que chegue a estação das cavalgadas.

É uma estranha impressão que resulta de se olhar para um homem com a certeza de que, dentro de seis meses, estará morto; ainda mais estranho ouvi-lo fazer projetos sobre um futuro que provavelmente não verá. "A menos que ele dure até novembro...", pensava Martin. Pois, além do terrível período de junho, o astrólogo tinha entrevisto um segundo aspecto funesto, um malvado movimento de Saturno aos vinte e sete anos e quarenta dias do nascimento de Luís. "Duas conjunções de fatalidade, com seis meses de intervalo. Se realmente ele conseguir engendrar um descendente, a segunda conjunção vai coincidir, então, com o nascimento da criança... De qualquer modo, não são coisas que se deva dizer."

Entretanto, antes de ir embora, com a palma da mão bem preenchida com um saquinho de ouro que o rei acabara de lhe dar, mestre Martin sentiu-se na obrigação de acrescentar:

— Vossa Majestade, ainda uma palavra para a conservação de vossa saúde: desconfiai dos venenos, sobretudo no declínio da primavera.

— Devo abster-me de todos os cogumelos? — perguntou Luís. — Eu gosto muito de todos, mas é verdade que de vez em quando eles me causam uma desordem nas entranhas.

Depois, de repente cuidadoso em relação ao que dizia, acrescentou:

— Venenos... Fazeis alusão às mordidas de víboras?

— Não, Vossa Majestade, estou falando precisamente de tudo que se come.

— Ah... sim. Eu vos agradeço pelo conselho, mestre Martin.

Imediatamente, ao dirigir-se para a câmara de justiça, Luís ordenou a seu camareiro-mor que a vigilância nas cozinhas fosse triplicada, e que só empregassem ingredientes cuja origem fosse conhecida, e que todas as iguarias fossem provadas duas vezes, ao invés de uma, antes de lhe serem servidas.

Depois entrou na grande sala em que a assistência tinha se levantado e esperava que ele se instalasse no trono.

Bem instalado, com as abas do mantô dobradas sobre os joelhos e a mão de justiça um pouco inclinada na altura do sangradouro de um dos braços, Luís sentiu-se, por um instante, como o Senhor do Céu tal como é representado nos vitrais das igrejas. À sua direita e à sua esquerda, seus vassalos maravilhosamente bem vestidos inclinavam a cabeça com devoção. Assim, via que, apesar de tudo, havia momentos de satisfação naquele ofício de rei; e Luís fazia com que seu prazer durasse.

"Eis aí", pensava ele, "vou comunicar minha sentença e cada qual vai se conformar a ela, e assim restabelecerei a paz e a harmonia entre meus súditos."

Diante dele encontravam-se os dois partidos adversários, em cuja disputa ele seria o árbitro. De um lado, a condessa Mahaut, cuja cabeça coroada ultrapassava em altura as dos conselheiros agrupados em volta dela. Do outro, a delegação dos "aliados" do condado de Artois. Havia entre esses últimos uma certa falta de unidade em termos de aparência, pois cada um tinha colocado suas melhores roupas que não estavam, todas elas, na última moda. Aqueles pequenos senhores feudais tinham o cheiro da província de que vinham; Souastre e Caumont tinham se trajado ridiculamente como se fossem a um torneio, e pareciam um pouco incomodados com seus elmos, que seguravam diante do peito.

Os grandes senhores feudais designados para assistir o rei tinham sido sabiamente escolhidos em número igual, nos dois campos. Carlos de Valois e seu filho Felipe, Carlos de la Marche, Luís de Clermont, Béraud de Mercœur, e sobretudo o próprio Robert d'Artois, constituíam o apoio dos aliados. Sabia-se que, do outro lado, Felipe de Poitiers, Luís d'Évreux, Henri de Sully, os condes de Boulogne, de Sabóia, de Forez, e até mesmo Miles de Noyers, davam apoio a Mahaut.

— *In nomine patris et filii...*

Os assistentes olharam-se, surpresos. Era a primeira vez que o rei abria uma sessão com uma oração e que invocava para suas decisões as luzes divinas.

— Ele está bem mudado — assoprou Robert d'Artois a Felipe de Valois —, agora ele pensa que é um bispo fazendo uma pregação.

— Meus caríssimos amigos, meus caríssimos tios, meus bons primos, meus bem-amados vassalos, temos todos o desejo muito grande, bem como o dever, em nome de Deus, de manter a paz em nosso reino e de condenar a divisão entre nossos súditos...

Luís, que sempre balbuciava em público, exprimia-se agora com uma fala lenta, porém clara; realmente, sentia-se inspirado e, ao escutá-lo, naquele dia, todos se perguntavam se sua verdadeira vocação não teria sido a de ser um vigário em algum modesto bailiado.

Virou-se inicialmente para a condessa Mahaut e rogou-lhe que seguisse seus conselhos. Mahaut respondeu-lhe:

— Vossa Majestade, tudo que mais desejo é a concórdia, bem como quero poder vos agradar.

O rei dirigiu aos conselheiros, em seguida, a mesma recomendação.

— Vossa Majestade — respondeu Gérard Kiérez —, não temos outro querer senão o da pacificação, tanto quanto desejamos nos mostrar vossos fiéis vassalos.

Luís olhou em volta seus tios, irmãos e primos. "Vede", parecia ele dizer, "como eu soube arranjar tão bem as coisas."

Depois a assembléia sentou-se e o chanceler Étienne de Mornay leu a sentença de arbitragem que começava por uma declaração de intenções.

O passado, segundo a fórmula predileta do rei, estava esquecido, e os ódios, ofensas e rancores perdoados de ambas as partes. A condessa Mahaut reconhecia suas obrigações em relação a seus súditos; ela se comprometia a manter a paz no país de Artois, a não exercer a mínima represália contra os aliados, nem a buscar alguma ocasião para lhes causar mal ou incômodo. Ela selaria, como o próprio rei fizera, os costumes em uso na época de São Luís que seriam provados diante dela pelas pessoas dignas de fé, cavaleiros, escribas, burgueses, advogados...

Luís X mal escutava. Tendo ditado a primeira frase, considerava já ter feito tudo que era necessário. Os detalhes das disposições jurídicas, cuja redação ele deixara a Mornay, não o interessavam. Seu pensamento derivava longe dali. Estava contando mentalmente: "Fevereiro, março, abril, maio... então será por volta de novembro que deverá nascer meu herdeiro..."

— Se houver queixas contra a condessa — lia Étienne de Mornay — o rei determinará que investigadores as verifiquem e, caso tenham fundamento, o rei obrigará a condessa, na eventualidade de ela recusar, a aceitar a aplicação da justiça. Por outro lado, a condessa deverá, para as multas que reclama, declarar o montante de cada delito. A condessa deverá devolver aos senhores feudais as terras que continua detendo sem julgamento.

Mahaut começava a agitar-se; mas os quatro irmãos Hirson, em volta dela, o chanceler, o tesoureiro, o paneteiro-mor e o bailio acalmaram-na.

— Jamais se falou disso durante o encontro de Compiègne! — dizia Mahaut. — Isso não devia ser acrescentado!

— É melhor perder um pouco do que perder tudo — assoprou em seu ouvido Denis d'Hirson.

A lembrança do passeio que ele fizera, acorrentado, no dia da decapitação do sargento Cornillot, incitava-o a um compromisso.

Mahaut arregassou as mangas e continuou a escutar, contendo a ira.

A leitura já durava uns quinze minutos quando um estremecimento percorreu a sala; Mornay abordava a passagem relativa a Thierry d'Hirson. Todos os olhares se voltaram para o chanceler de Mahaut e para seus irmãos.

— No que diz respeito ao senhor Thierry d'Hirson, para o qual os aliados reclamam um julgamento, o rei decide que as acusações deverão ser levadas ao conhecimento do bispo de Thérouanne, do qual depende o senhor Thierry. Mas não poderá ir até o condado de Artois a fim de apresentar sua defesa, pois é muito odiado neste país. Seus irmãos, irmãs e sobrinhas tampouco poderão ir até lá enquanto a sentença do julgamento não for comunicada pelo bispo de Thérouanne e certificada pelo rei.

A partir daquele momento, os irmãos Hirson deixaram de lado a atitude conciliadora que haviam demonstrado até então.

— Vede vosso sobrinho, Senhora condessa, vede como ele triunfa! — disse Pierre, o bailio de Arras.

De fato, Robert d'Artois trocava sorrisos com seus primos Valois.

— Nem tudo já foi dito, meus amigos, nem tudo já foi dito... — murmurou Mahaut, com os maxilares tensos. — Por acaso já vos abandonei alguma vez, Thierry?

Quando a leitura da sentença de arbitragem chegou ao fim, o bispo de Soissons, que participara das negociações, avançou. Segurava um Evangelho que foi apresentado aos aliados; estes levantaram-se todos ao mesmo tempo e estenderam a mão direita, enquanto Gérard de Kiérez, em nome deles, jurava que todos respeitariam escrupulosamente a arbitragem do rei. Depois o bispo se dirigiu até Mahaut.

O pensamento de Luís X, naquele momento, viajava pelas estradas afora. "Esta peregrinação de Amiens, nós a faremos a pé, durante as últimas léguas Quanto ao resto, iremos numa carruagem. Precisaremos de boas botas bem quentes... E eu também vou levar meus cozinheiros e meus preparadores de lingüiças, pois tenho que prestar atenção aos venenos... Esperemos que Clemência consiga ficar livre dessas dores que a incomodam no amor..." Estava sonhando, ao mesmo tempo em que contemplava os dedos de ouro da mão de justiça, quando de repente ouviu Mahaut pronunciar com uma voz forte:

— Eu me recuso a jurar; não vou selar esta péssima sentença!

Um grande silêncio caiu sobre a assembléia. A audácia daquela recusa, lançada bem diante do soberano, amedrontava todos. Os presentes se perguntavam que terrível sanção ia ser pronunciada pelos lábios reais.

— O que está acontecendo? — disse Luís debruçando-se em direção de seu chanceler. — Por que ela recusa minha arbitragem? Minha sentença me parece justa!

Ele olhava os assistentes, primeiramente com uma expressão ausente, depois contrariada.

Então Robert d'Artois levantou-se e lançou com sua voz de batalha:

— Vossa Majestade, meu primo, aceitareis ser insultado e esbofeteado assim? Nós, vossos parentes e conselheiros, não poderemos suportar isto. Vede bem o reconhecimento que vós recebeis por usardes de mansuetude! Sabeis que, quanto a mim, eu era contra todo e qualquer acordo amigável com a Senhora Mahaut, cujos laços de sangue comigo existentes causam-me vergonha. Pois toda benevolência que se atribui a esta senhora só serve para encorajá-la ainda mais em sua vilania. Enfim acreditareis em mim, senhores — continuou ele solicitando o testemunho dos assistentes — quando afirmo, há tantos anos, que fui frustrado, traído, roubado por esse monstro fêmea que não respeita nem o poder do rei nem o poder de Deus! Mas também, isso tudo não é surpreendente vindo de uma mulher incapaz de obedecer às vontades de seu pai moribundo, uma mulher que se apropriou de bens que não lhe pertenciam e que aproveitou de minha infância para me despojar de tudo a que eu tinha direito!

Mahaut, de pé, com os braços cruzados, olhava para o sobrinho com raiva e desprezo, enquanto que, a dois passos dela, o bispo de Soissons hesitava, sem saber se continuava ou não, segurando o Evangelho.

— Sabeis por que, Vossa Majestade, a Senhora condessa Mahaut recusa hoje vossa arbitragem que ontem ainda ela aceitava? Porque vós acrescentastes a ela a sentença contra Thierry d'Hirson, contra essa alma vendida e condenada, contra esse espertalhão que tem parte com o diabo! Ele é que trabalhou por conta da Senhora Mahaut, e trabalhou tão bem, e modificou de tal forma os documentos a ponto de me fazer perder minha herança. O segredo das más ações desses dois ligou-os de maneira tão vergonhosa que a condessa Mahaut pôde cobrir de benefícios todos os irmãos e parentes de Thierry, que agora mantém como refém o povo de Artois, tão próspero outrora, e tão miserável agora, a ponto de não ter outro recurso que a revolta.

Os aliados escutavam, com os rostos iluminados de admiração, e sentia-se que estavam prestes a aclamar Robert. Este, com a mesma ênfase, acrescentou:

— Caso tiverdes a audácia, Vossa Majestade, para afrontar o senhor Thierry, para arrancar dele pelo menos uma pequena parcela de seus roubos, para fazer a menor ameaça contra qualquer um de seus sobrinhos, a Senhora Mahaut imediatamente colocará todas as garras de fora e estará pronta até para cuspir no rosto de Deus. Pois os votos que ele pronunciou durante o batismo e as homenagens que ela vos prestou, de joelhos, não pesam nada perto de sua submissão a mestre Thierry, seu verdadeiro suserano!

Mahaut ficara imóvel.

— A mentira e a calúnia, Robert, escorrem como saliva de tua boca — disse ela. — Toma cuidado para jamais morder tua própria língua, pois tu poderias morrer envenenado.

— Calai-vos, Senhora! — gritou bruscamente o Cabeçudo. — Calai-vos! Vós me enganastes! Eu vos proíbo de retornar ao condado de Artois até que aceiteis a sentença que acabou de ser lida aqui, e que é justa, todos concordam. Até então vós não saireis de vosso palácio de Paris ou de vosso castelo de Conflans, e não ireis a nenhum outro lugar. E basta para hoje, a justiça já foi feita!

Ele foi arrebatado por um violento acesso de tosse, que o dobrou em dois no trono.

— Que ele morra! — disse Mahaut entre os dentes.

O conde de Poitiers não tinha dito uma palavra sequer. Balançava uma das pernas e acariciava pensativo o queixo.

Terceira Parte

O TEMPO DO COMETA

I

O NOVO SENHOR DE NEAUPHLE

Na segunda quinta-feira depois da Epifania, que era um dia de mercado, havia uma grande agitação no escritório bancário lombardo de Neauphle-le-Château. Reviravam-se as dependências de cima para baixo para limpá-las; o pintor da aldeia tinha novamente pintado a sólida porta de entrada; lustravam-se os cofres-fortes cujas trancas de ferro brilhavam mais do que a prata; passava-se a vassoura entre as vigas do teto para destruir as teias de aranha; as paredes recebiam uma demão de cal, os balcões eram encerados; e os empregados, reunindo escrituras esparsas, balanças, tabuleiros de cálculo, mal conseguiam manter-se calmos diante da clientela.

Uma jovem de cerca de dezessete anos, alta, de belos traços, com as faces coloridas pelo frio, adentrou o escritório e deteve-se, surpresa com toda aquela confusão. Pelo tecido de seu mantô bege, pela fivela que o mantinha fechado no pescoço, e por toda a sua aparência, via-se que aquela era uma filha da nobreza. Os aldeães tiraram o gorro para cumprimentá-la.

— Ah! Senhorita Maria! — exclamou Ricardo, o chefe dos amanuenses. — Bem-vinda! Entrai e vinde vos esquentar um pouco. Vossa encomenda está pronta, como todas as semanas; mas com todo esse movimento, mandei que a conservassem à parte.

Ele fez com que a jovem passasse para um aposento vizinho, que servia de sala comum para os empregados do banco e na qual ardia uma enorme lareira. Tirou de um armário uma cesta de vime, coberta por um lenço de algodão.

— Nozes, óleo, toucinho fresco, especiarias, farinha de trigo branca, legumes secos e três lingüiças grandes — disse ele. — Enquanto tivermos o que comer, vós também tereis. São as ordens do senhor Guccio. E marco tudo isso na conta dele, como de costume... O inverno começa a durar demais, e eu não me surpreenderia se ele acabasse por uma fome generalizada, como aconteceu no ano passado. Mas neste ano, estamos precavidos.

Maria de Cressay pegou a cesta.

— Não chegou nenhuma carta? — perguntou ela.

O chefe dos amanuenses balançou a cabeça fingindo tristeza.

— Não, linda senhorita! Dessa vez não chegou carta alguma!

Ele sorriu pelo desapontamento da jovem, e acrescentou:

— Não chegou nenhuma carta, mas tenho uma boa notícia.

— Ele sarou? — exclamou Maria.

— E para quem imaginais que fazemos todos esses preparativos, em pleno mês de janeiro, quando já tínhamos pintado o escritório antes de abril?

— Ricardo! É verdade? Guccio vai chegar?

— Sim, pela Madona! Ele vai chegar. Ele se encontra em Paris e mandou avisar que amanhã estará aqui.

— Como eu estou feliz! Como estou feliz por revê-lo!

Depois, dominando-se, como se aquela explosão de alegria desse provas de falta de pudor, Maria acrescentou:

— Toda a minha família vai ficar muito feliz em revê-lo.

— Ele me pediu para preparar para ele um apartamento. Senhorita Maria, eu gostaria que me désseis vossa opinião sobre o que preparamos para ele, isto é, gostaria que dissésseis se o apartamento está conforme vosso gosto.

Ele a conduziu até o andar superior e abriu a porta de um quarto de boas dimensões, mas de teto bastante baixo, no qual as vigas de madeira tinham acabado de ser enceradas. O quarto contava com alguns móveis de carvalho grosseiros, uma cama estreita, mas coberta com uma bela colcha de brocado italiano, alguns objetos de estanho e um castiçal. Maria examinou o aposento.

— Tudo está muito bem — disse ela. — Mas espero que logo vosso mestre fará do solar sua morada.

Ricardo sorriu de novo.

— Eu também — respondeu ele. — Todos, aqui, estão intrigados com essa chegada do senhor Guccio e a novidade de que ele vai morar aqui. Desde ontem, várias pessoas não param de entrar e sair no escritório dando como pretexto qualquer bobagem para virem nos ver e fazer perguntas. Tudo isso para observar nossa faxina e perguntar qual a razão dela. É verdade que o senhor Guccio é muito apreciado por aqui desde que conseguiu expulsar o preboste Portefruit, do qual todos tinham motivos para reclamar. Com certeza vão acolhê-lo calorosamente, e já o vejo como o novo chefe de Neauphle...

depois de vossos irmãos, é claro — acrescentou ele, acompanhando de volta a jovem, até que ela saísse pelo portão do jardim.

Jamais o caminho que separava o burgo de Neauphle do solar de Cressay parecera tão curto a Maria. "Ele vai chegar... ele vai chegar...", ela repetia tais palavras como uma canção, pulando de alegria, de um lado para o outro. "Ele está chegando, ele me ama, nós vamos casar logo, logo. Ele será o novo chefe de Neauphle." O cesto de víveres nem pesava em seus braços.

No pátio do solar, encontrou seu irmão Pierre, que saía das estrebarias.

— Ele está chegando! — gritou a jovem.

— Quem?

Era a primeira vez, há meses, que Pierre de Cressay via sua irmã dar provas de tamanha alegria.

— Guccio está chegando!

— Ah! Boas novas! — disse o moço. — É um companheiro muito amável, terei prazer em revê-lo.

— Ele vem para morar em Neauphle, pois seu tio lhe deu o escritório daqui. E, sobretudo...

Ela se deteve. Porém, incapaz de calar seu segredo por mais algum tempo, atraiu para si o rosto mal barbeado do irmão, beijou-o e acrescentou:

— Ele vai pedir a minha mão.

— Essa é a melhor! De onde você tirou essa idéia?

— Não é uma idéia... eu sei... eu sei... eu tenho certeza...

Atraído pelo barulho, Jean de Cressay, irmão mais velho, saiu por sua vez da estrebaria, onde estava desarriando um cavalo. Estava segurando uma porção de palha numa das mãos.

— Jean, parece que teremos um cunhado que vem de Paris — disse o mais jovem

— Um cunhado? Cunhado de quem?

— Nossa irmã arranjou um esposo.

— Muito bem! Boas novas! — respondeu Jean.

Ele começou a brincar, de bom humor, pois pensava que se tratava de uma brincadeira de menina.

Pierre de Cressay era louro, como sua irmã; Jean tinha os cabelos castanhos e usava barba, uma barba volumosa, malcuidada.

— E como se chama esse poderoso barão que cobiça unir-se a nossas torres arruinadas e a nossa bela fortuna de dívidas? Espero, pelo menos, minha irmã, que ele seja rico, pois passamos grandes necessidades.

— Claro, ele é rico — respondeu Maria. — É Guccio Baglioni.

Pelo olhar que lhe lançou seu irmão mais velho, ela teve certeza, imediatamente, que um drama se preparava. De repente ela sentiu frio e suas orelhas começaram a zumbir.

Jean de Cressay fingiu ainda por alguns segundos que estava brincando, mas o tom de sua voz havia mudado. Desejava saber por que motivo sua irmã dizia aquelas coisas. Teria ela tido com Guccio relações ou conversações que ultrapassavam os limites da honestidade? Teria ele ousado escrever-lhe sem que sua família estivesse a par?

A cada pergunta, Maria respondia por uma vaga negação que escondia muito mal sua crescente perturbação. Jean insistia cada vez mais. Pierre sentia-se pouco à vontade. "Eu teria feito melhor me calando", dizia ela a si mesma.

Os três entraram no salão do solar, onde a mãe deles, dama Eliabel, estava fiando a lã perto da lareira. A castelã havia recuperado sua boa aparência natural graças aos víveres que, a cada semana, depois da fome geral do ano passado, Guccio providenciava para a família Cressay.

— Vai para teu quarto — disse Jean de Cressay à irmã.

Como primogênito, tinha autoridade de chefe de família. Depois de Maria se ter retirado, depois de terem ouvido que ela fechava a porta de seu quarto, Jean informou sua mãe sobre o que tinha acabado de saber.

— Tens certeza, meu filho? Mas será possível? — exclamou dama Eliabel. — Mas quem é que poderia ter a tola idéia de imaginar que uma jovem de nosso sangue, cujos ancestrais fundaram a ordem de cavalaria há séculos, possa desposar um lombardo? Tenho certeza de que este jovem Guccio, que aliás é um moço agradavelmente bem-feito e de modos gentis, jamais pensou nisto.

— Eu não sei se ele pensou, minha mãe — respondeu Jean —, mas sei que Maria pensa no assunto.

As robustas faces de dama Eliabel se coloriram.

— Essa menina está perdendo o juízo! Meus filhos: se este jovem veio tantas vezes nos visitar, se nos testemunhou tamanha amizade, é porque tem um interesse maior por mim mesma do que por vossa irmã. Sem desonestidade alguma! — apressou-se a acrescentar dama Eliabel. — E jamais ouvi dele uma palavra sequer que pudesse me ofender. Mas são coisas que uma mulher adivinha, e eu pude perceber muito bem que ele me admirava...

Dizendo isso, ela se aprumava na poltrona e enchia o peito.

— Não tenho tanta certeza assim, minha mãe — respondeu Jean de Cressay. — Lembrai-vos de que, quando de sua última passagem por aqui, diversas vezes deixamos Guccio a sós com nossa irmã, quando ela parecia tão doente; e foi depois disso que recuperou a saúde.

— Talvez porque depois disso ela começou a comer o bastante para matar a fome, e aliás nós também — observou Pierre.

— Sim, mas vós concordareis que é sempre por intermédio de Maria, desde então, que temos notícias de Guccio. Sua viagem à Itália, seu acidente com a perna... É sempre Maria que Ricardo informa, e jamais nenhuma outra pessoa da família. E o que dizer da insistência para ir buscar, ela mesma, os víveres no escritório do burgo! Creio que há em tudo isso alguma história para a qual não abrimos os olhos.

Dama Eliabel abandonou seu tear, tirou com as mãos os felpos de lã esparramados sobre sua saia e, levantando-se, disse com um tom ultrajado:

— Teria sido uma grande vilania da parte deste jovenzinho usar de sua fortuna mal adquirida para subornar minha filha e pretender comprar nossa simpatia pelos dons que nos faz de comida e roupas, quando a honra de ser nosso amigo deveria ser amplamente suficiente para ele como pagamento!

Pierre de Cressay era o único na família que possuía um senso mais justo da realidade. Era simples, leal e sem preconceitos. As declarações que ouvia, fruto de má-fé, de ciúme e de pretensões vãs, irritaram-no.

— Vós pareceis esquecer, tanto um como o outro, que o tio de Guccio continua em poder de uma dívida nossa no valor de trezentas libras, uma dívida que jamais nos cobra, nem sequer pelos juros, que não deixam de aumentar. Esquecei-vos também que, se o preboste Portefruit não nos tirou tudo o que temos, nossas terras e até as paredes do solar, foi porque Guccio intercedeu. Lembrai-vos também de que ele evitou que morrêssemos de fome fornecendo-nos víveres que jamais pagamos. Antes de pô-lo de lado, pensai um pouco se podeis pagá-lo. Guccio é rico, e será ainda mais nos anos que estão por vir. Ele é muito protegido, e se o rei da França considerou que era digno e tinha suficientemente boa aparência para enviá-lo com seus embaixadores até Nápoles buscar a nova rainha, não vejo por que razão teríamos, nós, que nos fazermos de tão difíceis.

Jean sacudiu os ombros.

— Foi Maria que nos contou isso. Ele deve ter ido a Nápoles como mercador, para fazer seu comércio.

— E mesmo que o rei o tenha enviado a Nápoles, isso não quer dizer que ele lhe daria sua filha! — exclamou dama Eliabel.

— Minha pobre mãe... — replicou Pierre —, que eu saiba, Maria não é filha do rei da França! É belíssima, claro...

— Não vou vender minha irmã por dinheiro! — gritou Jean de Cressay.

Seus olhos brilharam no meio de seus pêlos hirsutos.

— Tu não vais vendê-la — respondeu Pierre —, mas tu te acomodarias muito bem, para ela, com um velho tolo, sem te ofenderes com a riqueza dele, caso ele tivesse sangue de fidalgo. Se Maria ama Guccio, ela não se vende a ele!... A nobreza? Bah! Podemos mantê-la, tu e eu. Tenho que vos dizer que não veria com maus olhos este casamento.

— E tu não verias tampouco com maus olhos tua irmã instalada em Neauphle, em nosso feudo, atrás de um balcão de banco, contando moeda e traficando especiarias? Tu estás perdendo o juízo, Pierre, e eu me pergunto por que motivo tu podes sentir tão pouco respeito pelo que somos — disse dama Eliabel. — Em todo caso, jamais hei de dar meu consentimento para uma aliança destas, e teu irmão tampouco; não é verdade, Jean?

— Claro, minha mãe. E já debatemos demais o assunto. Rogo a Pierre que nunca mais volte com ele.

— Está bem, está bem. Tu és o mais velho. Podes agir como bem entenderes.

— Um lombardo! Um lombardo! — continuou dama Eliabel. — Este jovem Guccio está chegando, é isto? Deixai comigo, meus filhos. A dívida e as obrigações que temos para com ele impedem-me de lhe fechar a porta de nossa casa. Pois bem, então vamos recebê-lo. Mas ele não é um maroto? Eu serei ainda mais, e vou me encarregar de acabar de uma vez por todas com sua vontade de pôr novamente os pés aqui!

II

A ACOLHIDA DE DAMA ELIABEL

No dia seguinte, desde a alvorada, parecia que a febre que agitava o escritório bancário de Neauphle tinha ganho o solar da família Cressay. Dama Eliabel apressava sua serva, e seis servos do domínio tinham sido convocados para trabalhar no interior da morada durante o dia. Os assoalhos eram lavados, a mesa arrumada, e grande quantidade de lenha amontoada dos dois lados da lareira. Na estrebaria esparramavam palha fresca, o pátio era varrido; na cozinha, um filhote de javali e um carneiro inteiros já tinham sido postos para assar; os patês também já assavam nos fornos; e, no burgo, corria o boato de que os Cressay aguardavam um enviado do rei.

O ar estava frio, leve, atravessado por um pálido sol que alegrava um pouco os galhos desfolhados das árvores e depositava nas poças das estradas algumas gotas de luz.

Guccio chegou no final da manhã, vestido com um mantô forrado de peliça, usando na cabeça um chapéu largo de tecido verde, cujo bojo longo caía até seus ombros; montava um belo cavalo baio, bem alimentado e arreado com material de qualidade superior. Vinha acompanhado por um doméstico e via-se de longe que era um homem rico.

Encontrou a castelã e seus dois filhos vestidos para uma festa. A acolhida que lhe fizeram, as atenções dos servos, os abraços de dama Eliabel, a arrumação da mesa e da casa, tudo lhe pareceu de excelente agouro. Maria, evidentemente, tinha falado com sua família. Sabiam por que ele vinha e já o tratavam como noivo da jovem. Pierre de Cressay, entretanto, mostrava certo incômodo.

— Meus bons amigos — exclamou Guccio —, que alegria sinto ao revê-los! Mas não era preciso tudo isso para me receber. Tratai-me exatamente como se eu fosse de vossa família.

Tais palavras desagradaram Jean, que trocou um olhar com sua mãe.

Guccio mudara um pouco de aspecto. De seu acidente, guardara a perna direita ligeiramente dura, o que não deixava de atribuir certa elegância a seu modo de andar. As semanas de imobilidade no leito do hospital tinham favorecido uma última etapa de crescimento. Seus traços tinham se marcado; seu semblante mostrava uma expressão mais séria, amadurecida. O aspecto de adolescente se apagara, dando lugar ao de homem.

Sem ter perdido coisa alguma de sua segurança de outrora, bem ao contrário, tinha menos dificuldade para se impor diante dos outros. Ele parecia ter perdido um pouco do sotaque italiano e parecia também que falava com mais lentidão, embora continuasse gesticulando muito.

Olhando as paredes em volta dele como se já fosse o mestre do local, perguntou aos irmãos se eles tinham a intenção de efetuar alguns consertos no solar.

— Eu vi na Itália — disse ele — uns tetos pintados que produziriam aqui um ótimo efeito. E vossa sala de banhos a vapor, não tendes a intenção de reconstruí-la? Hoje constróem-se umas pequenas que são muito cômodas e, na minha opinião, isto é indispensável para os cuidados corporais, para pessoas de qualidade.

O que significava que tudo isso devia ser entendido como: "Estou decidido a pagar isso tudo, pois é assim que gosto de viver." Guccio tinha igualmente suas opiniões sobre a mobília, as tapeçarias para pendurar às paredes a fim de alegrar os ambientes. Começava a irritar consideravelmente Jean de Cressay, e o próprio Pierre pensava que ele ia depressa demais daquela maneira, querendo já reformar a casa inteira.

Guccio conversava assim, sobre assuntos variados, há uma meia hora, e Maria ainda não tinha aparecido. "Talvez eu deva me declarar antes..."

— Teria eu o prazer de ver a senhorita Maria? Ela nos fará companhia para o jantar?

— Claro, claro. Está se arrumando e vai descer agora mesmo — respondeu dama Eliabel. — Vós vereis que ela está bem diferente. Ela mudou muito de tanta felicidade.

Guccio levantou-se, com o coração batendo apressado.

— É verdade? Oh, dama Eliabel, que alegria vós me dais assim!

— Sim, e nós também estamos muito felizes ao podermos dar uma notícia tão boa a um amigo tão apreciado. Nossa querida Maria ficou noiva...

Ela fez uma pausa breve.

— ... ela ficou noiva de um de nossos parentes, o senhor de Saint-Venant, um fidalgo do condado de Artois, de velhíssima nobreza, que se apaixonou por ela e pelo qual ela também está apaixonada.

Guccio permaneceu por um instante como se estivesse envolto em névoas, incapaz de falar, batendo a mão mecanicamente no relicário que lhe dera a rainha Clemência e que brilhava sob sua camisa de duas cores, como era a última moda na Itália. Ele ouviu Jean de Cressay abrir uma porta e chamar a irmã.

Fazendo um esforço para se controlar, Guccio disse, com uma voz que lhe pareceu alheia:

— E quando ocorrerão as bodas?

— Nos primeiros dias do verão — respondeu dama Eliabel.

— Mas, na verdade, é como se a coisa já estivesse feita — observou Jean de Cressay —, pois o compromisso já foi oficializado.

Aquela a quem Guccio dedicara todos os pensamentos há tantos meses, aquela de quem ele falara amiúde a Clemência de Hungria, a Bouville, a Tolomei, e que, na distância e na doença, estivera no centro de seus sonhos, entrou, dura, distante, mas com os olhos vermelhos. Ela desejou com uma vozinha inaudível as boas-vindas a Guccio. Ele felicitou-a por obrigação, e ela aplicou-se com toda a dignidade possível a receber os cumprimentos. Ela estava quase caindo em prantos, mas conseguiu dominar-se, de tal forma que Guccio tomou como uma frieza real o que não passava, em Maria, do temor de trair seus próprios sentimentos e de receber em seguida os castigos com os quais fora ameaçada.

A refeição, copiosa demais, foi difícil. Dama Eliabel, deleitando-se com sua própria perfídia, fingia a maior alegria, obrigava seu hóspede a repetir cada prato e ordenava aos servos que lhe trouxessem mais um pedaço de carneiro ou de javali sobre uma fatia de pão.

— O que aconteceu? Perdestes o apetite durante vossas longas viagens? Vamos, senhor Guccio, vamos... É preciso alimentar-se bem quando se tem vossa idade. Não gostastes deste prato? Experimentai então este patê!

Guccio não pôde cruzar o olhar de Maria uma vez sequer.

"Ela me parece bem orgulhosa por ter renegado o amor que me jurou", pensava ele. "Então eu escapei da morte só para receber uma afronta dessas! Ah! Os temores que eu tinha não eram infundados, quando perdia as esperanças na Santa de Casa de Marselha. E aquelas cartas absurdas que eu enviei a ela! Mas por que dizia a Ricardo para responder que permanecia a mesma, que morria pouco a pouco de tanto me esperar... quando na verdade assumia um compromisso com outro? Isso é traição e não hei de perdoá-la nunca. Ah! Que horrível jantar, este! Nunca tive outro pior em minha vida."

A busca de uma vingança é, às vezes, um derivativo para a mágoa. "Eu poderia, é claro, exigir imediatamente o reembolso da dívida, e isso com certeza os colocaria numa tal dificuldade que eles teriam que renunciar às bodas." Mas tal procedimento pareceu-lhe de uma baixeza inadmissível. Com os burgueses, ele talvez tivesse agido assim; mas com fidalgos que pretendiam esmagá-lo com sua nobreza, ele tentava dar uma resposta de fidalgo. Ele queria provar-lhes que era mais nobre que os próprios Cressay e que todos os Saint-Venant da terra.

Esta preocupação dominou-o durante o final do jantar. Quando as sobremesas estavam sendo colocadas à mesa, ele repentinamente desamarrou do pescoço seu reliquário e estendeu-o à jovem, dizendo:

— Eis aqui, minha bela Maria, o presente que quero oferecer-vos por vossa bodas. Foi a rainha Clemência... sim, a própria rainha de França que o colocou em meu pescoço pelos serviços que lhe prestei e pela amizade com a qual ela me honra. Contém uma relíquia de São João Batista. Eu jamais pensei que fosse me separar deste presente; mas, ao que parece, é possível separar-se sem grande dificuldade das coisas que consideramos um dia como as mais caras... Que isto vos proteja, bem como os filhos que desejais ter com vosso fidalgo de Artois.

Esta fora a única maneira que ele encontrara para mostrar seu desprezo e, ao mesmo tempo, para provar aos Cressay que haviam desdenhado um excelente partido. O preço a pagar era alto, pela ocasião de dizer uma única frase. Decididamente, para com aquela gente que não possuía um tostão furado, os grandes gestos de Guccio sempre terminavam custando caro. Vindo para tomar, partia, como sempre, tendo dado.

Maria teve uma enorme dificuldade para não se desfazer em prantos. Suas mãos tremiam quando ela aproximou o relicário dos lábios. Mas Guccio já tinha dado as costas.

Dando como pretexto seu recente ferimento e o cansaço da viagem, ele se retirou imediatamente, chamou seu doméstico, vestiu seu mantô forrado, pulou na sela e saiu do pátio dos Cressay com a certeza de que jamais colocaria os pés ali novamente.

— Agora, teremos que escrever ao primo Saint-Venant — disse dama Eliabel a seus filhos depois que Guccio saiu pelo portão de entrada.

Depois de voltar ao escritório de Neauphle, Guccio não descansou durante toda a noite. Pediu que lhe mostrassem os registros e fingiu concentrar-se no exame das contas. O amanuense Ricardo compreendeu muito bem que os negócios de seu jovem patrão tinham encontrado alguma dificuldade; mas julgou prudente abster-se de qualquer comentário.

Guccio passou uma noite em claro no apartamento que tinha sido preparado para ele com tanto cuidado para uma longa estadia. Agora, ele lamentava ter-se desfeito de seu relicário e lamentava também a decisão de fixar-se em Neauphle, lamentava as cartas que escrevera, ele lamentava tudo. "Ela não merecia tanto. Eu não passo de um tolo... E meu tio Spinello, como é que ele vai reagir diante de minha volta?" Ele se perguntava todas essas coisas agitando-se entre os lençóis desfeitos. "Porque eu não vou ficar aqui nem um dia a mais, depois desta humilhação... Nunca mais vou cair numa cilada dessas... a sorte está contra mim, realmente. Talvez eu pudesse voltar para a escolta da rainha e obter um cargo na casa real; eu caí dentro d'água porque quis pular depressa demais, e ganhei com isso seis meses de hospital. Em vez de voltar para Paris e de trabalhar para a minha fortuna, eu venho correndo para esse burgo perdido a fim de desposar uma moça do campo pela qual perdi a cabeça já há uns dois anos, como se não houvesse outra mulher no mundo! E aqui chegando, encontro-a comprometida com um tolo de sua raça. Bela cilada!"

De manhã, esgotado por tantas lamentações, pela raiva e pela insônia, ele fez com que preparassem sua bagagem e selassem seu cavalo. Estava tomando um caldo quente, antes de viajar, quando a serva que ele vira na véspera em Cressay apresentou-se no balcão e pediu para vê-lo, a sós. Ela trazia consigo uma mensagem: Maria, que tinha conseguido escapar por uma hora, esperava Guccio a meio caminho entre Neauphle e Cressay, às margens do rio Mauldre, "no lugar que vós conheceis muito bem", acrescentou ela.

Guccio compreendeu que se tratava do pomar de macieiras, às margens do rio, onde Maria e ele tinham trocado o primeiro beijo.

— Dizei à senhora Maria que seus esforços são inúteis, pois, quanto a mim, não tenho mais a intenção de encontrá-la.

— Dá pena ver a senhora Maria — disse a serva. — Eu juro, senhor, que deveríeis encontrá-la. O senhor foi ofendido, mas ela não teve nada a ver com isso.

Sem sequer dar-se ao trabalho de responder, ele montou em seu cavalo e dirigiu-se para a estrada. "O cais de Marselha... o cais de Marselha... Que isto me sirva de lição", pensava ele. "Chega de tolices. Deus sabe o que espera se decido ainda revê-la! Que ela engula suas lágrimas sozinha, caso sinta vontade de chorar!"

Assim ele percorreu algumas léguas na direção de Paris. Depois, bruscamente, diante de seu doméstico abasbacado, fez meia-volta com o cavalo, pôs-se a galope e cortou caminho por entre os campos.

Em alguns minutos, estava às margens do rio Mauldre. Ele avistou o pomar e, sob as macieiras, Maria, que o esperava.

III

PARIS, RUA DOS LOMBARDOS

No final do dia, quando Guccio entrou no pátio do banco Tolomei, na rua dos Lombardos, seu cavalo estava coberto de suor.

Jogou as rédeas ao doméstico, atravessou o comprido salão dos balcões, naquela hora deserto, e subiu, tão depressa quanto lhe permitia sua coxa acidentada, a escada que levava ao gabinete de seu tio.

Abriu a porta; as costas de Robert d'Artois mascaravam a luz do aposento. Este se virou.

— Ah! Foi a providência que vos enviou, amigo Guccio — exclamou ele abrindo os braços. — Eu estava justamente pedindo a vosso tio um mensageiro diligente e de confiança para correr imediatamente até o condado de Artois, ao encontro do senhor de Fiennes. Mas vós devereis ser prudente, meu jovem — acrescentou como se a aceitação de Guccio fosse certa —, pois meus bons amigos da família Hirson não poupam esforços e soltam seus cães contra tudo que vem da minha parte.

— Senhor — respondeu Guccio ainda sem fôlego —, eu quase vomitei minha alma no mar, no ano passado, para ir vos servir na Inglaterra; acabo de passar seis meses no hospital por ter ido a Nápoles a serviço do rei, e todos esses deslocamentos não contribuíram em nada para a minha felicidade. Permiti, desta vez, que eu não vos obedeça, pois tenho que cuidar de meus próprios problemas, que não podem mais esperar.

— Eu vos pagarei tão bem que não lamentareis aceitar.

— Não irei nem por mil libras, Senhor! Ainda mais ao condado de Artois!

Robert virou-se para Tolomei, que se mantinha a distância, com as mãos cruzadas sobre o ventre.

— Dizei-me, amigo banqueiro, já ouvistes algo assim? Para que um lombardo recuse mil libras, que aliás eu não lhe ofereci, diga-se de passagem, é preciso que haja motivos bem sérios. Vosso sobrinho não estaria sendo pago pelo senhor Thierry? Que Deus o estrangule, com suas próprias tripas, se possível!

Tolomei começou a rir.

— Não há nada a temer, Senhor. Desconfio de que meu sobrinho está mais preocupado, atualmente, com uma intriga amorosa de uma dama da nobreza...

— Ah! Se é assunto de dama — disse d'Artois — nada se pode fazer e aceito sua recusa. Mas isso não me favorece nem um pouco.

— Sei do que tendes necessidade. Não vos preocupeis — disse Tolomei. — Tenho um excelente mensageiro que vos servirá ainda mais discretamente pelo fato de não vos conhecer. E depois... um hábito de monge é muito pouco notado pelos caminhos afora.

— Um monge?

Robert d'Artois torceu o nariz.

— ... italiano — acrescentou o banqueiro.

— Ah! Isso já é melhor... Pois sabeis, Tolomei, que quero acertar na mosca. Posto que minha tia Mahaut agora não pode distanciar-se de Paris, a não ser que desobedeça as ordens do rei, eu me proponho a fazer com que meus aliados ataquem seu castelo de Hesdin, ou melhor, *meu* castelo de Hesdin. Eu comprei... sim, com vosso ouro, vós me direis... eu comprei a consciência de dois sargentos desta boa condessa, dois espertinhos, como aliás todos os que ela emprega. Eles deixarão meus aliados penetrar na praça do castelo. Já que não posso gozar do que me pertence, pelo menos tenho a intenção de fazer uma boa pilhagem. Depois vos encarregarei de vender o butim.

— Ah! Aí, senhor, eu vou me meter numa bela confusão!

— Que nada! Enforcado por enforcado, que pelo menos seja por alguma coisa! Posto que sois banqueiro, sois ladrão, e a receptação não vos amedronta. Eu nunca forço ninguém a nada.

Desde o pronunciamento da arbitragem, ele estava no melhor dos humores. Entregou ao banqueiro a mensagem que queria fazer chegar ao condado de Artois.

— Ao senhor de Fiennes, está certo? E a ninguém mais. Souastre e Caumont são muito vigiados... Adeus, amigo, aprecio-vos muito.

Ele se levantou, fechou a fivela de ouro do mantô e depois, sapecando as mãos nas costas de Guccio, disse:

— Diverti-vos bastante, meu gentil jovem, diverti-vos bem com as damas de alta linhagem; isso é coisa para a vossa idade. Quando vós tiverdes alguns anos a mais, sabereis que elas são tão vagabundas quanto as outras e que os prazeres que elas tentam vender tão caro podem ser encontrados por alguns tostões nos bordéis.

Ele saiu, e ouviu-se por muitos segundos sua risada ecoando na escada.

— Então, meu sobrinho? Para quando são as bodas? — perguntou Tolomei. — Eu não esperava te rever tão depressa.

— Meu tio, meu tio, preciso de ajuda! — exclamou Guccio. — Sabeis que essa gente é monstruosa? Eles proibiram Maria de me rever, o primo dela do norte é velho e deformado, ela com certeza vai morrer!

— Que gente? Que primo? — perguntou Tolomei. — Tenho a impressão, meu filho, de que teus assuntos não avançaram tão bem quanto o esperado. Conta-me tudo isso, de forma mais organizada.

Então Guccio fez ao tio o relato de sua visita a Neauphle. Com um senso muito latino da tragédia, não deixou de carregar nas tintas. A jovem encontrava-se seqüestrada; ela correra risco de morte, aventurando-se através dos campos a fim de suplicar a Guccio que a salvasse. A família Cressay queria casá-la contra a sua vontade com um parente longínquo, personagem carregado de todas as desgraças corporais e morais possíveis.

— Um velho de quarenta e cinco anos! — exclamou Guccio.

— Um velho bem jovem... — murmurou Tolomei.

— Mas Maria só tem amor por mim, ela me disse e repetiu. E sei que ela vai morrer caso a obriguem a desposar outro homem. Meu tio, preciso de ajuda.

— Mas de que maneira queres que eu te ajude, meu filho?

— Preciso de ajuda para seqüestrar Maria. Eu a levarei para a Itália, nós ficaremos por lá...

Spinello Tolomei, com um olho fechado e o outro aberto, observava o sobrinho com uma expressão meio inquieta, meio divertida.

— Eu te avisei, meu filho. Eu sabia que as coisas não seriam fáceis. O que tu tinhas que te meter com uma jovem da nobreza? Essa gente não tem com que se vestir; eles nos devem até a cama em que dormem, mas nos cospem no nariz se nossos jovens querem dormir nela. Esquece esta aventura, é melhor. Quando somos insultados, geralmente é porque oferecemos a cabeça para receber os golpes. Escolhe alguma bela jovem de nossas famílias, possuidora do ouro de nossos bancos, que te dará crianças tão belas quanto ela, e cuja carruagem, ao passar, jogará um montão de lama nos pés de tua jovenzinha do interior.

Guccio teve uma repentina inspiração.

— Saint-Venant não é o nome de um dos aliados de Robert d'Artois? E se eu fosse levar a mensagem do conde Robert e depois fosse encontrar esse Saint-Venant, provocá-lo e matá-lo?

Ele já se sentia pronto para empunhar a adaga.

— Excelente idéia — disse Tolomei — e da qual ninguém vai ouvir falar. E, depois, os Cressay escolherão para tua bela outro partido, na Bretanha ou no Poitou, e será preciso ir matar outro, em outra região. Podes preparar-te para o trabalho!

— Hei de me casar com Maria, ou com nenhuma outra mulher, meu tio, e não vou deixar nenhum outro homem desposá-la.

Tolomei elevou as mãos acima da cabeça.

— Ai... é isso a juventude! Em quinze anos, de qualquer modo, tua mulher será feia; e tu hás de te perguntar, ao olhá-la, se seu rosto enrugado, sua barriga enorme e seus peitos caídos valeram realmente tanto trabalho.

— Não é verdade! Não é verdade! E depois, eu não penso nos quinze anos que virão, mas no dia de hoje, e sei que nada no mundo pode substituir Maria. Ela me ama.

— Ela te ama, tu dizes? Então, meu jovem, se ela te ama tanto, o casamento não é algo de indispensável para a felicidade a dois. O bispo de Paris certamente diria outra coisa; mas, quanto a mim, eu te proponho que te regozijes pelo fato de quererem dar a ela um marido papudo, deformado e desdentado, de acordo com o retrato que tu me pintas dele... sem tê-lo visto. Nada poderia ser mais favorável para ti.

— Ah... meu tio, não conheceis Maria, sua pureza, nem sua fé religiosa. Ela só seria minha pelo casamento, e só aceitará pertencer àquele com o qual será unida diante de Deus... No que me diz respeito, eu não aceitaria compartilhá-la com ninguém... Se é assim, vou seqüestrá-la sem a vossa ajuda, nem que tenhamos que andar pelas estradas afora como mendigos, nem que tenhamos que morrer de frio atravessando as montanhas. Mas, antes, vou encontrar a rainha Clemência. Ela me conhece e tem amizade por mim...

Tolomei bateu ligeiramente na mesa com as pontas dos dedos. Seu olho normalmente fechado tinha se aberto bruscamente.

— Agora tu vais te calar — disse ele sem quase elevar o tom. — Tu não irás encontrar ninguém, e muito menos a rainha, pois nossos negócios não andam lá muito bem depois que ela chegou aqui. Não estamos precisando chamar a atenção de ninguém com um escândalo. A rainha é toda bondade, toda caridade, toda piedade, eu sei! Mas depois que ela começou a exercer influência sobre o rei, nós, os Lombardos, somos sangrados até a última gota. É com os nossos bens que o Tesouro dá esmolas. Repreendem-nos pelo fato de emprestarmos com usura; imputam-nos todos os pecados do reino. O conde de Valois defende-nos muito pouco e decepciona-nos muito... A rainha Clemência te dirá belas palavras e te dará muitas bênçãos. Mas conheço pessoas na corte que teriam o maior prazer aplicando-te o castigo reservado aos sedutores de senhoritas nobres, nem que fosse só para atingir a mim mesmo, eu, capitão geral dos Lombardos. O vento não está soprando mais do mesmo lado. Na verdade, não se sabe mais de que lado ele está soprando agora. Os amigos de Enguerrand de Marigny, que não gostavam nem um pouco de mim, foram soltos e formam um partido em volta do conde de Poitiers...

Mas Guccio não ouvia nada; ele pouco se importava, naquele momento, com as taxas, os decretos e as disposições do poder. Nem a perspectiva da prisão e de um processo o amedrontava. Ele se obstinava em seu projeto. Mesmo sem o apoio de ninguém, seqüestraria Maria.

— Mas, pobre desgraçado — disse Tolomei batendo na testa —, vós não podereis prosseguir por mais de dez léguas sem serem detidos. Tua donzela será trancada num convento. Quanto a ti... Queres desposá-la? Bom! Vou tentar te dar um meio para fazê-lo, já que essa parece ser a única maneira de te curar...

E sua pálpebra esquerda fechou-se novamente.

— Loucura por loucura, já que somos loucos, isso será menos grave do que te deixar agir sozinho. Ai... por que aceitamos assim as tolices de nossos familiares?

Ele agitou um sininho e um amanuense logo entrou no gabinete.

— Vai ao convento dos agostinianos — disse ao homem Tolomei — e trata de me trazer aqui frei Vincenzo, que chegou ontem de manhã de Peruggia.

IV

O CASAMENTO DA MEIA-NOITE

Dois dias mais tarde, Guccio retomava o caminho de Neauphle em companhia do monge italiano que deveria entregar a mensagem do conde Robert aos aliados do condado de Artois. Tendo recebido uma alta soma por tal missão, frei Vincenzo tinha finalmente concordado em aceitá-la, fazendo a Tolomei dois favores, em vez de apenas um.

Não era a primeira vez que aquele religioso itinerante, empregado por sua ordem para percorrer os caminhos entre a França e a Itália, estava metido numa intriga. E o banqueiro, caprichando um pouco na verdade, tinha sabido apresentar-lhe os aborrecimentos do sobrinho de maneira bastante patética. Guccio havia seduzido uma jovem e cometido com ela os pecados da carne, e Tolomei não queria que aquelas duas crianças continuassem vivendo em estado de pecado. Mas seria preciso proceder discretamente, para não despertar as desconfianças da família...

Guccio e seu monge apresentaram-se à noite no solar de Cressay. Dama Eliabel e seus filhos estavam prestes a ir para a cama.

O jovem lombardo pediu-lhes hospitalidade, dando como pretexto o fato de que não tinha as chaves de seu apartamento de Neauphle, que seus amanuenses encontravam-se em Montfort e que era preciso abrigar aquele homem de Igreja que viera trazer notícias da Toscana. Como Guccio já dormira no solar diversas vezes, por insistência da própria família Cressay, sua iniciativa não pareceu surpreendente; a família esforçou-se para lhe dar boa acolhida.

— Frei Vincenzo e eu ficaremos no mesmo quarto — disse Guccio.

Frei Vincenzo tinha um rosto redondo que inspirava confiança, tanto quanto seu hábito; além do mais, só falava italiano, o que o dispensava de responder a perguntas.

Durante o frugal jantar oferecido aos viajantes, nenhuma alusão foi feita ao pretenso compromisso de Maria com um longínquo primo; todos pareciam evitar o assunto.

Maria não ousava olhar para Guccio, mas o jovem aproveitou de um momento em que ela estava perto dele para assoprar-lhe ao ouvido:

— Cuidai para não dormir esta noite e estejai pronta para sair de vosso quarto.

No momento em que todos se separavam, frei Vincenzo disse a Guccio uma frase incompreensível para os Cressay, em que ele falava de *chiave* e de *capella.*

— Frei Vincenzo está perguntando se podeis confiar-lhe a chave da capela, pois ele deve ir embora muito cedo e gostaria de rezar sua missa antes.

— Ele não gostaria que um dos meus filhos o ajudasse a realizar seu ofício? — perguntou a castelã.

Guccio não aceitou. Frei Vincenzo ia se levantar realmente muito cedo, antes do raiar do dia, e insistia para não incomodar ninguém. Mas ele, Guccio, considerava que era seu dever, e uma honra, assisti-lo.

Dama Eliabel entregou então ao monge uma vela, a chave da capela e a da sacristia. Depois todos se separaram.

— Este Guccio... Creio, decididamente, que o julgamos mal; ele é muito respeitoso das coisas da religião — disse Pierre de Cressay a seu irmão quando ambos se dirigiam a seus aposentos, na ala esquerda da casa.

Dama Eliabel ocupava o quarto principal, no andar térreo. Maria tinha seu aposento numa espécie de mezanino entre o térreo e o primeiro andar da torre, e o acesso se dava pelos quartos dos hóspedes.

Depois de se fecharem em seu aposento, frei Vincenzo convidou Guccio a confessar-se. E repentinamente Guccio maravilhou-se com as estranhas peças do destino que tinham feito com que ele, um italiano de Siena nascido num dos mais ricos palácios da cidade, se encontrasse ali, ajoelhado sobre um assoalho estragado, no meio dos campos da Ile-de-France, preparando sua alma diante de um monge de Peruggia que ele mal conhecia, para desposar de noite, correndo risco de vida caso fosse descoberto, uma pobretona filha de nobre. Apenas as batidas precipitadas de seu coração lembravam-lhe que era realmente com ele que tudo aquilo estava acontecendo.

Por volta de meia-noite, quando a casa inteira estava mergulhada no silêncio, Guccio e o monge saíram com passos de lobo do aposento. O jovem começou a arranhar suavemente a porta de Maria; a moça apareceu imediatamente. Em silêncio, Guccio tomou-a pela mão; desceram, todos os três, a escada em caracol e saíram da casa pela cozinha.

— Vede, Maria, o céu está estrelado... Frei Vincenzo vai nos unir.

Maria não deu mostras nem de surpresa, nem de reticências. Três dias antes, no pomar de macieiras, Guccio lhe prometera voltar depressa e ele tinha voltado; e desposá-la e ele ia fazê-lo. Pouco importavam as circunstâncias; ela era totalmente submissa a ele.

Um cão rosnou; depois, tendo reconhecido Maria, calou-se. A noite estava gélida, mas Guccio e Maria não sentiam frio.

Entraram na capela. Frei Vincenzo acendeu uma vela numa lamparina minúscula que ardia acima do altar. Mesmo que ninguém pudesse ouvi-los, continuavam a falar em voz baixa. O monge perguntou se a noiva tinha se confessado. Ela respondeu que o fizera dois dias antes, e frei Vincenzo deu-lhe a absolvição pelos pecados que ela poderia ter cometido depois.

Alguns minutos mais tarde, pela troca de dois "sim" abafados, o sobrinho do capitão-geral dos lombardos de Paris e a senhorita de Cressay estavam unidos diante de Deus, na falta de estarem diante dos homens.

— Eu gostaria de vos ter oferecido bodas suntuosas — murmurou Guccio.

— Para mim, meu amor, não poderia haver mais belas — respondeu Maria — já que é a vós que elas me unem.

Voltaram sem dificuldade para a casa, subiram a escada. Quando chegaram ao meio-andar, frei Vincenzo tomou Guccio pelos ombros e empurrou-o suavemente para o quarto de Maria...

Há cerca de dois anos Maria amava Guccio. Há cerca de dois anos ela só pensava nele e vivia da esperança de lhe pertencer. Agora que sua consciência estava em paz e que o temor da condenação ao inferno estava afastado, nada a obrigava a conter sua paixão.

O sofrimento das moças, no instante de suas bodas carnais, normalmente vem mais do medo do que da natureza. Maria tinha gosto pelo amor antes mesmo de tê-lo conhecido; ela entregou-se com franqueza, maravilhada. Quanto a Guccio, ainda que não tivesse nem dezenove anos, ele já possuía experiência o bastante para evitar o apressamento desajeitado. Ele fez de Maria, naquela noite, uma mulher feliz; e, como em matéria de amor só se recebe à altura do que se dá, ele também foi profundamente gratificado.

Por volta das quatro horas da manhã, o monge veio acordá-los e Guccio voltou para seu aposento. Depois Frei Vincenzo desceu fazendo algum barulho, passou pela capela, foi pegar sua mula na estrebaria e desapareceu na noite.

Aos primeiros clarões da aurora, dama Eliabel entreabriu a porta do quarto dos viajantes e deu uma olhada no interior. Guccio dormia profundamente, com uma respiração regular. Seus cabelos negros formavam caracóis sobre o travesseiro. Seu rosto tinha uma expressão de paz e de infância.

— Ah! Que belo cavaleiro, este... — pensou dama Eliabel, suspirando.

V

O COMETA

Naquele mesmo final de fevereiro em que Guccio Baglioni desposava secretamente Maria de Cressay, a corte da França, a fim de cumprir a promessa da rainha Clemência, efetuava uma peregrinação a Amiens

Depois de terem feito, com os pés na lama, a última parte do caminho, depois de terem atravessado a cidade entoando salmos, os peregrinos reais percorreram de joelhos a nave da catedral até chegar, arrastando-se com lentidão e dificuldade, diante da presumida cabeça de João Batista, exposta numa capela lateral da Igreja. A relíquia provinha de um certo Wallon de Sartou, cruzado no ano de 1202, que na Terra Santa havia se tornado caçador de santos despojos e que trouxera de lá em suas bagagens três peças de valor inestimável: a cabeça de São Cristóvão, a de São Jorge, e uma parte da cabeça de São João.

Rodeada por incontáveis círios e por milhares de ex-votos acumulados no decorrer de um século, a relíquia de Amiens consistia em alguns ossos do rosto enquadrados num relicário de cobre cuja parte de cima, em forma de calota, substituía o crânio que faltava. Aquela face de esqueleto, toda negra com sua coroa de safiras e esmeraldas, parecia rir, e era realmente aterrorizadora. Podia-se distinguir nela, acima da órbita esquerda, um buraco que, segundo a tradição, era a marca da punhalada dada por Herodes quando lhe apresentaram a cabeça do precursor. O conjunto repousava sobre uma bandeja de ouro.

Clemência, aparentemente insensível ao frio da capela, mergulhou em mil devoções, e o próprio Luís X, tocado pelo fervor, chegou a permancer imóvel durante toda a cerimônia, com o espírito evoluindo por regiões que ele não tinha o costume de visitar.

Os felizes resultados daquela peregrinação não tardaram a se manifestar. Por volta de meados de março, a rainha apresentou sintomas que lhe permitiram esperar que a abençoada intercessão do santo havia atendido a suas preces.

Entretanto, os médicos e as parteiras da corte ainda não ousavam se pronunciar e pediam que um mês inteiro passasse antes de emitirem uma certeza.

Durante aquela espera, o misticismo da rainha ganhou seu esposo, que se pôs a governar exatamente como se aspirasse à canonização.

Geralmente não é bom tentar desviar as pessoas de sua verdadeira natureza. Mais vale deixar um malvado entregue à sua malvadeza do que tentar transformá-lo em carneiro; não sendo a bondade seu negócio, ele a empregará de maneira deplorável.

O Cabeçudo, imaginando que obteria daquela forma a remissão de seus próprios pecados, agraciava e anistiava sem discernimento, todo emocionado por esvaziar as prisões. De modo que o crime florescia em Paris, onde se cometiam mais roubos, agressões e assassinatos do que nos quarenta anos passados. A polícia de vigia não dava conta do trabalho. As moças de boa vida tinham sido relegadas aos limites exatos que lhes tinham sido impostos por São Luís e, por isso, a prostituição se desenvolvia nas tabernas e sobretudo nos estabelecimentos de banhos públicos, a tal ponto que um homem honesto não podia mais ir se lavar sem ser exposto às tentações das carnes que se ofereciam sem o menor pudor.

Clemência tinha sugerido a Luís que restituísse aos herdeiros de Marigny os bens do antigo reitor e coadjutor do reino, pelo menos a parte que fora atribuída a ela mesma.

— Ah! Isto, minha amiga, eu não posso fazer — respondera o Cabeçudo —, pois eu não poderia voltar atrás em minha decisão. Um rei não pode errar. Mas eu vos prometo que, desde que o Tesouro permita, hei de constituir para Luís de Marigny uma pensão que o reembolsará mais do que suficientemente.

Enquanto isso os lombardos, cujos privilégios tinham sido amplamente diminuídos, manejavam com maior dificuldade as chaves de seus cofres, desde que se tratava das necessidades da corte. E os antigos legiferadores de Felipe, o Belo, com Raul de Presles à frente, formavam um grupo de oposição em volta do conde de Poitiers; o condestável Gaucher de Châtillon se havia declarado francamente do lado dele.

No condado de Artois, a situação não apresentava melhoria alguma. Apesar das inúmeras tentativas, a condessa Mahaut permanecia irredutível e recusava sua assinatura para a arbitragem do rei. Ela se queixava de que os senhores feudais tinham preparado uma operação para investir contra seu castelo de Hesdin. A traição de dois sargentos, que deveriam entregar a praça forte aos aliados, tinha sido descoberta a tempo; e agora, para dar o exemplo, dois esqueletos estavam pendurados nas muralhas de Hesdin. Entretanto, a condessa, obrigada a obedecer à proibição do rei, não tinha mais retornado ao condado desde o Natal, bem como nenhum membro da família Hirson. A confusão também era grande no feudo, nas redondezas de Arras, onde cada um reclamava para si o poder que bem entendia. E as palavras de reconciliação tinham tanto poder sobre os senhores feudais quanto um leite que escorre sobre uma couraça.

— Nada de sangue, meu doce esposo, nada de sangue! — suplicava Clemência. — É preciso conduzir o povo à razão por meio de preces.

Isso não impedia que o povo se destripasse pelos lados das estradas do norte.

Talvez o Cabeçudo tivesse consagrado maior energia para resolver o problema se, naquele momento, na época da Páscoa, toda a sua atenção não tivesse sido absorvida pelo que se passava em Paris.

O verão chuvoso de 1315, o verão da *hoste lamacenta*, havia se revelado duplamente funesto, com o rei enterrando o seu exército, e o seu povo vendo as plantações apodrecerem antes da chegada da colheita. Entretanto, instruídos pela experiência do ano anterior, a gente do campo, por mais desprovida que fosse de tudo, não tinha vendido o pouco de trigo que pudera ser colhido. A fome se deslocou, portanto, das províncias para a capital, onde a farinha de trigo branca aumentava de preço em proporções inversas ao emagrecimento da população.

— Meu Deus, meu Deus! É preciso alimentá-los! — dizia a rainha Clemência vendo as hordas esfomeadas que se arrastavam até Vincennes para mendigar comida.

Vieram tantos pobres que foi preciso proibir o acesso ao castelo utilizando a tropa real. Clemência aconselhou grandes procissões do clero através das ruas e impôs à corte inteira, depois da Páscoa, o mesmo jejum que durante a Quaresma. O conde de Valois obedeceu com complacência; mas traficava cereais de seu condado. Robert d'Artois, a cada vez que devia deslocar-se até Vincennes, engolia previamente uma refeição para quatro homens, repetindo uma de suas máximas favoritas: "Vivamos bem, morramos gordos." E depois, à mesa da rainha, ele estava pronto para comportar-se como penitente.

No meio daquela má primavera, um cometa passou pelo céu de Paris, visível durante três noites. Nada pode deter a imaginação da infelicidade. O povo quis ver naquilo o anúncio de grandes calamidades, como se aquelas que já o atingiam não fossem suficientes. O pânico apoderou-se da multidão e explodiram algumas rebeliões em diversos pontos da cidade, sem que se soubesse exatamente contra quem elas se dirigiam.

O chanceler convidou energicamente o rei a voltar para a capital, nem que fosse por alguns dias, a fim de se mostrar em meio à população. Assim, no momento em que os bosques começavam a tornar-se verdejantes em volta de Vincennes, Clemência, que gostava daquele lugar, foi obrigada a voltar para o grande palácio da Cité, que lhe parecia tão hostil e frio.

Foi lá que ocorreu a consulta dos médicos e parteiras que deviam diag nosticar sua gravidez.

O rei estava agitadíssimo na manhã daquela reunião e, para disfarçar a impaciência, organizara uma partida de jogo da péla no jardim do palácio, a alguns metros da ilha dos Judeus. Um muro e um estreito braço de rio separavam aquele pomar, em que Luís corria atrás de sua bola de couro, do local em que, vinte e cinco meses antes, o grão-mestre dos Templários tinha se contorcido em meio às chamas até a morte.

Pingando de suor, o Cabeçudo orgulhava-se muitíssimo por um ponto que seus fidalgos tinham permitido que ele ganhasse, quando Mathieu de Trye aproximou-se com um passo apressado. Luís interrompeu a partida e perguntou:

— Então, a rainha está grávida?

— Não se sabe ainda, Vossa Majestade. Os médicos estão deliberando. Mas o Senhor conde de Poitiers pede para ver Vossa Majestade, com urgência. Ele se encontra no pequeno salão de justiça, na companhia dos senhores de Valois, de la Marche e diversos outros.

— Não desejo de forma alguma ser importunado. Não estou com cabeça para tratar dos negócios do reino.

— O assunto é grave, Vossa Majestade. O conde de Poitiers afirma que certas palavras que correm pelo reino afora devem ser ouvidas diretamente por Vossa Majestade.

Luís, contrariado, deixou cair a bola de couro, enxugou o rosto, vestiu novamente a capa e disse:

— Continuai sem mim, Senhores.

Depois entrou no palácio, acrescentando a seu camareiro:

— Tão logo haja uma resposta para a rainha, vinde dizer-me.

VI

O CARDEAL ENFEITIÇA O REI

O homem não era vigiado pelos sargentos ou pelos arqueiros como um detento comum, mas sim por dois fidalgos a serviço do conde de Poitiers. Vestia um hábito curto demais que deixava à vista um pé torto.

Luís X quase não prestou atenção. Saudou com um movimento de cabeça seus irmãos, seu tio Valois e o senhor Miles de Noyers, que tinham se levantado ao vê-lo entrar.

— Do que se trata? — perguntou tomando assento entre eles e fazendo sinal para que todos se sentassem novamente.

— De um sombrio e estranho caso de feitiçaria, segundo nos garatem — disse Carlos de Valois com uma ponta de ironia.

— Não seria possível encarregar o chanceler real de resolver o problema, sem que eu fosse incomodado em meus problemas?

— É exatamente o que eu acabo de dizer a vosso irmão — disse Valois.

O conde de Poitiers cruzou os dedos com um gesto tranqüilo.

— Meu irmão — disse ele —, o assunto pareceu-me importante, não tanto pelo fato de se tratar de feitiçaria, que é coisa comum, mas sim porque esta feitiçaria parece ter-se realizado no seio do conclave e porque ela nos abre os olhos para os sentimentos que certos cardeais alimentam a nosso respeito.

Um ano antes, diante da mera pronunciação da palavra "conclave", o Cabeçudo teria demonstrado uma viva agitação. Mas agora que providenciara a supressão de sua primeira mulher, tendo podido em seguida contrair novo matrimônio, a eleição do papa interessava-o bem menos.

— Esta homem chama-se Évrard — continuou o conde de Poitiers.

— Évrard... — repetiu maquinalmente o rei.

— Ele é copista em Bar-sur-Aube. Mas outrora pertenceu à ordem dos Templários, na qual tinha o grau de cavaleiro.

— Um Templário! Ah... sim... — disse o rei.

— Ele veio entregar-se há duas semanas à nossa gente, em Lyon, e de lá nos foi enviado.

— Ele *vos* foi enviado, Felipe — observou Carlos de Valois.

Poitiers fingiu ignorar tal observação e prosseguiu:

— Évrard disse que tinha revelações a fazer, e prometeram-lhe que não lhe fariam mal algum, com a condição de que dissesse a verdade, promessa que, segundo pudemos certificar, ele cumpriu. Segundo suas declarações...

O rei mantinha os olhos fixos na porta, espreitando a aparição de seu camareiro; a única coisa que o preocupava naquele momento era sua chance de paternidade. O maior defeito daquele soberano talvez fosse o de manter sempre o espírito longe da questão que estava sendo debatida. Era incapaz de comandar sua própria atenção, o que constitui a pior inaptidão para o poder.

Ele foi surpreendido pelo silêncio que se estabelecera de repente e saiu de seus sonhos. Foi somente então que olhou o detento, observou seu rosto percorrido por tiques, seus maxilares compridos, seus olhos negros um tanto quanto loucos, sua esquisita pose devida às ancas tortas. Depois, voltando-se para Felipe de Poitiers:

— Pois bem, meu irmão...

Felipe de Poitiers emendou:

— Meu irmão, eu não tenho a intenção de perturbar vossos pensamentos. Vou esperar que tenhais parado de sonhar.

O Cabeçudo enrubesceu levemente.

— Não, não... eu estou escutando... continuai.

— Segundo suas declarações, Évrard teria vindo a Valence em busca da proteção de um cardeal, devido a um problema que tivera com seu bispo... Será preciso, aliás, tirar a limpo esta afirmação — acrescentou Poitiers inclinando-se para Miles de Noyers, que comandava o interrogatório.

Évrard ouviu, mas não demonstrou nenhuma perturbação. Poitiers continuou:

— Em Valence, Évrard teria conhecido, por acaso, o cardeal Francesco Caetani...

— O sobrinho do papa Bonifácio — disse Luís para provar que ele seguia os propósitos do irmão.

— Isso mesmo... e ele teria se tornado íntimo deste cardeal, muito experiente em alquimia, posto que tem, em sua morada, segundo disse Évrard, um aposento com vários fornos, retortas e diferentes pós.

— Todos os cardeais são mais ou menos alquimistas. É um capricho deles — disse Carlos de Valois dando de ombros. — Monsenhor Duèze chegou até a escrever um tratado sobre o assunto.

— Exatamente, meu tio; mas o caso de que tratamos não é precisamente de alquimia, que é uma ciência muito útil e respeitável... O cardeal Caetani queria encontrar alguém que pudesse invocar o diabo e proceder a enfeitiçamentos.

Carlos de la Marche, imitando a atitude irônica do tio, disse:

— Eis aí um cardeal que cheira muitíssimo a herege.

— Pois bem, que ele seja queimado — disse com indiferença o Cabeçudo, que olhava de novo para a porta.

— Quem é que quereis queimar, meu irmão? O cardeal?

— Ah! É o cardeal... Então, não, não é possível...

Felipe de Poitiers suspirou de lassidão antes de continuar, apoiando-se com certa força nas palavras:

— Évrard respondeu ao cardeal que ele conhecia um homem que fabricava ouro em proveito do conde de Bar.

Ao ouvir este nome, Valois levantou-se indignado e exclamou:

— Na verdade, meu sobrinho, estão nos fazendo perder nosso tempo aqui! Conhecemos suficientemente nosso parente, o conde de Bar, para sabermos que ele não se entrega a tais tolices, mesmo se devemos concordar que, atualmente, ele não se mostra muito nosso amigo. Estamos diante de uma falsa denúncia de feitiçaria, como existem aos montes todos os dias, e que não merece o menor crédito.

Por mais que tentasse permanecer calmo, Felipe acabou perdendo a paciência.

— Meu tio, vós bem quisestes dar crédito às denúncias de feitiçaria quando o acusado era Marigny. Tende pelo menos a disposição de escutar esta que se faz aqui, agora. Primeiramente, não se trata do conde de Bar, bem como constatareis. Pois Évrard não saiu em busca do homem de que ele falou, mas sim, apresentou-se ao cardeal Jean du Pré, outro ex-Templário, que também se encontrava em Valence, por acaso... É isso mesmo, não é, Évrard?

O interrogado aprovou silenciosamente, inclinando a cabeça tão baixo que foi possível ver sua tonsura.

— Não vos parece, meu tio — continuou Poitiers —, que estamos diante de muitos acasos e de muitos Templários nas proximidades do conclave, rondando em volta do sobrinho de Bonifácio?

— De fato... de fato... — murmurou Valois.

Olhando novamente para Évrard, Poitiers perguntou-lhe bruscamente:

— Tu conheces o senhor de Longwy?

Évrard apertou os dedos achatados sobre a corda que servia de cinta a seu hábito, e seu rosto ossudo foi sacudido por um tique mais violento. Porém respondeu sem hesitação:

— Não, Senhor conde, só o conheço de nome. Sei apenas que ele é sobrinho de nosso finado grão-mestre.

— Finado... a expressão é ótima — observou Valois em surdina.

— Tens certeza de jamais ter estado em relações com ele? — insistiu Poitiers. — Nem de ter recebido, por intermédio de outros irmãos da ordem, algum recado da parte dele?

— Ouvi dizer que o senhor de Longwy tentava manter-se ligado a alguns dos irmãos de nossa ordem; mas isso é tudo.

— E tu não terias sido informado, por exemplo, por esse Jean du Pré, do nome do Templário que esteve presente na hoste de Flandres a fim de entregar mensagens ao senhor de Longwy e de partir levando as dele?

Carlos de Valois ergueu as sobrancelhas. Seu sobrinho Felipe, decididamente, estava a par de muitas coisas; mas por que sempre guardava para si as informações?

Évrard começara a tremer. Felipe de Poitiers não tirava os olhos dele. O homem correspondia muito bem à descrição que lhe tinham feito dele.

— Tu foste torturado outrora?

— Minha perna, Senhor conde, minha perna responde por mim! — exclamou Évrard.

O Cabeçudo pensava: "Esses médicos levam tempo demais. Clemência não deve estar grávida e ninguém ousa vir dizer-me." Ele foi chamado à realidade imediata por Évrard, que se havia jogado a seus joelhos e suplicava:

— Vossa Majestade! Vossa Majestade! Pelo amor de Deus, não permiti que eu seja torturado de novo! Eu juro por Deus que quero confessar toda a verdade!

— Não é preciso jurar, é pecado — disse o rei.

Os dois escudeiros obrigaram Évrard a levantar-se.

— Seria conveniente esclarecer também esta informação em relação à hoste — continuou Poitiers. — Continuemos o interrogatório.

Miles de Noyers perguntou:

— Então, Évrard, o que vos declarou o cardeal?

O antigo Templário, mal saindo do pânico, respondeu com uma voz precipitada:

— O cardeal nos declarou, a mim e a Jean du Pré, que ele queria vingar a memória de seu tio e tornar-se papa; e que para isto era preciso destruir os inimigos que criavam obstáculos a seus projetos; e ele nos prometeu trezentas libras em troca de nossa ajuda. E os dois primeiros inimigos que ele designou...

Évrard hesitou, levantou os olhos em direção ao rei, abaixou-os.

— Vamos, prossegui — disse Miles.

— Ele designou o rei da França e o conde de Poitiers, dizendo-nos que ficaria muito satisfeito de enviá-los para a tumba.

O Cabeçudo, maquinalmente, contemplou seus próprios sapatos por alguns segundos; depois, num sobressalto, exclamou:

— Enviar-nos para a tumba? Mas este péssimo cardeal está fazendo um complô para que eu morra!

— Precisamente, meu irmão — disse Poitiers, sorrindo — e para que eu também morra.

— E tu, manco, tu não sabes que por isto serias queimado neste mundo e depois irias arder também no outro? — continuou o Cabeçudo.

— Vossa Majestade, o cardeal Caetani garantiu-nos que ele seria eleito papa e nos absolveria de tudo.

Com o busto inclinado, as mãos nos joelhos, Luís encarava com estupor o ex-Templário. Ao mesmo tempo, as advertências de mestre Martin vinham à tona em sua memória.

— Mas será que me detestam tanto assim a ponto de quererem me matar? E de que maneira o cardeal pretendia enviar-me para a tumba?

— Ele nos disse que sois muito bem vigiado, Vossa Majestade, e que seria impossível atingi-lo por meio de algum golpe físico ou por envenenamento. O único meio seria o enfeitiçamento. Para isso, ele fez com que nos entregassem um quilo de cera virgem, que começamos a derreter num tacho de água quente, na câmara dos fornos. Depois, o irmão Jean du Pré fabricou com muita habilidade uma imagem de homem com uma coroa...

Luís X fez rapidamente o sinal da cruz.

— ... e em seguida outra imagem, menor, com uma coroazinha também. Durante o nosso trabalho, o cardeal veio nos visitar. Parecia todo alegre e começou até a rir ao olhar a primeira imagem, dizendo-nos: "Ele tem um membro bem avantajado."

— E depois? — perguntou o Cabeçudo, nervosamente. — O que fizeste das imagens?

— Colocamos nelas os papéis.

— Que papéis?

— Os papéis que devem ser colocados nas imagens com o nome daqueles que elas representam, e também com as palavras de conjuração. Mas eu juro, Vossa Majestade — exclamou Évrard —, que não escrevemos o vosso nome, nem o do conde de Poitiers. Na última hora tivemos medo e escrevemos os nomes de Jacques e Pierre de la Colonne...

— Os dois cardeais Colonna — explicou Felipe de Poitiers.

— ... porque o cardeal também os tinha citado como seus inimigos. Eu juro, eu juro que tudo se passou assim!

Luís X virou-se para seu irmão mais jovem, como se procurasse uma opinião e um apoio.

— Pensais, Felipe, que este homem está dizendo a verdade? É preciso que os torturadores encarreguem-se muito bem dele.

Diante da palavra "torturadores", Évrard caiu de novo de joelhos, e arrastou-se em direção ao rei, com as mãos unidas, lembrando que tinham lhe prometido que ele não seria torturado caso confessasse toda a verdade. Um pouco de espuma branca saía pelos cantos de seus lábios e o medo lhe dava um aspecto de demente.

— Segurai-o! Impedi que ele toque em mim! — gritou Luís X. — Este homem está possuído pelo demônio.

E teria sido difícil dizer qual dos dois, o rei ou o bruxo, amedrontava mais o outro.

— Os torturadores não servem para nada — urrava o ex-Templário. — Foi por causa deles que eu reneguei Deus.

Miles de Noyers tomou nota desta confissão espontânea.

— Agora é o arrependimento que dita minhas ações — continuou Évrard, que continuava ajoelhado. — Vou confessar tudo... Nós não tínhamos o santo óleo para batizar as imagens. Avisamos o cardeal, que se encontrava no consistório, na grande igreja, e que nos mandou dizer por intermédio de seu secretário Andrieu que nos dirigíssemos ao padre Pierre, na igreja que fica atrás do açougue, fingindo que o santo óleo destinava-se a um doente.

Não havia mais necessidade de lhe fazer perguntas. Sozinho, Évrard fornecia detalhes, dava os nomes das pessoas a serviço do cardeal.

— Depois nós pegamos as duas imagens e duas velas abençoadas, e mais um pote de água benta, escondemos tudo sob nossas batinas, e o irmão Bost nos levou até o ourives do cardeal, que se chama Baudon, e cuja mulher era muito bela. Ele foi o padrinho, e sua mulher, madrinha. Batizamos as imagens numa bandeja de barbeiro. Depois disso, levamos as duas para o cardeal, que nos agradeceu muito, e espetou, nas imagens com suas próprias mãos, alfinetes compridos, no lugar do coração e das partes vitais.

A porta se entreabriu e Mathieu de Tryes apareceu. Mas o rei, com a mão, fez sinal para que se retirasse.

— E depois? — perguntou Miles de Noyers.

— Depois o cardeal nos pediu para procedermos a outros enfeitiçamentos — respondeu Évrard. — Mas eu comecei a ficar preocupado, porque muita gente estava ficando a par do segredo, e fui embora para Lyon, onde me entreguei aos oficiais do rei, que me enviaram para cá.

— Vós recebestes as trezentas libras?

— Sim, Vossa Majestade.

— Empesteado! O que um copista vai fazer com trezentas libras? — perguntou Carlos de la Marche.

Évrard abaixou a cabeça.

— As mulheres, Senhor conde — respondeu ele baixinho.

— Ou então... o Templo... — pronunciou, como se falasse sozinho, o conde de Poitiers.

O rei não dizia nada, perdido em secretas angústias.

— Já para o Petit-Châtelet! — disse Poitiers a seus dois escudeiros, apontando para Évrard.

Este deixou-se levar sem reagir. Bruscamente, ele parecia chegar ao final de suas forças.

— Estes ex-Templários parecem formar um belo viveiro de bruxos — continuou Poitiers.

— Nosso pai não deveria ter mandado queimar o grão-mestre — murmurou Luís X.

— Ah! Bem que eu cansei de dizer! — exclamou Valois. — Fiz tudo que podia para me opor àquela sentença funesta.

— Certamente, meu tio, vós manifestastes oposição — replicou Poitiers. Mas agora não se trata mais disso. Salta aos olhos que os que escaparam do fim dos Templários permanecem associados, e que estão prontos a tudo para servir nossos inimigos. Este Évrard não confessou nem a metade do que sabe. Tudo que ele disse estava preparado, como podeis imaginar. Mas nem tudo que ele disse pode ser invenção. O que se conclui é que este conclave que se arrasta há dois anos de uma cidade para outra desonra a cristandade tanto quanto prejudica o reino, e que os cardeais se comportam neste caso, escabrosamente, de forma a merecer a excomunhão.

— Não teria sido este homem enviado pelo cardeal Duèze, a fim de prejudicar Caetani? — perguntou Miles de Noyers.

— Não é impossível — respondeu Poitiers. — Este Évrard deve comer em todos os pratos, desde que tenha algo a ganhar.

Ele foi interrompido pelo conde de Valois, cujo rosto assumira ares de seriedade e reflexão.

— Não seria desejável, Felipe, que fôsseis examinar este conclave de perto, já que demonstrais conhecer tão bem o problema? Em minha opinião, apenas vós estaríeis apto a desembrulhar este pacote de intrigas, a esclarecer tantas manobras criminosas, e também a apressar a necessária eleição do papa.

Felipe sorriu ligeiramente, pensando: "Nosso tio pensa que é muito hábil, neste momento. Descobriu enfim o meio de me distanciar de Paris e de me enviar para enfrentar um belo enxame de abelhas..."

— Ah! Que sábio conselho vós nos dais assim, meu tio! — exclamou Luís X. Claro, é preciso que Felipe nos preste este serviço. Meu irmão, eu vos seria muito grato se aceitásseis partir em busca dessas imagens batizadas que nos representam. Ah... sim, é preciso fazer isto o mais cedo possível. Vós estais tão interessado no assunto quanto eu mesmo. Sabeis por que meio religioso é possível defender-se de bruxarias? Afinal, Deus é mais poderoso do que o Diabo...

Ele não dava a impressão de estar totalmente certo disso.

O conde de Poitiers refletia. A proposição, de certa maneira, tentava-o. Deixar por algumas semanas a corte, em que ele se sentia impotente diante de tantos erros, e onde se encontrava constantemente em oposição com Valois e Mornay... Ir, enfim, cumprir uma tarefa útil... levar com ele seus amigos e sustentáculos fiéis, o condestável Gaucher, o legiferador Raul de Presles, Miles de Noyers... um homem de guerra, um homem de lei e um homem de guerra e lei, posto que Miles era conselheiro do Parlamento, depois de ter sido marechal da hoste. E depois... quem sabe? Aquele que consegue eleger um papa encontra-se em posição de receber uma coroa. O trono do império da Alemanha, no qual seu pai tinha pensado para ele, e que teria direito de reivindicar na qualidade de conde palatino, poderia um dia encontrar-se novamente livre...

— Pois bem! Eu aceito, para vos servir.

— Ah! Que bom irmão eu tenho! — exclamou Luís X.

Ele se levantou para beijar o conde de Poitiers, mas deteve-se, ao mesmo tempo que começou a urrar.

— Minha perna! Minha perna! Ela está gelada e trêmula! Eu não sinto mais o chão sob meus pés!

Todos teriam podido pensar, porque ele mesmo acreditava nisso, que o demônio já o puxava pelo calcanhar.

— Mas o que é isto, meu irmão — disse Felipe —, vossos pés estão formigando, isto é tudo. Esfregai um pouco as mãos sobre as pernas.

— Ah... achais que é só isso?

E o Cabeçudo lá se foi mancando, como Évrard.

Ao voltar para seus aposentos, ele soube que os médicos tinham se pronunciado afirmativamente e que ele seria pai, com a ajuda de Deus, por volta de meados de novembro. Seus familiares espantaram-se por não vê-lo demonstrar, imediatamente, em toda a plenitude, sua alegria.

VII

O CONDADO DE ARTOIS SOB TUTELA REAL

No dia seguinte, Felipe de Poitiers fez uma visita à sogra a fim de anunciar-lhe que estava na iminênica de partir em viagem. Mahaut d'Artois residia então em seu novo castelo em Conflans, assim chamado porque situado exatamente no confluente dos rios Sena e Marne, em Charenton; a mudança para o castelo e sua decoração ainda não tinham sido totalmente terminadas.

Beatriz d'Hirson assistia à entrevista. Quando o conde de Poitiers contou o interrogatório do Templário, o mesmo pensamento assaltou as duas mulheres. Elas trocaram um olhar breve. A pessoa empregada pelo cardeal oferecia similitudes bem espantosas com o falso fabricante de velas que as ajudara, dois anos antes, a envenenar Guilherme de Nogaret.

"Seria bem espantoso que existissem tantos ex-Templários com o mesmo nome, e todos dois conhecedores de bruxaria. A morte de Nogaret foi para ele uma boa introdução junto ao sobrinho de Bonifácio. Ele foi buscar sua recompensa lá para aqueles lados! Ah! Que caso...", dizia a si mesma Mahaut.

— Como era este Évrard... isto é, que aspecto tinha ele? — perguntou a Felipe.

— Magro, escuro, com uma expressão de louco, e um pouco manco.

Mahaut observava Beatriz; esta fez um sinal afirmativo, com as pálpebras. A condessa de Artois sentiu a infelicidade abater-se sobre os seus ombros. Com certeza iam fazer muitas outras perguntas a este Évrard, e utilizando excelentes instrumentos para refrescar a memória. E se ele falasse... Não é que a morte de Nogaret fosse muito lamentada nos círculos de Luís X; mas muitos ficariam bem contentes de servir-se daquele assassinato para intentar um processo contra ela, Mahaut. Que partido Robert não poderia tirar disto! Mahaut construía mil planos. "Fazer matar um prisioneiro no fundo de um calabouço real não era coisa fácil... Quem é que poderia me ajudar nisso, caso ainda dê tempo? Felipe, só Felipe pode fazer algo. Tenho que lhe confessar tudo. Mas como é que ele vai reagir? Se ele me recusar seu apoio, é meu fim..."

— Ele foi torturado? — perguntou ainda a condessa.

Beatriz também estava com a garganta seca.

— Não tivemos tempo... — respondeu Felipe de Poitiers, que se abaixara para arrumar a fivela do sapato. — Mas...

"Deus seja louvado!", pensou Mahaut. "Por enquanto nada está perdido. Então, vamos lá! Enfrentemos as coisas."

— Meu filho... — disse ela.

— ... é uma pena — continuou Felipe, sempre debruçado —, pois agora não poderemos saber mais nada. Évrard enforcou-se na noite passada em sua cela do Petit-Châtelet. Por medo, sem dúvida, de ser novamente submetido à tortura.

Ele ouviu dois profundos suspiros. Depois levantou-se, surpreso pela compaixão que demonstravam as duas mulheres pelo destino daquele prisioneiro, um desconhecido, e ainda por cima de tão baixa espécie.

— Vós queríeis dizer-me algo, minha mãe, e eu vos interrompi...

Instintivamente, Mahaut tocava com os dedos, sob seu vestido, o relicário que usava pendurado junto ao peito.

— Eu queria dizer... O que é que eu ia dizer? Ah! Sim... Eu queria vos falar de minha filha Jeanne. E então, quereis que ela vos acompanhe?

Ela conseguira recuperar o sangue frio e seu tom natural. Mas Santo Deus! Que alerta, aquele!

— Não, minha mãe, seu estado parece impedi-la de acompanhar-me. Eu também queria vos falar dela. Faltam três semanas para o parto e seria imprudente aventurar-se pelas estradas afora. Terei que viajar muito...

Beatriz d'Hirson, enquanto isso, vagava pelo mundo de suas lembranças. Revia a parte detrás da lojinha parisiense de velas, *rue des Bourdonnais*; respirava o perfume da cera, da suarda e das velas queimadas; ela se lembrava do contato daquelas mãos duras de Évrard sobre sua pele e daquela estranha impressão que sentira de estar se unindo ao diabo. E eis que agora o diabo tinha se enforcado...

— Por que estais sorrindo, Beatriz? — perguntou-lhe o conde de Poitiers.

— Por nada, não, Senhor conde. E só porque sempre me agrada muito vos encontrar e vos ouvir.

— Durante minha ausência, minha mãe — continuou Felipe —, eu gostaria que Jeanne permanecesse aqui, junto convosco. Vós podeis dispensar a ela os cuidados necessários e protegê-la. Para falar francamente: tenho grande desconfiança de tudo que faz nosso primo Robert que, quando não consegue acabar com os homens que tem como inimigos, ataca as mulheres.

— O que significa, meu filho, que vós me colocais entre os homens. Se pretendeis assim fazer-me um elogio, sabei que ele não me desagrada.

— Corretamente, é um elogio — confirmou Felipe.

— Vós estareis de volta para o parto de Jeanne?

— Desejo muitíssimo, mas não posso dar certeza. Este conclave encontra-se tão emaranhado, que só poderei desfazer a trama das intrigas com muita paciência.

— Ah! Fico muito inquieta por ver que estareis longe por tanto tempo, Felipe, pois meus inimigos com certeza vão se aproveitar disso no caso do condado de Artois.

— Pois bem! Dai como pretexto minha ausência para não ceder em nada. Esta será a coisa mais sábia a fazer — disse Felipe, despedindo-se.

Alguns dias mais tarde, o conde de Poitiers partia para o sul da França e Jeanne vinha instalar-se em Conflans.

Tal como previra Mahaut, a situação no condado piorou imediatamente. A primavera incitava os aliados a saírem de seus castelos. Sabendo que a condessa encontrava-se isolada e praticamente em desgraça junto ao rei, eles tinham decidido administrar diretamente a província e o faziam muitíssimo mal. Mas o estado de anarquia agradava-lhes bastante e podia-se mesmo temer que o exemplo deles fosse seguido nos condados vizinhos.

Luís X, que voltara para o castelo de Vincennes, resolveu acabar com o problema de uma vez por todas. Seu tesoureiro o encorajava nesse sentido, pois os impostos do condado de Artois não estavam mais sendo pagos. Mahaut não cansava de dizer que a tinham colocado na incapacidade de recolher as taxas reais; os senhores feudais repetiam a mesma coisa. Era o único ponto sobre o qual os adversários estavam de acordo.

"Não quero mais saber de grandes reuniões de conselho, nem de tratações feitas por enviados parlamentares, em que cada qual mente ao outro e que não resultam em nenhum avanço", declarara Luís X. "Desta vez, vou proceder por uma interpelação direta e vou levar a condessa Mahaut a ceder como quero."

O Cabeçudo, naquelas semanas, dava sinais de uma excelente saúde. Quase não tinha sido vitimado pelas indisposições, pelos acessos de tosse e cólicas que o atacavam freqüentemente. O piedoso jejum imposto por Clemência certamente havia sido salutar para o rei. Daí que concluiu que o feitiço praticado contra ele não surtira efeito. Entretanto, por precaução, comungava diversas vezes por semana.

Igualmente, envolvia a gravidez da rainha pelos cuidados das mais competentes parteiras do reino, bem como pelos santos mais eficazes do paraíso: São Leão, São Norberto, Santa Coleta, Santa Juliana, São Druon, Santa Margarida e Santa Felicidade, esta última pelo fato de ter procriado apenas filhos machos. Todos os dias chegavam novas relíquias: tíbias e pré-molares acumulavam-se na capela real.

A perspectiva de uma prole de cuja paternidade ele estava certo tinha acabado de provocar a transformação do rei, fazendo dele um homem médio, quase normal.

Estava aparentemente calmo, cortês, relaxado, no dia em que convocou a condessa d'Artois. De Charenton a Vincennes, a distância era curta. Para conferir à entrevista um caráter de intimidade familiar, Luís recebeu Mahaut nos aposentos de Clemência. A rainha estava bordando. Luís falou com um tom conciliador.

— Concordai com os termos da arbitragem que eu fiz, minha prima, já que só podemos obter a paz a este preço. E depois veremos! Enfim, estes costumes do tempo de São Luís não são lá muito definidos, e vós continuareis tendo um meio de retomar com uma das mãos o que fingis dar com a outra. Imitai o que eu mesmo fiz com os vassalos da Champagne, quando o conde de Champagne e o senhor de Saint-Phalle vieram até mim reclamar a assinatura de uma carta de intenções. Eu determinei que acrescentassem: "*Com exceção dos casos de antigo costume que pertencerem ao soberano e a ninguém mais.*" Desta forma, agora, quando um caso aparece como litigioso, ele sempre deve ser resolvido de acordo com a soberania real.

Ao mesmo tempo, estendia à condessa, com um gesto de amizade, uma taça em que ele próprio se servia de pastilhas de amêndoas, ao mesmo tempo que conversava.

Mahaut absteve-se de lembrar que a engenhosa fórmula da qual Luís agora se orgulhava tanto era devida a Enguerrand de Marigny.

— Vossa Majestade, as coisas não se apresentam da mesma forma para mim, posto que não sou de forma alguma o soberano príncipe.

— O que importa isto, desde que eu exerça a soberania acima de vós! Caso haja alguma desavença, ela será trazida até mim e eu julgarei em vosso favor.

Mahaut serviu-se de um punhado de pastilhas.

— Excelentes! Excelentes! — disse a condessa com a boca cheia, esforçando para ganhar tempo na conversação. — Eu não gosto muito de doces, mas devo dizer que estas pastilhas são ótimas.

— Minha bem-amada Clemência sabe que gosto de beliscar algumas o dia inteiro, e ela cuida para que neste quarto sempre haja uma taça cheia — disse Luís, virando-se para a rainha com ares de esposo que quer mostrar sua satisfação.

Clemência levantou os olhos de seu bordado e sorriu a Luís.

— Então, minha prima, dareis vosso acordo?

Mahaut acabou de mastigar uma amêndoa envolta em açúcar.

— Infelizmente, não, Vossa Majestade. Eu não posso concordar. Pois hoje nós temos um rei muito bom e não duvido de que agiríeis conforme dissestes. Mas vós não durareis eternamente, e eu, menos ainda. Podem vir, depois de Vossa Majestade, Deus queira que seja o mais tarde possível!, reis que não julgarão com a mesma eqüidade. Sou obrigada a pensar em meus herdeiros e não posso deixá-los à mercê do poder real, além do que minha família deve ao mesmo.

Por mais atenuada que fosse a forma, a recusa, nem por isso, deixava de ser categórica. Luís, que pensara que convenceria a condessa com sua diplomacia pessoal, muito mais facilmente do que com grandes audiências públicas, perdeu rapidamente a paciência. Sua vaidade estava em jogo. Começou a andar de um lado para o outro do aposento, elevou o tom de voz, bateu a mão num móvel; mas, reencontrando o olhar de Clemência, ele se deteve, enrubesceu e esforçou-se para manter uma postura real.

Mahaut era mais forte do que ele na argumentação.

— Tentai colocar-vos em meu lugar, meu primo — dizia ela. — Vós tereis um herdeiro: gostaríeis de lhe transmitir um poder diminuído?

— Pois muito bem, Senhora, eu não vou lhe deixar um poder diminuído, nem a lembrança de um pai fraco. É muita ousadia querer resistir a minhas proposições! E já que estais obstinada em me enfrentar, declaro que a partir de agora o condado de Artois fica sob tutela real! E tenho dito. Podeis arregaçar as mangas e partir para a luta, vós não me amedrontais. Doravante, vosso condado será governado em meu nome, por um de meus vassalos, que vou nomear. Quanto a vós, não tereis mais o direito de vos distanciar das duas moradas que determinei. E não vos apresenteis mais em minha frente, pois não terei o menor prazer em vos rever.

O golpe era considerável, e Mahaut não esperava por ele. Decididamente, o Cabeçudo tinha mudado muito.

As infelicidades sempre acontecem em série. Tão bruscamente convidada a se retirar, Mahaut, saindo dos aposentos da rainha, ainda segurava numa das mãos uma pastilha de amêndoa. Ela a pôs mecanicamente na boca e mordeu-a com tanta violência que quebrou um dente.

Durante um semana, Mahaut permaneceu em Conflans como um tigre enjaulado. Com suas enormes passadas masculinas, andava pelos aposentos do palácio, que davam sobre o rio Sena, até o pátio principal, rodeado de galerias de onde era possível perceber, acima das cópulas das árvores do bosque de Vincennes, os estandartes do solar real. Sua raiva ultrapassou todos os limites quando, no dia 15 de maio, Luís X, pondo em execução seus projetos, nomeou governador do condado de Artois o marechal de Champagne, Hugues de Conflans. Mahaut viu naquela escolha um desejo de zombaria e um ultraje supremo.

"Conflans! Conflans!", repetia ela, "aprisionam-me em Conflans a fim de roubar meus bens!"

Ao mesmo tempo, seu dente quebrado a fazia sofrer cruelmente. Um abcesso tinha se formado. Mahaut entortava a língua incessantemente, o que só podia aumentar a dor.

Descarregava a raiva nos que a rodeavam. Durante um ofício religioso, ela esbofeteara mestre Renier, um cantor da capela, porque ele cantava desafinado. Jeannot le Follet, seu anão, escondia-se pelos cantos assim que a avistava. Ela se deixava levar contra Thierry d'Hirson, que ela acusava, tanto ele quanto sua abusiva família, de ser a causa de todos os seus aborrecimentos. Ela repreendia até mesmo sua filha Jeanne pelo fato de ela não ter impedido o marido de viajar para cuidar do conclave.

— O que nos importa ter um papa — gritava a condessa — quando estão nos despojando de todos os nossos bens? Não será o papa que nos trará de volta o condado de Artois!

Numa manhã ela voltou-se contra Beatriz.

— E tu... tu não podes fazer nada? Então tu serves só para gastar meu dinheiro, para comprar vestidos e assanhar-te toda diante do primeiro cachorro que aparece? Tu decidiste não me ajudar em nada?

— Mas como, Senhora condessa... Os cravos que eu vos trouxe de nada serviram para acalmar vossa dor?

— Não estou falando de meu dente! Tenho outro dente bem maior para arrancar, e tu sabes muito bem qual o nome dele. Ah... quando se trata de filtros de amor, tu ficas toda agitada, tu te dás ao trabalho, tu descobres os magos! Mas quando preciso de um serviço realmente importante...

— Estais esquecendo, Senhora condessa... Estais esquecendo bem depressa como foi que eu fiz para vos livrar do senhor de Nogaret, e todos os riscos que corri para vos prestar este serviço.

— Eu não esqueci... Não esqueci, não... Mas diante das dificuldades de agora, Nogaret me parece um problema bem pequeno...

Mahaut não recuava de modo algum diante da idéia do crime, mas tinha dificuldade para exprimi-la de maneira precisa. Beatriz, que a conhecia bem, empregava de bom grado alguma perfídia para obrigá-la a isto. Olhando-a através de seus longos cílios negros, a dama de companhia respondeu, com sua voz lenta, vagamente irônica, e que sempre se arrastava no final das palavras:

— É mesmo, Senhora condessa? Mas então é porque desejais a morte de um personagem altíssimo...

— E no que achas que estou pensando há uma semana, tolinha? O que mais me resta a fazer, a não ser rezar a Deus, da alvorada até o anoitecer, para que Luís quebre o pescoço caindo do cavalo, ou para que morra sufocado engolindo uma noz seca?

— Talvez haja meios mais rápidos, Senhora condessa...

— Então trata de encontrá-los, e tu demonstrarás grande habilidade! De qualquer modo, este rei não está destinado à velhice. Basta escutá-lo tossir para convencer-se disto. Mas é agora que seria conveniente para mim que ele morresse... Eu só ficarei em paz depois de tê-lo conduzido a Saint-Denis.

— Pois assim o Senhor de Poitiers talvez se tornasse regente do reino... e ele vos devolveria o condado de Artois...

— Muito bem! Minha Beatrizinha, tu me compreendes muitíssimo bem. Mas tu compreendes também que tal empreitada não é nem um pouco fácil.

Ah! Eu estaria pronta até a pagar em ouro aquele que me fornecesse tal receita, te garanto.

— A senhora de Fériennes conhece esse tipo de receita.

— Por magia, por cera derretida e fórmulas de conjuração? Ao que parece Luís já foi enfeitiçado, e tu vês como ele está! Jamais esteve em tão boa saúde quanto nesta primavera. Dir-se-ia que fez um pacto com o diabo.

— Se ele fez um pacto com o diabo, então não é um grande pecado mandá-lo para o inferno... por meio de um alimento preparado para tal finalidade.

— E como é que tu vais fazer? Tu vais lhe dizer: "Eis aqui uma bela torta de groselha enviada por vossa prima Mahaut, que vos ama tanto." E ele vai comê-la de olhos fechados... Tu sabes que desde o inverno passado, por algum repentino medo, ele faz com que todos os seus alimentos sejam experimentados três vezes antes de serem servidos. Além do mais, dois escudeiros armados acompanham a preparação de seus pratos do forno até a mesa. É tão medroso quanto malvado!

Beatriz tinha um olhar vago e acariciava o pescoço com a ponta dos dedos.

— Ele comunga com freqüência... foi o que me disseram... e a hóstia é engolida com confiança...

— Mas isto é coisa que vem com muita facilidade ao espírito e, portanto, pode causar desconfiança. O próprio capelão é vigiado. Mathieu de Trye mantém constantemente consigo, em sua algibeira, a chave da sacristia. Tu achas que há um meio?

— Ah... não sei — disse Beatriz sorrindo. — A algibeira é usada pendurada à cintura... É um meio nada perigoso.

— Se decidirmos atacar, minha jovem, nosso golpe deve ser certeiro, e ninguém jamais deverá poder descobrir de onde ele veio...

As duas permaneceram silenciosas por um momento.

— Vós vos queixastes há alguns dias de que vossos bosques estavam infestados de veados do mato que comiam todos os brotos de árvores... Eu não veria nenhum mal em pedir à senhora de Fériennes algum bom veneno para envenenar flechas e matar esses animais... O rei gosta muito de comer carne de caça.

— Muito bem! Assim a corte inteira vai morrer! Quanto a mim, não há nenhum risco, pois não sou mais convidada. Mas eu repito: todos os pratos servidos são experimentados pelos domésticos antes de serem apresentados e, além do mais, são ungidos com o unicórnio[15]. Descobririam muito depressa de que floresta vem o animal... Enfim... obter o veneno é uma coisa, saber onde utilizá-lo é outra. Faz com que seja preparado desde já; e que seja de ação breve e não deixe vestígios. Beatriz... aquele mantô de lã e seda que eu pus para viajar, quando fomos à sagração... Tu gostas muito dele, não é? Pois bem, ele é teu.

— Oh, Senhora condessa... que boa alma tendes.

E Beatriz beijou Mahaut.

— Ai! Meu dente! — exclamou a condessa levando a mão à face. — E dizer que eu o quebrei comendo uma pastilha de amêndoa que Luís me ofereceu...

Ela se deteve de repente, e seus olhos cinzentos começaram a brilhar.

— As pastilhas... — murmurou ela. — Pois bem, é isto mesmo, Beatriz. Encomenda este veneno, dizendo que ele se destina aos veados que infestam meu bosque. Eu acho que ele vai nos ser muito útil.

VIII

NA AUSÊNCIA DO REI

O rei encontrava-se na caça ao falcão, num dos últimos dias de maio, quando vieram anunciar à rainha Clemência a visita da condessa de Poitiers. As duas cunhadas viam-se com freqüência, e Jeanne jamais deixava de testemunhar a Clemência a gratidão que lhe devia por ter sido liberada da prisão. Clemência, por sua vez, sentia-se ligada à condessa de Poitiers pela ternura que geralmente se sente pelas pessoas a quem se fez o bem.

É verdade que a rainha experimentara certa inveja ou, mais exatamente, um sentimento de injustiça do destino, quando soubera que Jeanne estava grávida. Mas aquela disposição logo tinha se dissipado, quando a própria Clemência soubera que se encontrava no mesmo estado. Melhor ainda, a gravidez das duas mulheres fizera com que se tornassem mais próximas. Conversavam demoradamente sobre a saúde de ambas, sobre o regime que observavam, sobre os cuidados a tomar naquele estado, e Jeanne que, antes de ser presa, tinha dado à luz três filhas, fazia com que Clemência aproveitasse de sua experiência.

Era admirável a elegância da Senhora de Poitiers, sua postura, depois dos sete meses de gravidez. Ela entrou nos aposentos da rainha com a cabeça erguida, os passos seguros, o rosto repousado, com seu aspecto harmonioso de sempre; seu vestido esparramava-se em volta dela.

A rainha levantou-se para acolhê-la, mas o sorriso que tinha aflorado em seus lábios apagou-se quando percebeu que Jeanne de Poitiers não estava sozinha. Junto com ela vinha a condessa de Artois.

— Senhora — disse Jeanne —, eu queria vos pedir para mostrar a minha mãe aqueles tapetes de belíssima tecelagem com os quais vós adornastes recentemente vosso quarto.

— De fato — disse Mahaut —, minha filha falou tanto deles que tive vontade de admirá-los, por minha vez. Vós sabeis que eu conheço muito bem este tipo de trabalho.

Clemência estava perplexa. Não a agradava nem um pouco desobedecer às decisões de seu esposo, que proibira Mahaut de reaparecer na corte. Mas por outro lado, parecia-lhe pouco hábil mandar de volta a temível condessa, agora que ela chegara até lá, comportando-se como se fosse um escudo vivo para o ventre de sua filha. "A visita dela deve ter alguma razão muito séria", pensou Clemência. "Talvez ela tenha mudado de idéia e tenta encontrar um meio para voltar atrás sem ferir o próprio orgulho. Certamente, ver meus tapetes deve dar-lhe ocasião para isto."

Ela fingiu acreditar no pretexto e conduziu as duas visitantes a seu quarto, cuja arrumação tinha sido modificada há pouco.

As tapeçarias serviam não somente para decorar as paredes, mas também estavam penduradas a partir do teto para criar diversos pequenos compartimentos mais íntimos, mais fáceis para aquecer, e que permitiriam aos soberanos isolar-se com maior facilidade do séquito que os acompanhava constantemente. Era um pouco como se príncipes nômades tivessem montado uma tenda no interior de um edifício.

A seqüência das tapeçarias que Clemência possuía representava cenas de caça em paisagens exóticas em que uma grande quantidade de leões, tigres e outros animais selvagens saltavam ou corriam sob laranjeiras, e em que pássaros de uma plumagem estranha debatiam-se entre flores. Os caçadores e suas armas apareciam apenas no segundo plano dos quadros, semi-ocultados pelas folhagens, como se o artista tivesse sentido vergonha de mostrar o homem com seus instintos assassinos.

— Ah! Belíssimas! — exclamou Mahaut. — Que prazer em ver um trabalho tão bem acabado!

Ela se aproximou, apalpou, acariciou o tecido. Depois continuou:

— Olhai, Jeanne, como o trabalho de tecelagem é fino e suave, olhai o belo contraste entre este fundo cheio de ramos, estas florezinhas salpicadas de azul índigo e o belo vermelho de quermes empregado na coloração das plumas destes pássaros. Que grande arte no manejo das lãs!

Clemência observava com certo espanto. Os olhos cinzentos da condessa Mahaut brilhavam de alegria. Sua mão demonstrava suavidade. Com a cabeça um pouco inclinada, ela demorava na contemplação da delicadeza dos contornos, da oposição entre os tons. Aquela estranha mulher, sólida como um guerreiro, trapaceira como um cônego, indomável tanto em seus apetites quanto em seus ódios, abandonava-se inteiramente, desarmada, aos encantos de um tapete de qualidade superior. E, de fato, ela era com certeza, em todo o reino, a melhor especialista no assunto que se podia encontrar[16].

— Excelente escolha, minha prima — continuou a condessa — e felicito-a pela mesma. Esta tapeçaria pode dar à mais feia parede ares de festa. É o mesmo tipo de trabalho que se faz em Arras, mas aqui as lãs são muito mais valorizadas pela trama. São artistas bem hábeis que vós empregastes para tal trabalho.

— São grandes artistas, especialistas do trabalho com os liços, que trabalham em meu país — explicou Clemência. — Mas devo explicar que pelo menos os mestres vêm de fato de vosso país. Minha avó, que me envia estes tapetes com imagens para substituir meu enxoval que se perdeu no mar, enviou-me também os artistas que manejam os liços. Eu os instalei perto daqui, por algum tempo, e vão continuar trabalhando ainda para mim e para toda a corte. Caso vos agrade a idéia de empregá-los, ou caso isso agrade a Jeanne, podeis fazê-lo. Podeis encomendar o motivo de vossa escolha, e eles se encarregam de reproduzi-lo com as mãos e os liços tal como vós o imaginais.

— Pois bem! Não esquecerei disso, minha prima, e aceito de coração — declarou Mahaut. — Desejo muitíssimo enfeitar um pouco minha morada, onde me entedio... E posto que o senhor de Conflans agora governa meus tecelãos de Arras, o rei me perdoará por empregar um pouco os vossos, de Nápoles, a meu serviço.

Clemência acolheu o comentário tal como ele fora dito, isto é, com um sorrisinho. Entre ela e a condessa de Artois acabava de nascer aquela cumplicidade provocada pelo gosto compartilhado do luxo e das obras de arte humanas.

Enquanto a rainha continuava a mostrar a Jeanne as tapeçarias que cobriam as paredes, Mahaut dirigiu-se para as que isolavam o leito nupcial do casal real, perto do qual ela vira uma taça repleta de pastilhas de amêndoa.

— O rei também quis estar cercado pelas tapeçarias representando imagens? — perguntou ela a Clemência.

— Não Luís ainda não possui nenhuma em seu quarto. Na verdade, ele dorme muito pouco lá.

— O que prova que aprecia muitíssimo vossa companhia, minha prima — replicou Mahaut com um tom malicioso. — Aliás, que homem não apreciaria uma criatura tão bela!

— Eu temia — continuou Clemência com o impudor tranqüilo das almas puras — que Luís quisesse distanciar-se de mim durante a gravidez. Que nada! Continuamos a dormir juntos, como dois bons cristãos!

— Folgo em saber! Ele continua a dormir convosco! Que bom esposo tendes. O meu, que Deus o guarde, não agia do mesmo modo.

Ela caminhara até o criado-mudo.

— Posso... minha prima? — perguntou ela mostrando a taça. — Sabeis que foi aqui que comecei a apreciar estas pastilhas?

Apesar da terrível dor de dente que continuava massacrando, Mahaut pegou uma pastilha e mordeu-a estoicamente.

— Oh! Esta aqui continha uma amêndoa amarga. Vou pegar outra.

Dando as costas para a rainha e para Jeanne de Poitiers, que estavam a cinco passos dela, Mahaut tirou da algibeira uma pastilha fabricada em seu palácio e colocou-a furtivamente na taça.

"Nada parece tanto com uma pastilha quanto uma outra", disse, a si mesma, "e se ele pensar que esta aqui é um pouco amarga demais, ele achará que é a amêndoa que está estragada."

E voltou para a companhia das duas outras mulheres.

— Vamos, Jeanne, dizei agora à senhora vossa cunhada o que sentis no coração, e que queríeis tanto contar-lhe.

— Na verdade, minha irmã — disse Jeanne um pouco hesitante —, vim até aqui para vos confiar minhas penas.

"Pronto", pensou Clemência, "finalmente vou saber por que elas vieram me visitar."

— Meu esposo encontra-se muito longe de mim, e tal ausência me preocupa muito. Não poderíeis obter junto ao rei a autorização para que Felipe retorne antes de meu parto? É um momento em que toda mulher gosta de ter seu marido por perto. Sei que talvez seja por fraqueza. Mas sentimo-nos mais protegidas, e tememos menos as dores, quando o pai está por perto. Vós conhecereis em breve este sentimento, minha cara.

Mahaut não tinha confessado a Jeanne o objetivo de sua visita, e utilizava a própria filha para poder fazê-la. "Se o golpe dá certo", imaginara ela, "convém que Felipe se encontre em Paris a fim de ocupar a regência o mais depressa possível."

O pedido de Jeanne era perfeito para emocionar Clemência. Esta, que temera que as duas tocassem nos problemas do condado de Artois, sentiu-se quase aliviada ao ver que as duas queriam apenas apelar para a sua bondade. Ela prometeu fazer todo o possível para que o desejo de Jeanne fosse realizado.

Jeanne beijou-lhe as mãos, e Mahaut imitou-a, exclamando:

— Ah! Que bondosa dama sois! Eu disse a Jeanne que o único recurso seria o de confiar-se a vós.

Saindo de Vincennes para voltar a Conflans, Mahaut pensava: "A coisa está feita... Agora, tudo que tenho a fazer é esperar. Quando será que ele vai comê-la? Esta noite, talvez... A menos que Clemência... Não, ela não gosta de doces. Tomara que ela não coma exatamente aquela, tomada por uma vontade de grávida! Bah! Assim mesmo, Luís seria atingido, ficando ao mesmo tempo sem mulher e sem criança... Também pode ser que o doméstico que cuida do aposento troque as pastilhas contidas na taça antes de elas chegarem ao fim. Neste caso, o trabalho estaria novamente por fazer..."

— Vós estais tão silenciosa, minha mãe — surpreendeu-se Jeanne. — O encontro com a rainha correu muito bem. Alguma coisa vos desagradou?

— De forma alguma, minha filha, de forma alguma. Foi ótima idéia fazermos esta visita.

IX

A MORTE DO MONGE

Ora, o mesmo acontecimento natural que, naquele exato momento, na corte da França, enchia de alegria a rainha e a condessa de Poitiers, causaria um drama e um desastre num pequeno solar, a duas léguas de Paris.

O rosto de Maria de Cressay, há algumas semanas, estava devastado pela angústia e pelo pesar. Ela mal respondia às perguntas que lhe faziam. Seus olhos azuis tinham ficado maiores, circundados por olheiras arroxeadas; uma veiazinha desenhava-se em sua têmpora transparente. Havia uma espécie de extravio em todas as suas atitudes.

— Será que ela vai cair doente de novo, como no ano passado? — perguntava-se seu irmão Pierre.

— Não, desta vez ela não está emagrecendo — respondia dama Eliabel. — Isso deve ser uma impaciência qualquer ligada ao amor; é isso, e aquele Guccio deve andar por seus pensamentos. Já passa da hora de casá-la com alguém.

Mas o primo de Saint-Venant, que fora consultado pelos Cressay, respondera que os negócios da liga de Artois ocupavam-no demais, no momento, para que ele pudesse pensar em casamento.

— Ele deve ter se informado sobre o estado de nossos bens — dizia Pierre de Cressay. — Vós vereis, minha mãe, vós vereis; nós talvez venhamos a lamentar o fato de termos descartado Guccio.

O jovem lombardo continuava sendo recebido de tempos em tempos no solar, onde fingiam tratá-lo como amigo, como no passado. A dívida de trezentas libras continuava não paga, e os juros corriam. Por outro lado, os tempos de fome ainda não tinham passado, e os Cressay haviam se dado conta de que os víveres com que se alimentavam só estavam disponíveis, no escritório de Neauphle, exatamente nos dias em que Maria ia até lá. Jean de Cressay, para demonstrar dignidade, pedia às vezes a Guccio que lhe informasse sobre o montante da dívida. Mas, uma vez que tinha a nota em mãos, ele não tocava mais no assunto. E dama Eliabel continuava deixando sua filha ir até Neauphle, uma vez por semana, mas agora fazia com que uma serva a acompanhasse e que esta contasse cuidadosamente o tempo de permanência da jovem fora de casa.

Os encontros dos esposos clandestinos eram, pois, raros. Mas a jovem serva mostrava-se sensível à generosidade de Guccio e, além do mais, Ricardo, o chefe dos amanuenses do escritório, não lhe era indiferente. Ela sonhava com uma posição burguesa e deixava-se ficar, de bom grado, entre os baús e registros do escritório, escutando o agradável tilintar do dinheiro nas balanças, enquanto no primeiro andar do escritório abrigavam-se os amores clandestinos do jovem casal.

Aqueles minutos, roubados à vigilância da família Cressay e às proibições do mundo, tinham inicialmente sido como ilhas de luz para aquele estranho casal que ainda não contava sequer dez horas de vida em comum. Guccio e Maria viviam da lembrança daqueles instantes durante uma semana inteira; a maravilhosa sensação da noite de núpcias não tinha se desmentido para eles. Entretanto, quando dos últimos encontros, Guccio notara uma mudança na atitude de sua jovem esposa. Ele também, como dama Eliabel, observara em Maria uma ansiedade no olhar, uma tristeza e uma espécie de sombra que cobria seu rosto.

Ele atribuía isso às dificuldades e ameaças que pesavam sobre a situação deles que, no fundo, era falsa e irregular. A felicidade experimentada em pequenas doses, e sempre circundada pelas máculas da mentira, torna-se depressa uma tortura. "Mas é ela mesma que se opõe à revelação da verdade!", pensava Guccio. "Ela acha que sua família jamais reconhecerá nossa união e fará com que eu seja perseguido. E meu tio tem a mesma opinião. Então, o que fazer?"

— O que vos preocupa, minha bem amada? — perguntou-lhe Guccio no terceiro dia de junho. — Não é a primeira vez que vós me pareceis menos feliz. Tendes algo a temer? Vós sabeis que estou aqui para vos defender de tudo.

Diante da janela florescia uma cerejeira toda agitada pelos pássaros e pelas vespas. Maria olhou para Guccio, com os olhos úmidos.

— Do que está acontecendo comigo agora, meu amado, não podeis me defender.

— Mas o que está acontecendo?

— Nada que não devesse acontecer — disse Maria abaixando a cabeça.

Ele quis ter certeza de ter compreendido bem o que ela queria dizer.

— Uma criança? — murmurou ele.

— Eu temia vos confessar. Tenho medo que deixeis de me amar.

Permaneceu alguns segundos sem poder pronunciar uma palavra sequer, porque nenhuma vinha até seus lábios. Depois, tomou o rosto dela entre suas mãos e forçou-a a olhar para ele.

Como quase todos os seres destinados às loucuras da paixão, Maria tinha um dos olhos ligeiramente menor que o outro; essa diferença, que não prejudicava nem um pouco sua beleza, acentuava-se devido à perturbação em que se encontrava, tornando sua expressão mais emocionada.

— Maria, não estais feliz por isto?

— Sim! Claro, ficarei feliz se vós também estais.

— Mas, Maria... É maravilhoso! — exclamou ele. — Isso nos enche de felicidade, e nossos esponsais deverão agora ser conhecidos de todos. Vossa família será forçada a se inclinar, desta vez. Uma criança! Uma criança!

Ele a olhava da cabeça aos pés, maravilhado. Sentia-se homem, sentia-se forte. Por pouco, ele teria chegado até a janela e gritado a novidade ao burgo inteiro.

Aquele jovem, no instante em que algo de novo lhe acontecia, sempre via a novidade com os melhores olhos. Só no dia seguinte é que ele percebia os aborrecimentos que poderiam resultar de seus atos.

Do térreo chegou até eles a voz da serva, que lembrava a hora.

— O que devo fazer? O que eu vou fazer? — disse Maria. — Eu jamais ousaria anunciar isto a minha mãe.

— Pois bem, sou eu que vou dizer a ela.

— Esperai, esperai ainda uma semana.

Ele desceu na frente dela por uma estreita escadinha de madeira, dando-lhe as mãos para ajudá-la, degrau por degrau, como se de repente ela tivesse se tornado frágil, como se ele devesse sustentar cada um de seus passos.

— Mas eu me sinto muito bem... — disse ela.

Percebeu o quanto sua própria atitude era cômica e deu uma gargalhada feliz. Depois ele a tomou nos braços e eles trocaram um beijo tão longo que ela perdeu o fôlego.

— Preciso ir embora, preciso ir embora — disse ela.

Mas a alegria de Guccio era contagiosa, e Maria foi embora tranqüilizada. Ela retomara confiança, simplesmente porque Guccio compartilhava de seu segredo.

— Vós vereis, vós vereis a bela vida que teremos! — disse ele ao reconduzi-la até o portão do jardim.

O Criador agiu ao mesmo tempo com sabedoria e com piedade, ao nos proibir o conhecimento do futuro quando, por outro lado, concedeu-nos as delícias da lembrança e os prestígios da esperança. A muitas pessoas, a descoberta do que as espera tiraria, sem dúvida, a perseverança necessária para viver. O que teriam feito aqueles dois esposos, aqueles dois amantes, se tivessem sabido que nunca mais, durante toda a vida, poderiam se rever?

Maria foi cantando por todo o caminho de volta, entre os prados semeados de botões dourados e árvores em flor. Ela quis se deter à beira do rio Mauldre para colher algumas flores.

— É para enfeitar nossa capela.

— Senhora, apressai-vos — respondeu-lhe a serva — ou tereis problemas.

Maria voltou para o solar, subiu diretamente para seu quarto e, lá chegando, sentiu o chão desaparecer sob seus pés. Dama Eliabel mantinha-se de pé no meio do aposento e examinava um vestido de Maria na altura da cintura. Maria viu todo seu modesto guarda-roupa — cujas peças ela havia descosturado para que continuassem servindo — esparramado sobre a cama.

— De onde tu vens para estares assim atrasada? — perguntou dama Eliabel friamente.

Maria não disse uma só palavra e deixou cair as flores que ainda segurava.

— Não precisas dizer coisa alguma para que eu saiba — continuou dama Eliabel. — Tira as roupas.

— Mãe! — exclamou Maria com uma voz sufocada.

— Tira as roupas, eu estou mandando.

— Nunca! — replicou Maria.

Uma sonora bofetada respondeu à recusa da jovem.

— E agora? Tu vais obedecer? Tu vais confessar teu pecado?

— Eu não cometi pecado algum! — respondeu Maria com violência.

— E essa barriga? Onde foi que a arranjaste? — gritou dama Eliabel mostrando as roupas abertas na cintura.

Sua ira aumentava pelo fato de ela ter diante de si uma mulher que, de repente, enfrentava-a, ao invés de uma jovenzinha dócil diante da vontade materna.

— Pois bem, eu vou ser mãe. Pois bem, Guccio é o pai! E não tenho nenhuma razão para ter vergonha, porque não cometi pecado algum. Guccio é meu esposo.

Dama Eliabel não deu a mínima importância ao relato do casamento de meia-noite. Mesmo que ela o tivesse admitido como verdadeiro, isso não teria, aliás, mudado coisa alguma. Maria agira contra a vontade da família, contra a autoridade paterna, exercida, em nome do pai morto, pela mãe e pelo filho mais velho. Uma jovem não tinha o direito de dispor de si mesma. E depois, aquele monge italiano poderia muito bem ser um falso monge. Não, decididamente, dama Eliabel não acreditava numa só palavra daquela fábula e de um pretenso casamento às escondidas.

— Nem morrendo, estais ouvindo, minha mãe, nem morrendo eu confessaria outra coisa!

A tempestade durou uma hora inteira. Enfim, dama Eliabel trancou a filha a sete chaves.

— Para o convento! Para o convento das moças arrependidas é que tu irás! — gritou-lhe a mãe saindo do quarto.

E Maria desfez-se em lágrimas em meio aos vestidos esparramados.

Dama Eliabel teve que esperar até a noite para pôr seus filhos a par dos acontecimentos, pois eles estavam pelos campos afora. O conselho familiar foi breve. A ira tomou conta dos dois moços, e Pierre, o mais jovem, sentindo-se quase culpado por ter até então defendido Guccio, mostrou-se ainda mais exaltado e mais inclinado às soluções do tipo vingativo. Tinham desonrado sua irmã! Tinham traído sua família sob seu próprio teto! Um lombardo! Um usurário! Eles iam até seu escritório para furar sua barriga com uma espada!

Os dois se armaram, selaram novamente os cavalos e correram para Neauphle.

Ora, naquela noite, Guccio, agitado demais para conseguir dormir, andava pelo jardim. O céu estava constelado de estrelas luminosas, o ar estava impregnado de perfumes. A primavera da Ile-de-France, em seu apogeu, carregava a noite de um sabor fresco de seiva e de orvalho.

No silêncio do campo, Guccio ouvia com prazer o menor barulho das solas de sapatos estalando no chão... passos fortes, passos fracos... e seu peito não era amplo o bastante para conter a alegria que sentia.

"E pensar que ha seis meses", pensava ele, "eu estava jazendo naquela cama horrível da Santa Casa de Misericórida... Como a vida é bela!"

Ele sonhava acordado. Sem saber que seu destino já estava determinado, ele sonhava com uma felicidade futura. Ele já via crescendo em volta de si uma prole numerosa, nascida de um amor maravilhoso e que misturaria em suas veias o sangue livre dos homens de Siena ao sangue nobre da França. Ele ia se transformar no grande Baglioni, chefe de uma poderosa dinastia. Pensava em afrancesar seu nome, tornando-se Balion de Neauphle; o rei acabaria lhe outorgando um domínio senhorial, e o filho que Maria trazia no ventre pertenceria um dia à ordem da cavalaria, pois era bem possível que fosse um menino.

Ele só saiu daqueles sonhos quando ouviu crepitar uma cavalgada pelos pavimentos de Neauphle, e vinha se deter diante de seu escritório bancário; a aldraba da porta dianteira soou com violência.

— Onde é que anda aquele espertinho, aquele patife, aquele judeu? — gritou uma voz que Guccio reconheceu imediatamente como a de Pierre.

E como ninguém viesse abrir rapidamente a porta, violentos golpes sobre os batentes de carvalho começaram a ecoar. Guccio levou a mão à cintura. Não estava munido de sua adaga. Os passos pesados de Ricardo ouviram-se na escada.

— Já vai! Já vai! — dizia o chefe do escritório com a voz do homem descontente que é arrancado de seu sono.

Depois ouviu-se um barulho de trancas que se abriam, de travas que se retiravam e, logo depois, os gritos de uma discussão furiosa da qual Guccio conseguiu compreender pouca coisa.

— Onde está teu patrão? Queremos vê-lo imediatamente!

Guccio não conseguia ouvir as respostas de Ricardo, mas apenas as vozes dos irmãos Cressay, que recomeçavam a gritar ainda mais:

— Ele desonrou nossa irmã, aquele cachorro, aquele usurário! Não sairemos daqui enquanto não pusermos as mãos nele!

A discussão se terminou com um grito fortíssimo. Ricardo, com certeza, tinha acabado de levar um bofetão.

— Acende uma vela! — ordenou Jean de Cressay.

E Guccio ouviu também a voz de Pierre que gritava pela casa afora:

— Guccio? Onde é que te escondes? Então só tens coragem quando estás diante das moças? Por que não ousas te apresentares diante de nós? Covarde! Imundo!

Na praça do burgo, algumas janelas tinham sido abertas. Os aldeães escutavam, cochichavam, zombavam, mas nenhum deles ousava mostrar o rosto.

Um escândalo é sempre divertido. E a peça pregada àqueles dois senhores feudais de menor importância, àqueles dois moços que os tratavam com tanta soberba e os utilizavam incessantemente para seus serviços, proporcionava-lhes um grande prazer. Se tivessem que escolher, sem dúvida prefeririam o lombardo, sem entretanto chegarem a ser capazes de lutar para defendê-lo.

Guccio não era covarde. Mas restava-lhe ainda um pouco de juízo. Não teria ido muito longe enfrentando aqueles dois furiosos armados, ao passo que não tinha consigo sequer um punhal.

Enquanto os irmãos Cressay esquadrinhavam a casa e descarregavam a ira nos móveis, Guccio correu até a estrebaria. A noite ainda trouxe até ele a voz de Ricardo, que gemia:

— Meus livros de registro! Meus livros de registro!

Guccio pensou: "Azar! Pelo menos eles não poderão abrir os cofres".

O luar estava suficientemente claro para que ele enxergasse e pudesse selar apressadamente seu cavalo; ele o fez de qualquer jeito, montou-o e escapou pelo portão do jardim. Foi assim que deixou para trás seu escritório bancário.

Os irmãos Cressay, ao ouvirem o galope, precipitaram-se até as janelas.

— Ele está fugindo... o covarde! Ele foi para o lado da estrada de Paris! Vamos lá! Precisamos de ajuda! Que venham todos para lhe barrar a saída para Paris!

Evidentemente, ninguém atendeu ao apelo.

Então os dois irmãos saíram do banco e lançaram-se na perseguição de Guccio.

Mas a montaria do jovem lombardo, um belo cavalo de raça, estava saindo descansada da estrebaria. Os cavalos dos Cressay eram uns pobres pangarés sem raça, que já tinham trabalhado durante o dia inteiro. Nas proximidades de Rennemoulins, um deles começou a mancar tanto que foi preciso abandoná-lo; e os dois irmãos tiveram que montar o mesmo cavalo que, ainda por cima, fazia ruídos terríveis com o focinho.

De tal modo que Guccio pôde ganhar uma enorme vantagem. Chegou à rua dos Lombardos na alvorada e tirou seu tio da cama.

— O monge... Onde está o monge? — perguntou-lhe.

— Que monge, meu filho, o que está acontecendo? Tu queres entrar para a religião, agora?

— Não é isso, tio Spinello. Não zombais de mim. Preciso encontrar este monge que fez meu casamento. Estou sendo perseguido e corro perigo de vida!

Ele contou rapidamente sua história. O testemunho do monge era indispensável.

Spinello Tolomei o escutava, com um olho aberto, outro fechado. Ele bocejou duas vezes, o que irritou Guccio.

— Não te agites assim. O monge morreu — disse enfim Tolomei.

— Morreu?

— Isso mesmo! A besteira que fizeste ao te casar evitou pelo menos que tu morresses. Pois se tu tivesses ido, como queria o senhor Robert d'Artois, levar a mensagem dele aos aliados, agora com certeza tu não terias mais nenhuma preocupação por causa desse sobrinho que tu vais me dar sem que eu tenha te encorajado a fazê-lo. Frei Vincenzo foi assassinado perto de Saint-Pol pelos homens de Thierry d'Hirson. Estava em poder de cem libras que me pertenciam. Ah! O conde Robert d'Artois me sai bem caro!

Tolomei tocou o sininho para chamar um doméstico, que lhe trouxe uma bacia com água morna e suas roupas.

— Mas como é que eu vou fazer, tio Spinello? Como é que vou provar que sou de verdade o esposo de Maria?

— Isso não é o mais importante — disse Tolomei. — Mesmo que teu nome e o de tua donzela se encontrassem escritos e passados a limpo num livro de registros, isso não mudaria coisa alguma. Nem por isso tu deixarias de ter desposado a filha de um nobre sem o consentimento dos seus. Os marmanjos que te perseguem podem muito bem te tirar até a última gota de sangue, eles não correm risco algum. São nobres, e essa gente pode massacrar quem bem entender, impunemente. No máximo, eles terão que pagar a multa devida pelo assassinato de um lombardo, que não é lá grande coisa. É possível até mesmo que sejam parabenizados por te matar.

— Ai! Eu estou em maus lençóis!

— Não há dúvidas! — disse Tolomei mergulhando o rosto na bacia. Ele se sacudiu por um minuto, depois enxugou-se com uma toalha.

— Vamos lá, não será hoje que terei tempo de me barbear. Ah! Fui tão tolo quanto tu mesmo...

Ele estava visivelmente preocupado.

— Antes de mais nada, o que é preciso é te proteger Mas tu não podes te esconder na casa de nenhum lombardo. Se teus inimigos foram capazes de fazer escândalo numa aldeia, com certeza logo serão capazes de alertar o preboste de Paris. Este, não te encontrando aqui, mandará a polícia revistar as casas de todos os nossos compatriotas. Que cara vou fazer diante de nossos companheiros... Preciso pensar... Ah! Isso mesmo: teu amigo Bocaccio, o viajante dos Bardi.

— Mas meu tio, ele é tão lombardo quanto nós mesmos e, além do mais, atualmente não se encontra na França.

— Sim, mas ele agrada muito a uma dama burguesa de Paris, da qual tem uma criança nascida fora do matrimônio. Ela é gentil, eu sei. E pelo menos, será capaz de compreender teu caso. Tu vais lhe pedir abrigo... E depois, quanto a mim, eu me encarrego de receber teus gentis cunhadinhos, quando eles baterem aqui... a menos que eles decidam encarregar-se de me dar um fim, e então tu ficarás sem tio.

— Oh, não! Não tendes nada a temer, meu tio. Eles são violentos, mas são nobres, e respeitarão vossa idade.

— Bela armadura a minha, com essas pernas fracas!

— Talvez tenham se cansado pelo caminho e tenham mudado de idéia.

Tolomei, acabando de vestir uma túnica, da qual emergia sua cabeça, respondeu:

— Isso me espantaria muito. Em todo caso, o que é certo é que vão fazer queixa e moverão processo contra nós... Preciso alertar algum poderoso sobre o caso, antes que ele faça barulho demais e provoque um escândalo. Eu poderia falar com o conde de Valois. Mas ele promete... promete... e não faz nada, nunca. O senhor Robert? Mais valeria chamar os arautos da cidade e pedir a eles que anunciem o caso com suas trombetas.

— A rainha Clemência... — disse Guccio. — Ela gostou muito de mim, durante a viagem...

— Já te respondi uma outra vez. A rainha vai se dirigir ao rei, que vai se dirigir ao chanceler... que vai informar o Parlamento inteiro. Belo negócio teremos aí!

— E por que não Bouville?

— Ah! Essa é uma boa idéia — exclamou Tolomei. — É a primeira que tu tens há meses. Sim, Bouville não é brilhante, mas tem o mérito de ter sido o camareiro do rei Felipe. Não está comprometido em intriga alguma e tem ares de ser um homem honesto...

— E depois, ele gosta muito de mim — disse Guccio.

— Ah, sim... sabemos! Decididamente, todo mundo gosta muito de ti. Um pouco menos de amor talvez nos fosse de maior utilidade! Vai, vai te esconder na casa da namorada do senhor Bocaccio e... pelo amor de Deus! Que ela não comece a amá-lo tanto, também, por sua vez! Quanto a mim, vou correndo até Vincennes a fim de falar com Bouville. Tu vês como são as coisas... Bouville é provavelmente o único homem que não me deve coisa alguma, e é justamente a ele que tenho necessidade de pedir um favor.

X

LUTO EM VINCENNES

Quando o senhor Tolomei, montado em sua mula cinzenta e seguido por um doméstico, entrou no primeiro pátio do palácio de Vincennes, ele foi surpreendido pelo grande ajuntamento de pessoas de todos os tipos que ali se encontravam: oficiais, servos, escudeiros, senhores, legiferadores e burgueses; mas os movimentos de todas aquelas pessoas eram feitos num silêncio total, como se homens, animais e coisas tivessem se tornado incapazes de produzir qualquer ruído.

O solo tinha sido coberto com uma espessa camada de palha a fim de abafar o barulho feito pelas carroças e o som dos passos. Ninguém ousava falar, a não ser em voz baixa.

— O rei está morrendo... — disse a Tolomei um senhor conhecido seu.

No interior do castelo, parecia não haver mais defesa alguma e os arqueiros que montavam guarda deixavam entrar qualquer um que aparecesse. Assassinos e ladrões teriam podido penetrar naquela desordem sem que ninguém pensasse em detê-los. Ouviu-se murmurar:

— O boticário... abram passagem para o boticário...

E então dois oficiais do palácio passaram, arrastando uma pesada bacia de estanho coberta por um lençol, que iam levar para os médicos.

Estes, que podiam ser reconhecidos por suas vestimentas, estavam em conciliábulo numa antecâmara. Os médicos usavam uma murça marrom por cima de um hábito de algodão cru e, na cabeça, uma pequena calota semelhante à dos monges; os cirurgiões vestiam-se com uma longa túnica de algodão de mangas estreitas e, do gorro redondo que lhes cobria a cabeça, partia uma echarpe branca que cobria também suas faces, a nuca e os ombros.

Tolomei informou-se. No dia anterior ainda, o rei passava muito bem, pois tinha jogado péla durante a tarde. Depois tinha ido para os aposentos da rainha e, pouco depois, lá o viram contorcendo-se, dobrado em dois, vomitando. Durante a noite, sofrendo de terríveis dores, ele mesmo tomara a iniciativa de pedir os sacramentos.

Os médicos não estavam de acordo entre eles sobre a natureza do mal; uns, baseando-se em sua falta de ar e perdas de consciência, asseguravam que a água fria que ele bebera após os esforços físicos tinha sido a causa daquele acesso; outros afirmavam que a água não podia ter queimado tanto assim as entranhas do rei, "a ponto de evacuar sangue".

Discutindo mais do que agindo, e numerosos demais à cabeceira de um paciente tão importante, aconselhavam apenas remédios benignos que praticamente não comprometiam sua responsabilidade.

Os senhores da corte, entre eles, trocavam confidências sobre o caso do enfeitiçamento, assumindo ares de saberem mais do que se poderia supor. E depois, todos já pensavam em outros problemas. Quem ia assegurar a regência? Alguns lamentavam que o Senhor conde de Poitiers estivesse ausente, outros, ao contrário, regozijavam-se por isso. Teria o rei exprimido formalmente sua vontade em relação a tal problema? Todos ignoravam. Mas ele chamara o chanceler para ditar-lhe um codicilo que completava suas disposições testamentárias.

Avançando em meio àquela agitação surda, Tolomei pôde chegar até o limiar do quarto em que o soberano agonizava entre seus camareiros, servos e os membros de sua família e do Conselho.

Alçando-se sobre as pontas dos pés, o chefe dos banqueiros lombardos pôde perceber, acima de uma muralha de ombros, Luís X, com o busto sustentado por travesseiros, e cujo rosto abatido, reduzido à metade das dimensões normais, trazia as marcas do fim. Com uma das mãos no peito, outra no ventre, com os maxilares tensos, ele gemia.

Alguém cochichou:

— A rainha... a rainha... o rei está pedindo que ela venha...

Clemência estava sentada no aposento vizinho, rodeada por suas damas de companhia, do conde de Bouville e de Eudeline, a lavadeira-chefe do palácio, que segurava sua mão. A rainha não fechara os olhos durante toda a noite. O desespero e a insônia apertavam-lhe as têmporas, enquanto o conde de Valois, agitando-se diante dela, dizia:

— Minha cara, minha boa sobrinha, é preciso preparar-se para o pior.

"Mas eu já estou preparada", pensava Clemência, "e não preciso dele para saber disso. Dez meses de felicidade... isso era tudo a que eu tinha direito? Talvez eu não tenha agradecido suficientemente a Deus por me ter concedido todo esse tempo. O pior não é a morte, já que todos nós nos reencontraremos na vida eterna. O pior é esta criança que vai nascer em cinco meses e que Luís não conhecerá, e que só poderá conhecer seu pai quando chegar ao Além. Por que Deus permite coisas assim?"

— Precisais repousar, minha sobrinha, não vos ocupeis de todas as tarefas e dificuldades, e pensai apenas que vós trazeis em vosso ventre todas as esperanças do reino. Vosso estado não vos permite assumir a tarefa de regente; e depois, os franceses não apreciariam nem um pouco ser governados pelas mãos de uma mulher estrangeira. Claro, há o exemplo de Branca de Castela... Mas ela era rainha há muito mais tempo. Nossos senhores feudais ainda não vos conhecem o bastante. Eu devo vos poupar de todas as preocupações do trono, o que no fundo quase não mudará nada para mim...

O camareiro que vinha dizer à rainha que o rei moribundo pedia por ela entrou naquele momento; mas Valois deteve-o com um gesto e prosseguiu:

— Não tenho nenhum mérito ao me propor; na verdade, sou o único capaz de garantir uma regência útil. E hei de saber, estejai certa disso, inspirar aos franceses o amor que eles devem à mãe de seu futuro rei, caso Deus nos conceda a graça do nascimento de um menino.

— Meu tio — exclamou Clemência —, Luís ainda não expirou. Em vez de falar tanto agora, rezai para que um milagre o salve, ou, então, esperai um pouco para revelar vossos projetos. Esperai que ele expire. E em vez de me reter aqui, deixai-me voltar para meu lugar, que é junto de sua cabeceira.

— Claro, minha sobrinha, claro. Mas existem coisas nas quais é preciso pensar quando se é rainha. Não podemos nos deixar levar pelas dores das pessoas comuns. Luís, em seu codicilo, vos fez enormes doações, agora mesmo. Ele também atribuiu diversas pensões, até mesmo a Luís de Marigny, e tudo isso vai onerar ainda mais o Tesouro. Mas ele não tomou nenhuma disposição em relação à Regência.

— Eudeline, não me abandona — murmurou Clemência, ao levantar-se.

E a Bouville, ao dirigir-se para o quarto do rei, ela disse:

— Meu amigo Hugues, meu amigo... não posso acreditar no que está acontecendo; dizei-me que isso não é verdade!

Aquilo era demais para o bravo Bouville, que se pôs a choramingar.

— Ah! Quando penso que ele me enviou até Nápoles para ir vos buscar...

Mais estranha era a atitude de Eudeline. A lavadeira não saía de junto da rainha, que se dirigia a ela para todas as coisas. Diante da agonia do homem do qual ela fora a primeira amante, do homem que amara docilmente e que depois odiara com perseverança, Eudeline não sentia absolutamente nada. Ela não pensava nele, nem nela mesma. Parecia que suas lembranças tinham morrido antes do que aquele que as criara. Todas as forças de sua emoção estavam voltadas para a rainha, sua amiga. Eudeline sofria naquele momento, mas era devido ao sofrimento de Clemência.

A rainha atravessou o quarto, apoiando-se no braço de Eudeline e, com o outro braço, em Bouville.

Ao perceber este último, Tolomei, que continuava na soleira da porta, lembrou-se de repente do que tinha vindo fazer ali.

"Na verdade, não é o momento para falar com Bouville", pensou ele. "E os dois Cressay, numa hora destas, devem estar em minha casa. Ah! Essa morte chega num péssimo momento!"

Nesse preciso instante, uma poderosa massa deu um encontrão em Bouville; a condessa Mahaut, com as mangas arregaçadas, abria caminho no tumulto. Sua autoridade era tão grande que, apesar da desgraça que a abatia, ninguém se opôs à sua aproximação, nem sequer espantou-se, ao vê-la chegar para retomar seu lugar de parente próxima e de par do reino.

Estudara muito bem a expressão de seu rosto a fim de lhe dar aparências de estupor e aflição.

Da soleira, ela murmurou, mas bem audivelmente, para que pelo menos dez pessoas a ouvissem:

— Dois que se vão em tão pouco tempo! Isso é demais! Pobre reino!

Ela avançou com seus passos de soldado em direção ao grupo em que se encontravam Carlos de la Marche, Robert d'Artois e Felipe de Valois.

Mahaut estendeu a Robert as duas mãos, fazendo-lhe um sinal para significar que estava emocionada demais para falar e que todos os conflitos deviam ser esquecidos, num dia como aquele. Depois foi jogar-se de joelhos perto do leito real e, com uma voz emocionada, disse:

— Vossa Majestade, eu vos suplico o perdão pelos males que vos causei.

Luís a olhou. Seus enormes olhos glaucos estavam rodeados pelas profundas olheiras da morte. Naquele momento estavam precisamente trocando seu urinol, diante de todos os presentes. Naquela posição desconfortável, tentando manter-se sozinho, ele assumia pela primeira vez um pouco de uma verdadeira majestade e, enfim, algo de real que lhe faltara em toda a vida.

— Eu vos perdôo, minha prima, caso aceiteis submeter-vos ao poder do rei — respondeu depois de terem colocado sobre seu corpo outro urinol.

— Vossa Majestade, eu vos juro que sim! — respondeu Mahaut.

E mais de uma pessoa, entre os presentes, sentiu-se sinceramente tocada ao ver a terrível condessa inclinando-se daquela maneira.

Robert d'Artois, com uma piscadela, deixou cair nas orelhas de seus primos:

— Não poderia ser melhor atriz, caso tenha sido ela que o matou.

O Cabeçudo foi acometido por um novo acesso de cólicas e levou as mãos ao ventre. Seus lábios entreabriram-se, deixando ver que seus dentes rangiam. O suor escorria de suas têmporas e fazia com que os cabelos colassem ao longo de suas faces. Depois de alguns segundos, ele disse:

— Mas então é isso o sofrimento? É isso?...

XI

TOLOMEI REZA PELO REI

No meio da tarde, quando Tolomei voltou para casa, seu amanuense-chefe veio imediatamente avisá-lo da presença de dois fidalgos do interior que o aguardavam na antecâmara de seu gabinete.

— Eles parecem muito irados. Estão aqui desde cedo, sem comer nada, e dizem que não arredarão pé antes de poderem vos encontrar.

— Sim, estou a par — respondeu Tolomei. — Fechai as portas e chamai para meu gabinete todo o pessoal da casa, amanuenses, domésticos, empregados da estrebaria e servas. E depressa! Todos lá para cima!

Depois subiu lentamente a escada, assumindo ares de idoso abatido pela infelicidade; ele se deteve por um momento no patamar, para escutar o rebuliço que suas ordens provocavam lá embaixo; esperou que os primeiros empregados aparecessem no início da escada e, enfim, penetrou na antecâmara, com uma das mãos sobre a testa.

Os irmãos Cressay se levantaram, e Jean, o barbudo, andando até perto dele, exclamou:

— Senhor Tolomei, nós somos...

Tolomei deteve-o com um gesto.

— Sim! Eu sei! — disse com uma voz que mais parecia um gemido. — Eu sei quem sois e sei também o que vindes me dizer. Mas isto não é nada comparado ao motivo de vossa aflição.

Como o outro quisesse continuar, ele virou-se para a porta e disse ao pessoal da casa que começava a se mostrar:

— Entrai, meus amigos, entrai em meu gabinete; vinde ouvir a terrível notícia da boca de vosso próprio mestre! Vamos, entrai, meus filhos!

O aposento logo se encheu. Os irmãos Cressay, caso tivessem tentado esboçar o menor movimento, teriam sido imediatamente desarmados.

— Mas enfim, senhor, o que significa isto? — perguntou Pierre, que começava a se mostrar impaciente.

— Um momento, um momento — respondeu Tolomei —, todo mundo deve saber.

Os irmãos Cressay, subitamente inquietos, pensaram que o banqueiro ia revelar publicamente a desonra que se abatera sobre eles. Isso era fazer bem mais do que eles desejavam.

— Todos estão aqui? — perguntou Tolomei. — Então, meus amigos, escutai-me.

E depois, nada aconteceu. Houve um longo silêncio. Tolomei escondeu o rosto entre as duas mãos. Quando o descobriu, seu único olho aberto estava cheio de lágrimas.

— Meus amigos, meus filhos — pronunciou finalmente —, é uma coisa horrível! Nosso rei... sim, nosso amado rei acaba de falecer!

Sua voz estava embargada; batia no próprio peito como se fosse o responsável pela morte do soberano. E aproveitou do efeito de surpresa para ordenar:

— Então, de joelhos, todos, e rezemos por sua alma.

E ele próprio se deixou cair pesadamente ao chão, no que logo foi imitado por todos os empregados.

— Vamos, senhores, de joelhos! — disse ele com um tom de repreensão aos irmãos Cressay que, surpreendidos pela notícia e completamente abasbacados diante daquele espetáculo, eram os únicos que haviam permanecido de pé.

— *In nomine patris...* — começou Tolomei.

Então um concerto de lamentações estridentes começou.

Eram as servas italianas da casa que se punham a formar um coro de papa-defuntos, de acordo com a tradição de seu país.

— *Un uomo cosi buono, un signore tanto generoso! Il cielo se lè preso!** — urrava a cozinheira.

— *Ahimè, ahimè! Tanto buono, tanto generoso!*** — repetiam as copeiras e as lavadeiras.

Com a parte de cima das saias dobrada para cobrir a cabeça, elas balançavam o corpo da esquerda para a direita, dirigindo para o céu as mãos unidas.

---

* — Um homem tão bom, um senhor tão generoso! O céu levou-o.

* * — Ai! Ai! Tão bom, tão generoso!

— *Era come un padre pernoi tutti! Era il protettore degli umili.*

— *Il nostro padre, il nostro protettore, l'abbiamo perduto. Ahimè! Ahimè!**

Tolomei tinha se levantado e circulava em meio a seus empregados.

— Vamos, rezai! Rezai muito! Sim, ele era puro, sim, ele era santo! Uns pecadores, eis o que nós somos, incuráveis pecadores! Rezai também, meus jovens — dizia ele dirigindo-se aos irmãos Cressay. — Vós também, a morte também pode vos apanhar. Arrependei-vos, arrependei-vos!

Aquela representação durou uns bons quinze minutos. Depois Tolomei ordenou:

— Fechai as portas, fechai os balcões. Hoje é dia de luto. Não faremos comércio durante esta tarde.

Os servos saíram, enxugando as lágrimas. Quando o amanuense-chefe passou perto dele, Tolomei cochichou:

— E sobretudo não se deve pagar conta alguma hoje. O câmbio do ouro talvez tenha mudado amanhã...

As mulheres continuavam urrando ao descer a escada.

— Ele era o benfeitor do povo. Nunca, nunca mais teremos um rei tão bom... *Ahimè!*

Tolomei fechou o cortinado que isolava seu gabinete da ante-câmara de entrada.

— Pois bem! É assim que acabam as glórias deste mundo!

Os dois Cressay, embasbacados e abatidos, permaneciam calados. O drama pessoal dos dois tinha sido abafado pela infelicidade do reino. Além do mais, sentiam o cansaço de uma noite inteira de cavalgada, e em que condições!

A chegada dos dois a Paris, de madrugada, montados naquele pangaré e vestidos com velhas roupas que usavam para trabalhar no campo, tinha provocado o riso dos que os viam passar. Escoltados por um bando de moleques barulhentos, haviam se perdido no dédalo do centro da cidade. Sentiam a barriga vazia, e a segurança que tinham no início, para não dizer até mesmo o ressentimento que os animara, havia enfraquecido seriamente diante da suntuosidade da morada de Tolomei. Aquela riqueza que se mostrava em todos os detalhes, aqueles inúmeros empregados, bem vestidos e bem alimentados, aquelas tapeçarias, os móveis torneados, os esmaltes e marfins... "No fundo",

* — Ele era o pai de nós todos! O protetor dos humildes.
— Nosso pai, nosso protetor, nós o perdemos. Ai! Ai!

dizia consigo mesmo cada um deles sem ousar confiar ao outro o próprio pensamento, "talvez tenhamos cometido um erro ao nos mostrarmos tão exigentes quanto ao sangue; uma fortuna como esta vale amplamente um título de nobreza."

— Vamos, meus bons amigos! — disse Tolomei com uma familiaridade que agora era autorizada pela prece realizada em comum. — Tratemos do terrível assunto, já que, afinal de contas, é preciso viver e, finalmente, a vida continua apesar da partida de alguns. Vindes com certeza para falar-me de meu sobrinho. Aquele bandido! Aquele infame! Ter feito isso comigo, logo eu que o cobri de bondade! Que miserável jovem, que sem-vergonha! Eu precisava de mais este sofrimento, hoje? Eu sei, eu sei de tudo... Ele enviou-me uma mensagem hoje cedo. Tendes diante de vós um homem muito abatido.

Ele se mantinha diante deles, um pouco arqueado, com os olhos virados para o chão, numa atitude de total abatimento.

— E ainda por cima, covarde! Covarde, sim. Tenho vergonha de confessar, meus jovens senhores. Ele não ousou enfrentar a minha ira. E partiu para Siena, imediatamente. Agora já deve estar longe. Então, meus amigos, o que vamos fazer?

Ele dava a impressão de querer deixá-los decidir, de quase estar lhes pedindo um conselho. Os dois irmãos olharam para ele, depois se entreolharam. Nada estava se passando como haviam imaginado.

Tolomei observava-os através de sua pálpebra quase fechada. "Muito bem", dizia ele a si mesmo, "agora que estão em minhas mãos, eles não são mais perigosos. Agora tudo que preciso fazer é encontrar um meio de enviá-los de volta para o canto deles, sem lhes ter dado coisa alguma."

Ele se reergueu bruscamente.

— Mas eu vou deserdá-lo! Estais ouvindo? Vou deserdá-lo! Tu não terás um tostão de minha parte, miserável Guccio! — gritava ele, como se pudesse ser ouvido lá pelos lados de Siena. — Nada! Nunca! Vou deixar tudo para os pobres e para os conventos! E caso ele caia um dia desses em minhas mãos, eu o entregarei à justiça do rei. Ai! Ai! O rei morreu!

Os dois outros quase que se dispunham a consolá-lo.

Tolomei julgou que já estavam suficientemente preparados para que ele pudesse lhes aconselhar reações mais razoáveis. Todas as repreensões dele, eles as aceitavam, aprovavam; e até mesmo ele as fizera antes de vê-los. Mas agora, o que fazer? Para que serviria um processo, tão custoso para pessoas desaftunadas, ao passo que o culpado estava fora de alcance e naquela hora já estava do outro lado das fronteiras? Isso seria o bastante para reabilitar a irmã deles? O escândalo acabaria prejudicando-os muito mais. Tolomei trataria de se esforçar para reparar o mal cometido. Conhecia altíssimas e poderosas personalidades; era amigo do senhor de Bouville... Assim, seria possível encontrar para Maria um lugar em que ela desse à luz seu pecado, no mais absoluto segredo, e depois eles veriam o que fazer por ela. Durante algum tempo, um convento poderia abrigar seu arrependimento. Podiam confiar em Tolomei! Pois ele não tinha provado aos Cressay que era um homem de coração, adiando sempre o pagamento daquela dívida de trezentas libras que eles tinham para com ele?

— Se eu tivesse querido, vosso solar já seria propriedade minha há dois anos. Mas o que foi que eu fiz? Nada. Podeis julgar por vós mesmos.

Os dois irmãos, que já estavam abaladíssimos, compreenderam facilmente a ameaça que, com um tom bem paterno, o banqueiro lhes fazia.

— Escutai-me; eu não vos peço nada em troca — acrescentou ele.

Mas caso houvesse um processo, ele seria forçosamente obrigado a mostrar todos os registros de suas contas, e os juízes poderiam surpreender-se pelo fato de os Cressay terem aceitado tantos dons da parte de Guccio.

Ora essa! Eram uns bons moços. Eles se dirigiriam agora até um albergue tranqüilo, para lá pernoitar e recuperar-se de tanto cansaço, e não precisariam se preocupar com as despesas. Esperariam lá por Tolomei, que ia cuidar do problema, e que esperava lhes propor, já no dia seguinte, medidas pacificadoras para a honra da família deles... Antes de tudo, era preciso evitar um escândalo.

Pierre e Jean de Cressay voltaram à razão e, ao se despedirem, chegaram até mesmo a apertar a mão do banqueiro com certa efusão.

Depois da saída dos dois, Tolomei deixou-se cair sentado numa cadeira. Estava exausto e suspirava fortemente.

— E agora, tomara que o rei morra mesmo! — disse ele sozinho.

Pois quando ele fora embora de Vincennes, Luís X ainda respirava. Mas ninguém acreditava que tivesse ainda muitas horas de vida.

XII

QUEM SERÁ O REGENTE?

Luís X, o Cabeçudo, expirou na noite de 4 para 5 de junho de 1316, pouco depois da meia-noite.

Pela primeira vez, há trezentos e vinte e nove anos, um rei francês morria sem deixar um herdeiro do sexo masculino ao qual a coroa pudesse ser transferida.

O conde de Valois, normalmente tão apressado em acertar os detalhes das pompas reais, fossem elas nupciais ou fúnebres, desinteressou-se completamente das últimas honras que devia receber seu sobrinho.

Chamou o camareiro-mor, Mathieu de Trye e, como única instrução, disse-lhe:

— Fazei exatamente como da outra vez!

Ele mesmo cuidou de convocar, já nas primeiras horas da manhã, um Conselho, não em Vincennes, onde uma tal assembléia teria forçosamente sido presidida pela rainha, mas em Paris, no palácio da Cité.

— Deixemos nossa cara rainha entregue à sua dor — declarou ele — e não tentemos acrescentar coisa alguma que possa prejudicar a criança que ela traz no ventre.

Este Conselho, por sua composição, assemelhava-se mais a uma reunião de família do que a uma câmara de governo. Nele tomavam parte Carlos de la Marche, irmão do defunto, Carlos de Valois e Luís de Évreux, irmão de Felipe, o Belo, Luís de Clermont, neto de São Luís, Mahaut d'Artois e Robert d'Artois, respectivamente sobrinha e bisneto de São Luís, e Felipe de Valois, filho de Carlos, aos quais tinham vindo juntar-se o chanceler, o arcebispo de Sens e o conde de Bouville, a fim de que fossem representadas a Justiça, a Igreja e os altos servidores do Palácio real.

Valois não pôde evitar o convite à condessa Mahaut, que era, além dele, o único par do reino que se encontrava em Paris. Assim, a assassina daquele cuja sucessão era preciso acertar imediatamente, estava lá, presente, tendo recuperado suas prerrogativas e deleitando-se secretamente por sua vitória.

Valois esperava pela oposição da condessa Mahaut, mas ele não a temia. Pensava ter o apoio irrestrito de todo o resto dos parentes. Além do mais, o chanceler Mornay estava do lado dele; o arcebispo Marigny também tinha negócios com ele; quanto a Bouville, todos conheciam sua falta de iniciativa e sua docilidade.

Na verdade, Valois se felicitava pelo fato de Felipe de Poitiers e o condestável Gaucher de Châtillon estarem, ambos, ausentes. Com eles, as coisas sem dúvida seriam menos fáceis. Mas, por enquanto, estavam em Lyon e se consagravam à tarefa de vencer os cardeais.

Desta forma, o conde de Valois sentia-se à vontade... até mesmo à vontade demais. Ele se sentou na cabeceira da mesa, no trono real. Ainda que imprimisse à sua expressão certa tristeza, não chegava a mascarar a satisfação que sentia ao ocupar aquela poltrona.

— Estamos reunidos, neste luto que se abate sobre nós — começou ele a dizer — para deliberarmos sobre coisas urgentes tal como a escolha dos dois curadores do ventre real, que deverão velar em nosso nome pela gravidez da rainha Clemência; também devemos designar um regente para o reino, pois não pode haver ruptura do exercício de justiça e de governo. Eu peço vosso conselho.

Empregava expressões de soberano e se mostrava manifestamente como detentor das atribuições reais. Sua atitude chocou seu meio-irmão, o conde de Évreux, cujo rigor de espírito e retidão de pensamento, cujos princípios morais, cujo respeito das instituições acomodavam-se muito mal a tais procedimentos. Era devido a uma natureza inquieta e escrupulosa que Luís de Évreux jamais tivera participado ativamente do poder. Mas observava e julgava; e desaprovava quase todos os atos realizados há um ano sob a inspiração dos conselhos de Valois.

Como este último, respondendo a seu próprio pedido de conselho, propusesse que a nominação dos curadores fosse entregue aos cuidados do regente, o conde de Évreux, com a brutalidade repentina que às vezes caracteriza as pessoas razoáveis, interrompeu-o:

— Deixai-nos algum tempo, meu irmão, para que também possamos falar um pouco, e tratai de cuidar de um problema a cada vez, e não de misturá-los todos ao mesmo tempo. Os procedimentos para nomeação de um regente têm precedentes nos anais do reino e devem ser debatidos diante do Conselho dos pares. A designação dos curadores é outro problema, que diz respeito aos membros chegados da família e sobre a qual podemos deliberar aqui, na presença do chanceler. Tendes nomes a propor?

Surpreendido por aquela intervenção, e mais ainda pelo tom determinado da mesma, Carlos de Valois respondeu, para ganhar tempo:

— E vós, meu irmão, quais são as vossas proposições?

O conde de Évreux passou os dedos sobre as pálpebras.

— Penso que devemos escolher homens cujo passado seja sem mácula alguma, homens maduros o bastante para que possamos confiar em sua prudência e que tenham dado grandes provas de lealdade e devoção a nossos reis. Eu estaria inclinado a nomear o marechal de Joinville, se sua idade avançada, que já vai pelos cem anos, não o deixasse tão enfermo... Mas vejo aqui, diante de nós todos, o senhor de Bouville, que foi camareiro-mor de nosso irmão, o rei Felipe, e que o serviu com uma fidelidade digna de louvor. Conduziu até a França a rainha Clemência, que demonstra a ele grande apego...

Valois respirou um pouco aliviado. Se a homilia de Luís de Évreux tinha como único objetivo o apelo a Bouville para ocupar a função de curador do ventre, ele podia ficar tranqüilo. Apressou-se em concordar com seu irmão e aprovou sem restrições a proposição, afirmando que Bouville era exatamente a pessoa na qual ele mesmo tinha pensado. Cada um dos presentes, em torno da mesa, aquiesceu, uns verbalmente, outros com um movimento de cabeça, outros ainda com um murmúrio.

O gordo Bouville levantou-se, com o rosto transtornado por tal honraria. Estava recebendo assim uma consagração por seu longos anos de devoção à coroa.

— É uma grande honra, é uma grande honra, Senhores — declarou ele. — Eu juro velar pelo ventre da Senhora Clemência e protegê-la contra qualquer ataque ou iniciativa, defendendo-a com minha própria vida. Mas posto que o conde de Évreux citou o senhor de Joinville, eu desejaria que o senescal fosse nomeado junto comigo ou, caso ele não possa, que seu filho seja nomeado, para que o espírito de São Luís esteja presente nesta missão de guarda em seu servidor, tal como o espírito do rei Felipe, meu mestre, está presente em mim... seu servidor.

Raramente Bouville pronunciara uma frase tão longa no Conselho, e as coisas que queria exprimir ali eram um tanto quanto sutis para ele. Suas últimas palavras não eram muito claras, mas todos compreenderam sua intenção e o conde de Évreux agradeceu-lhe.

— Agora — disse Valois — podemos abordar os procedimentos para estabelecer a regência.

Ele foi novamente interrompido, mas desta vez por Bouville, que se havia levantado.

— Antes disso, senhor...

— O que é, Bouville? — perguntou Valois com ares benévolos.

— Antes, senhor, eu preciso vos rogar, com grande humildade, para que deixeis o assento que ocupais, pois ele é o assento do rei; ora, devemos ter em mente que o rei, por enquanto, está no ventre da Senhora Clemência.

Um silêncio se instalou após tal intervenção, e durante ele ouviram-se soando os sinos de Paris.

Valois lançou a Bouville um olhar furibundo; mas compreendeu que era preciso obedecer e até mesmo fingir que agradecia pela lembrança. "Eis aí um bando de tolos", dizia a si mesmo ao trocar de lugar, "e eu estaria errado ao confiar neles. Têm idéias que ninguém poderia imaginar".

Os assistentes, à direita, recuaram todos de uma poltrona para dar-lhe um lugar. Bouville deu a volta na mesa, puxou um banco e veio sentar-se, com os braços cruzados, na postura do guardião fiel, um pouco afastado do assento vazio que seria objeto de tanta cobiça.

Valois dirigiu um sinal a Robert d'Artois que, falando sem se levantar, pronunciou algumas palavras quase sem cortesia alguma, que significavam, no fundo: "Basta de tolices, passemos ao que interessa." O tempo, segundo ele, era curto demais para ser perdido em formalidades, e o que fosse decidido ali só poderia ser ratificado pela Câmara dos pares. Sem mais nem menos, ele propôs que a regência fosse dada a Carlos de Valois que, em sua opinião, era o homem que se impunha para tal tarefa.

— Não se troca de mão em meio à labuta começada — disse ele. — Sabemos muito bem que foi Carlos que governou durante todo este ano, em nome de nosso pobre primo Luís, que agora vamos enterrar. E, antes disso, sempre esteve presente no Conselho do rei Felipe, ao qual evitou mais de um erro e pelo qual ganhou mais de um combate. Ele é o mais velho da família e, logo, logo, completará trinta anos de labutas pelo rei.

Apenas duas pessoas pareciam não aprovar aquela declaração. Luís de Évreux pensava na França; Mahaut d'Artois pensava nela mesma.

"Caso Carlos assuma a regência", pensava ela, "não será ele que vai chamar de volta o marechal de Conflans e que interromperá a intervenção em meu condado. Ele participa do jogo de Robert, tal como Robert participa do dele. Talvez eu tenha agido depressa demais ao mandar Luís para o além, talvez eu devesse ter esperado o retorno de meu genro. Eu deveria falar aqui em seu nome. Mas será que assim não vou despertar suspeitas?"

Évreux interveio, dirigindo-se a Valois.

— Carlos, se nosso irmão Felipe tivesse morrido durante a infância de nosso sobrinho Luís, quem teria sido, por direito, regente?

— Eu, forçosamente — respondeu sorrindo Valois, que acreditava que esta pergunta legitimava sua ambição.

— Sim, porque vós éreis o primeiro irmão. Pois se é assim, não seria de direito que nosso sobrinho Felipe de Poitiers assuma a regência?

Mahaut retomou as esperanças. E como Carlos de Valois acreditara hábil declarar que seu irmão Felipe não podia estar em todos os lugares ao mesmo tempo — isto é, no conclave e em Paris — ela se sentiu autorizada a lançar-se ao debate.

— Mas Lyon não é o fim do mundo! Qualquer um pode voltar de lá em alguns dias! Nós não somos numerosos o bastante, aqui, a fim de decidirmos imediatamente sobre uma questão tão grave. Dos doze pares do reino, estou vendo aqui apenas dois... Nenhum duque-bispo, nenhum conde-bispo; o condestável não está aqui, nem o duque da Borgonha...

Ao ouvir este nome, Felipe de Valois e Luís de Clermont tiveram um sobressalto. O duque Eudes de Borgonha, o novo duque e sua mãe, Agnes de França, eram dois nomes bem temidos, e era preciso tentar livrar-se de suas empreitadas para obter a regência o mais rápido possível![17] A criança de Clemência ainda estava para nascer, isto caso se admitisse que chegasse realmente a vir ao mundo, e só então seria possível saber se se tratava de macho ou fêmea. Eudes de Borgonha tinha portanto o direito de reclamar a regência, e isto contra o próprio conde de Poitiers, tanto quanto contra Valois, em nome de sua sobrinha, a pequena Jeanne de Navarra, filha de Margarida. Ora, sabia-se muito bem que Jeanne era bastarda!

— Mas ninguém tem certeza disto, Robert! — exclamou Luís de Évreux. — As presunções não significam certeza alguma e Margarida levou com ela seu segredo para o túmulo em que vós a jogastes!

O conde de Évreux tinha pronunciado aquele "vós" numa acepção bastante vaga e generalizada; mas o gigante, que tinha todas as razões do mundo para se sentir pessoalmente visado, solicitou a Évreux que explicasse o que queria dizer com aquilo, ou então que se retratasse.

— Estais esquecendo, Luís, de que desposastes minha própria irmã? Será possível que meu parente mais próximo queira juntar-se a meus piores caluniadores? Vós falaríeis de outra maneira se não fôsseis pago pela família da Borgonha.

O incidente tendia a agravar-se e era lícito temer que, dentro de alguns instantes, os dois cunhados se comprometessem a desafiar-se numa batalha.

Mais uma vez o escândalo do palacete de Nesle e suas seqüelas dividiam a família real da França, e, até num momento como aquele, ameaçavam dividir o reino.

O arcebispo de Marigny fez com que se ouvisse então a voz da Igreja e, pregando pela reconciliação, convidou os adversários a respeitarem o que ele chamava de "trégua de luto". Em sua opinião, não se devia atribuir uma intenção difamatória às palavras do Senhor conde de Évreux, e a palavra "túmulo", em sua boca, designava com certeza a fortaleza de Château-Gaillard, onde Margarida de Borgonha tinha sido presa, "como num túmulo", e onde ela morrera.

Luís de Évreux não aprovou nem deixou de aprovar. Quanto a Robert, ele resmungou:

— No fim das contas, Château-Gaillard fica mais perto dos domínios de Évreux do que de meu castelo de Conches.

A porta se abriu então e Mathieu de Tryes anunciou que devia comunicar à assembléia algo de grave. Pediram-lhe que dissesse o que tinha a dizer.

— Enquanto embalsamavam o corpo do rei — disse o camareiro-mor — um cachorro, que tinha conseguido entrar no aposento sem ser visto, lambeu os lençóis em que estavam enroladas as entralhas.

— E então? — perguntou Valois. — Esta é a vossa grande novidade?

— Senhores, este cão foi imediatamente acometido por dores, pôs-se a gemer e foi tomado pelo mesmo mal que o rei; provavelmente agora ele já tenha morrido.

Novamente o silêncio fez com que se ouvisse apenas o sino de Notre-Dame. A condessa Mahaut não vacilara, porém uma ansiedade atroz invadia seu coração. "Será que vou ser descoberta devido à gulodice de um cachorro?", perguntava a si mesma.

— Pensais, então, Mathieu, que houve envenenamento... — pronunciou enfim Luís de Évreux.

— Será preciso fazer uma investigação, e com grande diligência — disse Carlos de Valois.

Bouville, que durante toda a discussão havia se mantido silencioso, junto do assento real, levantou-se.

— Senhores, se quiseram atentar contra a vida do rei, pode-se temer que queiram também atingir a da criança que está para nascer. Solicito uma guarda de escudeiros armados, sob minhas ordens, dia e noite, a fim de velar junto à porta da rainha e de barrar uma possível mão criminosa.

Responderam-lhe que agisse como bem entendesse. Pouco depois o Conselho suspendeu a sessão, determinando nova reunião no dia seguinte. Nada de preciso fora decidido. Valois esperava fazer avançar seus negócios nas próximas horas.

Ao passar pela porta, Mahaut foi ter com Luís de Évreux e lhe disse em voz baixa:

— Enviareis um mensageiro a Felipe, para informá-lo do que acaba de se passar?

— É claro, minha prima, já que concordamos em tudo.

Bouville, saindo da reunião, foi abordado por Spinello Tolomei, que o esperava no pátio do palácio, pois tinha vindo pedir proteção para seu sobrinho.

— Ah! Meu caro jovem, Guccio! — respondeu Bouville. — Eis aí o tipo de homem de que preciso para ajudar-me a velar pela rainha. Sempre de prontidão, cheio de vivacidade... A Senhora Clemência gostava muito de sua companhia. É uma pena que ele não seja escudeiro, nem aprendiz. Mas, no fundo, há ocasiões em que a virtude vale mais do que um bom nascimento.

— É exatamente o que pensa a senhorita que desejou casar-se com ele — disse Tolomei.

— Ah! Então ele se casou?

O banqueiro tentou explicar brevemente os aborrecimentos de Guccio. Mas Bouville mal escutava. Estava apressado, precisava retornar imediatamente para Vincennes e fazia questão de chamar Guccio para fazer parte da guarda da rainha. Tolomei desejava para seu sobrinho algo de menos visível e mais distanciado da corte. Se pudessem encontrar para ele a ocasião de servir alguma alta autoridade eclesiástica, um cardeal, por exemplo...

— Pois bem, meu amigo, vamos enviá-lo ao cardeal Duèze! Dizei a Guccio que venha me encontrar em Vincennes, de onde não posso arredar os pés doravante. Ele poderá me contar em detalhes seu problema... Ah! Estou pensando em algo... Ele poderá me prestar um grande favor indo para aqueles lados. Eu estava precisando de alguém a quem confiar uma missão secreta... Sim, é isto mesmo, dizei a Guccio que se apresse em me encontrar. Estou esperando por ele.

Algumas horas mais tarde, três mensageiros galopavam rumo a Lyon, por três itinerários diferentes.

O primeiro mensageiro, passando pela "grande estrada", isto é, por Essonnes, Montargis e Nevers, estampava em sua cota de malha as armas da coroa francesa. Este mensageiro transportava uma carta pela qual Carlos de Valois anunciava a Felipe de Poitiers a morte de seu irmão, informando-o também sobre a necessidade em que ele se encontrava — ele, Valois —, apressado pelas cirscunstâncias e escolhido pelo Conselho, de passar a exercer imediatamente a regência.

O segundo mensageiro, a serviço do conde de Évreux e viajando pelo itinerário conhecido como "estrada prazenteira", isto é, passando por Provins e Troyes, tinha ordens de se deter antes em Dijon, nos domínios do duque de Borgonha, antes de prosseguir na direção do conde de Poitiers; as mensagens que ele ia entregar não tinham exatamente o mesmo teor que as de Carlos de Valois.

Enfim, viajando pelo caminho chamado de "estrada curta", passando por Orléans, Bourges e Roanne, ia Guccio Baglioni, mensageiro circunstancial, dissimulado como servidor do conde de Bouville. Oficialmente, Guccio estava sendo enviado ao cardeal Duèze; mas, na verdade, sua missão conduzia-o também junto ao conde de Poitiers, ao qual ele deveria comunicar, oralmente, que pesava sobre a morte do rei uma suspeita de envenenamento e que a proteção da rainha exigia uma grande vigilância.

Os destinos da França corriam por aquelas três estradas.

Notas Históricas

&

Repertório Biográfico

NOTAS HISTÓRICAS

1 — Naquela época, a missa celebrada a bordo dos navios, ao pé do mastro principal, era uma missa especial, denominada *missa-seca*, porque sem consagração nem comunhão. Esta forma litúrgica incomum era provavelmente devida ao temor que os enjôos provocados pelo mar resultassem no vômito da hóstia.

2 — O *marco* era uma medida de peso equivalente a oito onças, isto é, a aproximadamente 244 gramas.

3 — A organização dos estabelecimentos hospitalares inspirava-se geralmente nos estatutos da Santa Casa de Misericórdia de Paris (N.T.: no original, *Hôtel Dieu de Paris*).

O hospital era dirigido por um ou dois provisores, escolhidos entre os cônegos da catedral da cidade. O pessoal hospitalar era recrutado entre voluntários, depois de um exame severo feito pelos provisores. Na Santa Casa de Paris, este pessoal era composto por quatro padres, quatro clérigos, trinta irmãos e vinte e cinco irmãs. Não eram admitidos maridos acompanhados de suas mulheres entre os voluntários. Os irmãos tinham a mesma tonsura que os Templários; as irmãs tinham os cabelos cortados como as religiosas.

A regra imposta aos "hospitaleiros" era de uma enorme severidade. Irmãs e irmãos tinham que prometer que manteriam a castidade e que viveriam na renúncia de todo e qualquer bem. Nenhum irmão podia se comunicar com uma irmã sem autorização do "padre" ou da "madre", nomeados pelos provisores para dirigir o pessoal. Era proibido às irmãs lavar a cabeça ou os pés dos irmãos; tais serviços eram prestados apenas aos enfermos e acamados. Castigos corporais podiam ser aplicados pelo padre, ou pela madre, às irmãs. Nenhum irmão podia sair sozinho na cidade, nem com um companheiro que não tivesse sido designado pelo padre; este regulamento era o mesmo para as irmãs. O pessoal "hospitaleiro" não tinha o direito de receber hóspedes. Irmãos e irmãs só podiam tomar duas refeições por dia, mas por outro lado deviam oferecer aos doentes todo o alimento de que precisavam, a cada vez que demonstravam necessidade. Cada irmão devia dormir sozinho, vestido com uma túnica de algodão ou de lã e com um calção; as irmãs também. Se um irmão ou uma irmã, na hora de sua morte, fosse encontrado em posse de algum bem ou de qualquer objeto que não tivesse mostrado ao padre ou à madre durante o decorrer de sua vida, não receberia nenhum ofício religioso e seria enterrado como um excomungado.

A entrada do hospital era proibida às pessoas que trouxessem consigo um cão ou um pássaro.

Cada enfermo que se apresentava ao hospital era inicialmente examinado por um "cirurgião da porta", que o inscrevia num registro. Depois amarravam em seu braço uma fita na qual estavam escritos seu nome e a data de sua chegada. Ele recebia a comunhão, depois levavam-no ao leito, e era então tratado como "o dono da casa".

O hospital sempre devia estar provido de diversas "robes de chambre" forradas de pele e diversos pares de sapatos também forrados, para "esquentar" os doentes.

Depois da cura, e pelo medo de uma recaída, o doente permanecia sete dias no hospital.

Os médicos, que eram chamados de *mires* ou de *físicos*, usavam, como os cirurgiões, um traje distintivo. Os medicamentos eram preparados na botica do hospital, de acordo com as indicações do *mire* ou do cirurgião.

O hospital acolhia não somente pessoas atingidas por doenças passageiras, mas também enfermos sem cura.

A condessa Mahaut d'Artois doou ao hospital de Arras dez leitos guarnecidos de colchões, travesseiros, lençóis e cobertores, que pudessem abrigar dez enfermos incuráveis. No inventário deste hospital, encontram-se relacionadas diversas cubas de madeira que serviam como banheiras, bacias que serviam como urinóis para serem colocados sob "os pobres em suas camas", inúmeras pequenas bacias, bandejas de barbeiro, etc. A mesma condessa d'Artois fundou também o hospital de Hesdin.

4 — Os senhores feudais soberanos de Viennois eram denominados como "delfim" por causa do delfim que ornamentava seus capacetes e suas armas, daí também a designação de *Dauphiné*, dada ao conjunto da região sobre a qual exerciam a soberania, e que compreendia as regiões de: *Grésivaudan, Roannez, Champsaur, Briançonnais, Embrunois, Gapençais, Viennois, Valentinois, Diois, Tricastinois*, e o principado de *Orange*.

No início do século XIV, a soberania era exercida pela terceira Casa dos delfins de Vienne, a casa da *Tour du Pin* (Torre do Pinho). Foi apenas no final do reino de Felipe VI de Valois, pelos tratados de 1343 e 1349, que o *Dauphiné* foi cedido por Humberto II à coroa da França, com a condição de que o filho primogênito dos reis da França assumisse desde então o título de "delfim".

5 — Por extensão do sentido da palavra latina *hostis*, que significa "inimigo", o termo *ost* (em português, "hoste") servia para designar um exército e, especialmente, o exército real.

6 — Nos primeiros dias de julho de 1315, Luís X assinou dois decretos sobre os Lombardos. O primeiro estipulava que os "caseiros", isto é, os residentes italianos, deveriam pagar um tostão por cada libra de suas mercadorias, meio pelo qual seriam dispensados de servir na hoste, seja a cavalo, seja por qualquer outra forma de subvenção militar. Esta era, portanto, uma taxa excepcional de cinco por cento.

O segundo decreto, datado de 9 de julho, constituía uma regulamentação geral sobre a residência e sobre o comércio dos mercadores italianos. Todas as transações de ouro e prata, em moedas ou mercadorias, todas as vendas, compras, trocas de mercadorias diversas, eram submetidas a um imposto que variava de um a quatro *deniers* por libra, segundo as regiões e de acordo com o local em que era exercido o comércio, isto é, em feiras ou fora delas. Os italianos não estavam mais autorizados a ter um domicílio fixo, a não ser em quatro cidades: Paris, Saint-Omer, Nîmes e La Rochelle. Ao que parece, essa última disposição jamais foi aplicada escrupulosamente, mas tais derrogações devem ter contribuído consideravelmente, seja para as cidades, seja para o Tesouro. Corretores nomeados pela administração real eram encarregados de vigiar as atividades comerciais dos Lombardos.

7 — A lenda que pretendia que a dinastia dos Capetos descendesse de um rico açougueiro de Paris foi difundida na França pela *Canção de gesta de Hugo Capeto*, panfleto composto nos primeiros anos do século XIV e rapidamente esquecido, a não ser por Dante e, mais tarde, por François Villon.

Dante também acusa Hugo Capeto de ter deposto o herdeiro legítimo e de tê-lo trancafiado num claustro. Trata-se aí de uma confusão entre o final da dinastia merovíngia e o final da carolíngia. De fato, foi o último rei da primeira dinastia, Chisperico III, que foi trancafiado num convento. O último descendente legítimo de Carlos Magno, quando da morte de Luís V, apelidado o Não-faz-nada, era o duque Charles de Lorraine, que quis disputar o trono com Hugo Capeto; e não foi no claustro que acabou o duque de Lorraine, mas sim numa prisão em que o jogou o duque de França.

No século XVI, quando François I, aconselhado por sua irmã, ouvia a leitura de *A divina comédia*, ele deteve o leitor na passagem que trata dos descendentes capetos, exclamando: "Ah! Malvado poeta que envergonha minha casa!". E recusou-se a continuar ouvindo a leitura.

8 — De fato, entrando no dia 1° de novembro de 1301 em Florença, que estava dilacerada pelas dissensões entre os guelfos e os gibelinos, Carlos de Valois entregou esta cidade às vinganças dos partidários do papa. Depois vieram os decretos de expulsão. Dante, gibelino notório e inspirador da resistência, tinha tomado parte, no verão anterior, do conselho da Senhoria; depois, tendo sido enviado como embaixador a Roma, foi detido lá como refém. Condenado por um tribunal florentino, no dia 27 de janeiro de 1302, a dois anos de exílio e a pagar 5.000 libras de multa, sob acusação de falsa prevaricação no exercício de sua função. No dia 10 de março seguinte, fizeram contra ele novo processo, e desta vez foi condenado a ser queimado vivo. Felizmente

para ele, não se encontrava em Florença, nem em Roma, de onde conseguira escapar. Nunca mais, porém, reveria sua pátria. Compreende-se com facilidade que tenha conservado por Carlos de Valois e, por extensão, a todos os príncipes franceses, um rancor tenaz.

9 — Certos estudos e testemunhos incitam a concluir que a ordem dos Templários sobreviveu, ocultamente e de maneira difusa, durante diversos séculos. São citados os nomes de grãos-mestres secretos até o século XVIII. No mínimo, parece evidente que os Templários, nos anos que seguiram imediatamente a destruição da Ordem, tentaram reagrupar-se clandestinamente. Jean de Longwy, sobrinho de Jacques de Molay, que jurara vingar a memória de seu tio nas terras do duque de Borgonha (isto é, Felipe de Poitiers), foi o chefe dessa organização

10 — Especialmente venerado nas regiões de Artois, Cambrésis e Hainaut, São Druon nasceu em 1118 em Epinoy, que dependia então da diocese de Tournai, antes de passar a depender da diocese de Arras. São Druon veio ao dia graças a uma cesariana praticada no corpo de sua mãe, já morta. Mostrando desde seus mais tenros anos grandes disposições para a piedade, ele teve que enfrentar a crueldade das outras crianças, que o tratavam de "assassino da própria mãe". Acreditando-se culpado, consagrou-se a todos os tipos de expiação, a fim de pagar este crime involuntário. Aos dezessete anos, renunciou à vida senhorial, distribuiu os bens consideráveis que havia herdado e foi trabalhar como pastor para uma viúva chamada Elisabeth Lehaire, na aldeia de Sebourg, no condado de Hainaut, a treze quilômetros de Valenciennes. Tinha um amor tão grande pelos animais e cuidava tão bem deles, que todos os habitantes da aldeia lhe pediam para tomar conta de suas ovelhas, junto com as da viúva Lehaire. Foi então que os anjos começaram a tomar conta de sua tropa enquanto ele ia assistir à missa...

Depois fez peregrinação a Roma, tomou gosto pela experiência e repetiu-a nove vezes. Mas ele teve que renunciar às viagens depois que começou a sofrer de uma "ruptura dos intestinos", enfermidade que suportou, ao que parece, durante quarenta anos, recusando todos os curativos. Apesar do péssimo cheiro que exalava dele, suas virtudes atraíram em sua direção muitos penitentes da região. Pediu que lhe construíssem, junto à Igreja de Sebourg, um pequeno alojamento do qual pudesse avistar a sacristia, e fez a promessa de nunca mais sair de lá até o final da vida. Ele a cumpriu fielmente, mesmo no dia em que a Igreja pegou fogo e, junto com ela, sua cabana também. E todos concluíram que era um santo, posto que fora poupado pelo fogo.

São Druon morreu no dia 16 de abril de 1189. Num diâmetro de muitas léguas, o povo acorreu em lágrimas para beijar seus pés e levar alguns pedaços dos miseráveis trajes que o cobriam. Seus parentes, os senhores feudais de Epinoy, quiseram levar o corpo para sua aldeia natal, mas a carroça em que os despojos foram colocados imobilizou-se na saída de Sebourg e todos os cavalos que foram trazidos como reforço mostraram-se incapazes de fazê-la sair do lugar. Foram obrigados, então, a deixar o corpo do santo no lugar em que ele morrera.

Sua celebridade aumentou muitíssimo devido à miraculosa cura do conde de Hainaut e de Holanda que, sofrendo horrivelmente de cálculos renais, fez uma peregrinação até Sebourg e, mal se ajoelhando diante do túmulo de São Druon para recitar uma prece, expeliu "três pedras do tamanho de uma noz".

A festa do santo ainda é tradicionalmente celebrada na segunda-feira de Pentecostes, na igreja paroquial e no poço de São Druon, em Carvin-Epinoy.

11 — O último filho de Mahaut, o único do sexo masculino, chamado Robert, como seu primo, tinha então apenas dezesseis anos. Ele não teve tempo para desempenhar papel algum nos acontecimentos da época; de fato, Robert deveria morrer antes de atingir os dezoito anos, em 1317. Seu corpo foi inicialmente inumado nos *Cordeliers* de Paris, depois transferido para Saint-Denis. O jazigo de Robert d'Artois que se vê em Saint-Denis não é, portanto — saibam nossos leitores —, o de nosso herói, que foi enterrado em Londres, mas sim o do filho de Mahaut.

12 — A data exata do segundo casamento de Luís X é razão de controvérsia. Alguns autores afirmam que ocorreu no dia 3 de agosto, outros no dia 13, ou até mesmo no dia 19. O mesmo ocorre com a data da sagração, que varia, de acordo com os textos, entre os dias 19, 21 e 24 de agosto. A coletânea dos decretos dos reis da França, que só foi impressa no século XVIII, e cuja cronologia está longe de ser segura, tenderia a estabelecer que o rei se encontrava em Reims no dia 3 de agosto, em Soissons nos dias 6 e 7, e em Arras no dia 18. Ora, posto que Luís X empunhara a auriflama em Saint-Denis no dia 24 de julho, parece materialmente impossível, por mais breve que tenha sido a expedição de Flandres que ele tenha tido tempo para voltar da *hoste lamacenta* e chegar na região do Champennois antes de 10 de agosto.

Nós escolhemos a data de 13 de agosto, dada pelo Padre Anselmo como a mais plausível, pois, dado que a sagração tinha que ocorrer num domingo ou num dia de grande festa religiosa, pensamos que Luís X foi coroado no dia 15 de agosto, ou no domingo de 18 de agosto. Sabemos, por outro lado, que as festas dadas na ocasião da sagração estendiam-se por vários dias, o que explica a imprecisão das datas.

13 — Toda a família d'Hirson era provida de cargos e de sinecuras na administração do condado de Artois ou na casa de Mahaut. Além de Thierry, o chanceler, além das duas damas de companhia chamadas Mahaut e Beatriz, havia ainda Pierre d'Hirson, bailio de Arras, Guilherme d'Hirson, padeiro-mor, isto é, intendente da condessa, e outros três d'Hirson, sobrinhos de Thierry, que ocupavam funções na corte de Artois.

14 — A fortuna de Clemência de Hungria, tanto em terras quanto em jóias, e constituída essencialmente por dons de Luís X, era enorme. Durante a breve duração

do casamento dos dois, Clemência de Hungria recebeu nada menos que quatorze castelos, alguns dos quais contavam entre as mais importantes residências reais.

15 — O unicórnio, animal lendário, sempre só existiu nos brasões, afrescos e tapeçarias. Entretanto, seu único chifre passava por depositário de um poder de antídoto universal. De fato, o que se vendia — e a um preço elevadíssimo — pelo nome de chifre de unicórnio, era a defesa do narval, ou unicórnio marinho, com o qual os alimentos eram "tocados", para que neles se descobrisse a presença de uma substância venenosa.

16 — Todos os ateliês de tapeçaria existentes na Europa, e especialmente na Itália e na Hungria, tinham sido fundados por artesãos vindos de Flandre ou do condado de Artois. A cidade de Arras era considerada como tendo sido o centro daquela indústria nascente no início do século XIV. Tal prosperidade devia-se, expressamente, à iniciativa da condessa Mahaut e ao encorajamento constante que ela prodigou às oficinas de tecelagem que constituíam a riqueza de sua província.

Quando os tapeceiros parisienses começaram a fazer concorrência com os ateliês de Artois, Mahaut não deu provas de preferência exclusiva e chegou a recorrer igualmente aos artesãos de Paris.

O inventário dos bens da rainha Clemência é um dos primeiros em que se encontram mencionados "oito tapetes com imagens, árvores e cenas de caça".

17 — Eudes de Borgonha acabava de suceder a seu irmão Hugues V, que morrera em Argilly no início de maio de 1315, e que foi enterrado em Cîteaux, no dia 12 de maio.

REPERTÓRIO BIOGRÁFICO

— ANJOU-SICÍLIA (Margarida de), condessa de Valois (cerca de 1270-31 de dezembro de 1299).
Filha de Carlos II d'Anjou, apelidado o Manco, e de Maria de Hungria. Primeira esposa de Carlos de Valois. Mãe do futuro Felipe VI, rei de França.

— ARTOIS (Mahaut, condessa de Borgonha, depois d') (?-27 de novembro de 1329).
Filha de Robert II d'Artois. Desposou (1291) o conde palatino de Borgonha, Othon IV (falecido em 1303). Condessa-par d'Artois por decreto real (1309). Mãe de Jeanne de Borgonha, esposa de Felipe de Poitiers, futuro Felipe V, e de Branca de Borgonha, esposa de Carlos de França, futuro Carlos IV.

— ARTOIS (Robert III d') (1287-1342).
Filho de Felipe d'Artois e neto de Robert II d'Artois. Conde de Beaumont-le-Roger e senhor feudal de Conches (1309). Desposou (1318) Jeanne de Valois, filha de Carlos de Valois e de Catarina de Courtenay. Par do reino devido a seu condado de Beaumont-le-Roger (1328). Banido do reino (1332), refugiou-se na corte de Eduardo III da Inglaterra. Ferido mortalmente na batalha de Vannes. Enterrado em Saint-Paul de Londres.

— AUXOIS (Jean d').
Bispo de Troyes, depois de Auxerre (de 1353 a 1359).

— BAGLIONI (Guccio) (cerca de 1295-1340).
Banqueiro originário da cidade italiana de Siena, aparentado à família dos Tolomei. Mantinha, em 1315, um escritório bancário em Neauphle-le-Vieux. Desposou secretamente Maria de Cressay. Teve um filho, Giannino (1316), trocado no berço por João I, o Póstumo. Faleceu na Campânia.

— BAR (Edouard, conde de) (1285-?). Filho de Henri III, conde de Bar (falecido em 1302). Desposou em 1310 Maria de Borgonha, irmã de Margarida. Cunhado de Luís X, de Eudes de Borgonha e de Felipe de Valois.

— Beatriz de Hungria (cerca de 1294-?).
Filha de Carlos-Martel d'Anjou. Irmã de Caroberto, rei de Hungria, e de Clemência, rainha de França. Esposa do delfim do Viennois, Jean II de La Tour du Pin.

— Boccacio da Chellino, ou Boccace (Bocácio).
Banqueiro florentino, viajante da companhia dos Bardi. Teve uma amante francesa e um filho adulterino (1313), que foi o ilustre poeta Boccacio, autor do *Decamerão*.

— Bonifácio VIII (Benedito Caetani), papa (cerca de 1215-11 de outubro de 1303).
Inicialmente cônego em Todi, advogado consistorial e notário apostólico. Cardeal em 1281. Foi eleito papa no dia 24 de dezembro de 1294, depois da abdicação de Celestino V. Vítima do "atentado" de Anagni, morreu em Roma, um mês mais tarde.

— Bourbon (Luís, senhor de, depois duque de) (cerca de 1280-1342).
Filho primogênito de Robert, conde de Clermont (1256-1318) e de Beatriz de Borgonha, filha de Jean, senhor feudal de Bourbon. Neto de São Luís. Camareiro-mor da França a partir de 1312. Duque e par do reino a partir de 1327.

— Borgonha (Agnes de França, duquesa de) (cerca de 1268-cerca de 1325).
Derradeira filha dos onze descendentes de São Luís. Casa em 1273 com Robert II de Borgonha. Mãe de Hugues V e de Eudes IV, duques de Borgonha; de Margarida, esposa de Luís X, o Cabeçudo, rei de Navarra e depois de França, e de Jeanne, apelidada a Manca, esposa de Felipe VI de Valois.

— Borgonha (Branca de) (cerca de 1296-1326).
Filha caçula de Othon IV, conde palatino de Borgonha, e de Mahaut d'Artois. Casa-se em 1307 com Carlos de França, terceiro filho de Felipe, o Belo. Inculpada de adultério (1314) ao mesmo tempo que Margarida de Borgonha, foi presa em Château-Gaillard, depois no castelo de Gournay, perto de Coutances. Depois da anulação de seu casamento (1322), ela tomou o hábito religioso na abadia de Maubuisson.

— Borgonha (Eudes IV, duque de) (cerca de 1294-1350).
Filho de Robert II, duque de Borgonha, e de Agnes de França, filha de São Luís. Sucedeu, em maio de 1315, a seu irmão Hugues V. Irmão de Margarida, esposa de Luís X, o Cabeçudo; de Jeanne, esposa de Felipe de Valois, futuro Felipe VI; de Maria, esposa do conde de Bar; e de Branca, esposa do conde Eduardo de Sabóia. Casou-se no dia 18 de junho de 1318 com Jeanne, primogênita de Felipe V (falecida em 1347).

— Bouville (Hugues III, conde de) (?-1331).
Filho de Hugues II de Bouville e de Maria de Chambly. Camareiro de Felipe, o Belo. Desposou (1293) Margarida des Barres, com quem teve um filho, Carlos, que foi camareiro de Carlos V e governador de Dauphiné.

— Caetani (Francesco) (?-março de 1317).
Sobrinho de Bonifácio VIII e por ele nomeado cardeal em 1295. Implicado numa tentativa de feitiço contra o rei da França (1316). Falece em Avinhão.

— Caumont.
Membro da liga de Artois, em revolta contra a condessa Mahaut.

— Carlos de França, conde de la Marche, depois Carlos IV, rei de França (1294- 1º de fevereiro de 1328).
Terceiro filho de Felipe, o Belo, e de Jeanne de Champagne. Conde do domínio de la Marche, por apanágio (1315). Sucedeu, com o nome de Carlos IV, a seu irmão Felipe (1322). Casou-se sucessivamente com Branca de Borgonha (1307), Maria de Luxemburgo (1322) e Jeanne d'Evreux (1325). Faleceu em Vincennes, sem deixar herdeiro do sexo masculino, e foi o último rei descendendo diretamente da dinastia dos Capetos.

— Carlos-Martel ou Carlo-Martello, rei titular da Hungria (cerca de 1273-1296).
Filho primogênito de Carlos II de Anjou, apelidado o Manco, rei da Sicília, e de Maria de Hungria. Sobrinho de Ladislas IV, rei da Hungria, e pretendente à sua sucessão. Rei titular da Hungria de 1291 até sua morte. Pai de Clemência de Hungria, segunda esposa de Luís X, rei de França.

— Clemência de Hungria, rainha de França (cerca de 1293-12 de outubro de 1328).
Filha de Carlos-Martel de Anjou, rei titular da Hungria, e de Clemência de Habsburgo. Sobrinha de Carlos de Valois devido à sua primeira esposa, Margarida de Anjou-Sicília. Irmã de Carlos-Robert, ou Charobert, rei da Hungria, e de Beatriz, esposa do delfim Jean II. Desposou Luís X, o Cabeçudo, rei de França e de Navarra, no dia 13 de agosto de 1315, e foi coroada com ele, em Reims. Viúva em junho de 1316, deu à luz em novembro um filho, João I. Morreu no Templo.

— Clemente V (Bertrand de Got ou Goth), papa (?-20 de abril de 1314).
Nasceu em Villandraut (Gironda). Filho do cavaleiro Arnaud-Garsias de Got. Arcebispo de Bordeaux (1300). Eleito papa (1305) para suceder a Benedito XI. Coroado em Lyon. Foi o primeiro dos papas de Avinhão.

— Colonna (Jacques) (?-1318).

Membro da célebre família romana dos Colonna. Nomeado cardeal em 1278 por Nicolau III. Principal conselheiro da corte romana sob Nicolau IV. Excomungado por Bonifácio VIII em 1297 e reabilitado em sua dignidade de cardeal em 1306.

— Colonna (Pierre) (?-1326).

Sobrinho do cardeal Jacques Colonna. Nomeado cardeal por Nicolau IV em 1288. Excomungado por Bonifácio VIII em 1297 e reabilitado em sua dignidade de cardeal em 1306. Faleceu em Avinhão.

— Conflans (Hugues de).

Marechal da região de Champagne, nomeado por Luís X, no dia 15 de maio de 1316, para governar o condado de Artois.

— Cornillot.

Sargento da condessa Mahaut d'Artois, detido em companhia de Denis d'Hirson pelos "aliados" de Artois, no dia 27 de setembro de 1315, e executado no mesmo dia.

— Cressay (dama Eliabel de).

Castelã de Cressay, domínio perto de Neauphle-le-Vieux, no prebostado de Montfort-l'Amaury. Viúva do senhor feudal Jean de Cressay. Mãe de Jean, Pierre e Maria de Cressay.

— Cressay (Maria de) (cerca de 1298-1345).

Filha de dama Eliabel e do senhor de Cressay, cavaleiro. Casada secretamente com Guccio Baglioni e mãe (1316) de uma criança que foi trocada no berço por João I, o Póstumo, que ela amamentava. Foi enterrada no convento dos Agostinianos, perto de Cressay.

— Cressay (Jean de) e Cressay (Pierre).

Irmãos da precedente. Foram ambos armados cavaleiros por Felipe VI de Valois durante a batalha de Crécy (1346).

— Duèze (Jacques), ver João XXII, papa.

— Eudeline, filha natural de Luís X (cerca de 1305-?).

Religiosa do convento do subúrbio Saint Marcel, depois abadessa da ordem de Santa Clara.

— EVRARD.

Antigo Templário. Copista de Bar-sur-Aube. Implicado, em 1316, num caso de bruxaria; cúmplice do cardeal Caetani numa tentativa de enfeitiçamento do rei da França.

— EVREUX (Luís de França, conde de) (1276-1319).

Filho de Felipe II, o Intrépido, e de Maria de Brabant. Meio-irmão de Felipe, o Belo, e de Carlos de Valois. Conde de Evreux (1298). Desposou Margarida d'Artois, irmã de Robert III d'Artois, com quem teve os filhos: Jeanne, terceira esposa de Carlos IV, o Belo, e Felipe, esposo de Jeanne, rainha de Navarra.

— FELIPE IV, apelidado o Belo, rei de França (1268-29 de novembro de 1314).

Nasceu em Fontainebleau. Filho de Felipe III, o Intrépido, e de Izabel de Aragão. Desposou (1284) Jeanne de Champagne, rainha de Navarra. Pai dos reis Luís X, Felipe V e Carlos IV, e de Izabel de França, rainha da Inglaterra. Reconhecido rei em Perpignan (1285) e coroado em Reims (6 de fevereiro de 1286). Falecido em Fontainebleau e enterrado em Saint-Denis.

— FELIPE, conde de Poitiers, depois FELIPE V, apelidado o Comprido, rei de França (1291-3 de janeiro de 1322).

Filho de Felipe IV, o Belo, e de Jeanne de Champagne. Irmão dos reis Luís X, Carlos IV e de Izabel da Inglaterra. Conde palatino de Borgonha, senhor feudal de Salins, graças a seu casamento (1307) com Jeanne de Borgonha. Conde por apanágio de Poitiers (1311). Par de França (1315). Regente após a morte de Luís X, e depois rei, após a morte do filho póstumo deste (novembro 1316). Falecido em Longchamp, sem deixar herdeiro do sexo masculino. Enterrado em Saint-Denis.

— FELIPE, conde de Valois, depois FELIPE VI, rei de França (1293-22 de agosto de 1350).

Filho primogênito de Carlos de Valois e de sua primeira esposa Margarida de Anjou-Sicília. Sobrinho de Felipe, o Belo, e primo de Luís X, Felipe V e Carlos IV. Tornou-se regente do reino após a morte de Carlos IV o Belo, depois rei, quando do nascimento da filha póstuma deste (abril de 1328). Coroado em Reims no dia 29 de maio de 1328. Sua ascensão ao trono, contestada pela Inglaterra, esteve na origem da segunda Guerra dos Cem Anos. Desposou em primeiras núpcias (1313) Jeanne de Borgonha, apelidada a Manca, irmã de Margarida, e que morreu em 1348; em segundas núpcias (1349), Branca de Navarra, neta de Luís X e de Margarida.

— Fériennes (Izabel de) (?-1317).
Feiticeira. Testemunhou contra Mahaut durante o processo intentado contra esta depois da morte de Luís X. Foi queimada viva, bem como seu filho, depois de Mahaut ter sido inocentada, no dia 9 de outubro de 1317.

— Fiennes (Jean, barão de).
Barão de Ringry, senhor feudal de Ruminghen, castelão de Bourbourg. Eleito chefe da nobreza rebelde de Artois e um dos últimos a submeter-se (1320). Casou-se com Izabel, sexta filha de Guy de Dampierre, conde de Flandres, do qual teve um filho, Robert, condestável de França em 1356.

— Flandre (Robert, chamado "de Béthune", conde de Nevers e de) (?-1322).
Filho de Guy de Dampierre, conde de Flandre (que morreu em 1305) e de Izabel de Luxemburgo. Desposou Yolanda de Borgonha.

— Flotte (Guilherme) (?-depois de 1350).
Senhor feudal de Revel e de Escot. Filho de Pierre Flotte, chanceler de França, morto em Courtrai.

— Forez (Jean I de Albon, conde de) (?-antes de 1333).
Embaixador de Felipe, o Belo, e de Luís X junto à corte papal. Guardião do conclave de Lyon de 1316. Casado (1295) com Alix de Viennois, condessa de Nevers, filha de Humberto de La Tour du Pin. Pai de Luís de Nevers.

— Héron (Adam).
Escudeiro, depois camareiro de Felipe, conde de Poitiers, futuro Felipe V.

— Hirson ou Hireçon (Thierry Larchier d') (cerca de 1270-17 de novembro de 1328).
Inicialmente letrado de menor importância a serviço de Robert II d'Artois, acompanhou, depois, Nogaret a Anagni, e foi utilizado por Felipe, o Belo, para diversas missões. Cônego de Arras (1299). Chanceler de Mahaut d'Artois (1303). Bispo de Arras (1328).

— Hirson ou Hireçon (Denis Larchier d').
Irmão do precedente. Tesoureiro da condessa Mahaut d'Artois.

— Hirson ou Hireçon (Beatriz e Mahaut).
Sobrinhas do precedente. Damas de companhia da condessa Mahaut d'Artois.

— Izabel de França, rainha da Inglaterra (1292-23 de agosto de 1358).
Filha de Felipe, o Belo, e de Jeanne de Champagne. Irmã dos reis Luís X, Felipe V e Carlos IV. Desposou Eduardo II da Inglaterra (1308). Assumiu o comando

(1325), juntamente com Roger Mortimer, da revolta dos barões ingleses que levou à deposição de seu marido. Apelidada "Loba de França", governou de 1326 a 1328 em nome de seu filho Eduardo III. Exilada da corte (1330). Faleceu no castelo de Hertford.

— JEANNE de Borgonha, condessa de Poitiers, depois rainha de França (cerca de 1293-21 de janeiro de 1330).
Filha primogênita de Othon IV, conde palatino de Borgonha, e de Mahaut d'Artois. Irmã de Branca, esposa de Carlos de França, futuro Carlos IV. Casou-se em 1307 com Felipe de Poitiers, segundo filho de Felipe, o Belo. Inculpada de cumplicidade nos casos de adultério de sua irmã e de sua cunhada (1314), foi presa em Dourdan, depois libertada em 1315. Mãe de três filhas: Jeanne, Margarida e Izabel, que desposaram, respectivamente, o duque de Borgonha, o conde de Flandre e o delfim de Viennois.

— JEANNE de França, rainha de Navarra (cerca de 1311-8 de outubro de 1349).
Filha de Luís de Navarra, futuro Luís X, o Cabeçudo, e de Margarida de Borgonha. Supostamente bastarda. Distanciada da sucessão ao trono da França, herdou a Navarra. Casou-se com Felipe, conde de Évreux. Mãe de Carlos, o Malvado, rei de Navarra, e de Branca, segunda esposa de Felipe VI de Valois, rei de França.

— JOÃO XXII (Jacques Duèze), papa (1244-dezembro de 1334).
Filho de um burguês de Cahors. Estudou em Cahors e em Montpellier. Arcipreste de Santo André de Cahors. Cônego de Saint-Front de Périgueux e de Albi. Arcipreste de Sarlat. Em 1289, partiu para Nápoles, onde tornou-se rapidamente familiar do rei Carlos II de Anjou, que fez dele seu secretário dos conselhos secretos, depois seu chanceler. Bispo de Fréjus (1300), depois de Avinhão (1310). Secretário do concílio de Vienne (1311). Cardeal bispo de Porto (1312). Eleito papa em 1316, assumiu o nome de João XXII. Coroado em Lyon em 1316. Morreu em Avinhão.

— JOINVILLE (Jean, senhor de) (1224-24 de dezembro de 1317).
Senescal hereditário de Champagne. Acompanhou Luís IX na sétima Cruzada e compartilhou seu cativeiro. Redigiu, aos oitenta anos, sua *História de São Luís*, devido à qual é considerado um grande cronista.

— JOINVILLE (Anseau ou Ansel).
Filho primogênito do precedente. Senescal hereditário da Champagne. Membro do grande Conselho de Felipe V, e marechal da França.

— Kiérez (Gérard).
Representante da nobreza em revolta do Artois, junto ao rei Luís X, o Cabeçudo.

— Licques (barão de).
Membro da liga de Artois, possuidor de um baronato do condado de Guines, na Picardia.

— Longwy (Jean de).
Parente do grão-mestre Jacques de Molay. Membro da liga feudal de Borgonha, constituída em 1314.

— Loos.
Membro da liga de Artois, descendente de uma família originária da região de Liège.

— Luís X, apelidado o Cabeçudo, rei de França e de Navarra (outubro de 1289-5 de junho de 1316).
Filho de Felipe IV, o Belo, e de Jeanne de Champagne. Irmão dos reis Felipe V e Carlos IV, e de Izabel, rainha da Inglaterra. Rei de Navarra (1307). Rei da França (1314). Desposou (1305) Margarida de Borgonha, com quem teve uma filha, Jeanne, nascida por volta de 1311. Depois do escândalo da torre de Nesle e da morte de Margarida, casou-se novamente (agosto de 1315), com Clemência de Hungria. Coroado em Reims (agosto de 1315). Falecido em Vincennes. Seu filho, João I, o Póstumo, nasceu cinco meses depois da morte do pai (novembro de 1316).

— Margarida de Borgonha, rainha de Navarra (cerca de 1293-1315).
Filha de Robert II, duque de Borgonha, e de Agnes de França. Casou-se (1315) com Luís, rei de Navarra, filho primogênito de Felipe, o Belo, futuro Luís X, do qual teve uma filha, Jeanne. Inculpada de adultério (processo da torre de Nesle, 1314), foi presa em Château-Gaillard, onde foi assassinada.

— Marigny (Enguerrand le Portier de) (cerca de 1265-abril de 1315).
Nasceu em Lyons-la-Forêt. Casou-se em primeiras núpcias com Jeanne de Saint-Martin, e em segundas núpcias com Alips de Mons. Inicialmente escudeiro do conde de Bouville, depois empregado pela casa da rainha Jeanne, esposa de Felipe, o Belo, e, sucessivamente, guarda do castelo de Issoudun (1298) camareiro (1304), armado cavaleiro e conde de Longueville, intendente das finanças e das construções, capitão do Louvre, coadjutor do governo e reitor do reino durante a última parte do reinado de Felipe, o Belo. Após a morte deste último, foi acusado de desvios, condenado e enforcado em Montfaucon. Foi reabilitado em 1317 por Felipe V e enterrado na igreja de Chartreux, depois transferido à igreja colegial de Ecouis, por ele fundada.

— Marigny (Jean, ou Felipe, ou Guilherme de) (?-1325).

Irmão caçula do precedente. Secretário do rei (1301). Arcebispo de Sens (1309). Fez parte do tribunal que condenou à morte seu irmão Enguerrand. Um terceiro irmão Marigny, também chamado Jean, e conde-bispo de Beauvais desde 1312, participou das mesmas comissões judiciárias e prosseguiu em sua carreira até 1350.

— Marigny (Luís de), senhor feudal de Mainneville e de Boisroger.

Filho primogênito de Enguerrand de Marigny. Casou-se em 1309 com Roberta de Beaumetz.

— Mercœur (Béraud X, senhor de).

Senhor feudal de Gévaudan. Filho de Béraud IX e de Branca de Châlons. Casado (1290) com Isabelle de Forez, filha de Guy, conde de Forez. Embaixador de Felipe, o Belo, junto ao papa Benedito XI em 1304. Entrou em conflito com o rei, que ordenou uma investigação policial de suas terras (1309). Admitido no Conselho real com a chegada ao trono de Luís X, em 1314, e eliminado do mesmo em 1318, por Felipe V.

— Molay (Jacques de) (cerca de 1244-18 de março de 1314).

Nasceu em Molay (Haute-Saône). Entrou para a Ordem dos Templários em Beaune (1265). Partiu para a Terra Santa. Eleito grão-mestre da Ordem (1295). Detido em outubro de 1307, foi condenado e queimado.

— Mornay (Étienne de) (?-31 de agosto de 1332).

Sobrinho de Pierre de Mornay, bispo de Orléans e de Auxerre. Chanceler de Carlos de Valois, depois chanceler de França a partir de janeiro de 1315. Afastado do governo sob o reino de Felipe V, entrou para a Câmara das Contas e para o Parlamento sob o reino de Carlos IV.

— Nedonchel (Gilles de) (cerca de 1282- cerca de 1336).

Filho de Guy de Nédonchel e de Alix de Créquy. Membro da liga de Artois. Tornou-se conselheiro do rei e camareiro-mor do duque de Borgonha.

— Nogaret (Guilherme de) (cerca de 1265-maio de 1314).

Nasceu em Saint-Félix-de-Caraman, na diocese de Toulouse. Aluno de Pierre Flotte e de Gilles Aycelin. Lecionou direito em Montpellier (1291); juiz-real da senescalia de Beaucaire (1295); cavaleiro (1299). Tornou-se célebre por sua atuação nos conflitos entre a coroa e a Santa Sé. Comandou a expedição de Anagni contra Bonifácio VIII (1303). Chanceler real de 1307 até sua morte, foi ele quem iniciou o processo dos Templários.

— NOYERS (Miles IV de), senhor feudal de Vandœuvre (?-1350).
Marechal de França (1303-1315). Negociou a paz em Flandres com Luís de Nevers, em nome de Luís X. Sucessivamente conselheiro de Felipe V, Carlos IV e Felipe VI, desempenhou um papel de importância extraordinária durante esses três reinados. Copeiro-mor de França (1336).

— PRESLES (Raul I de) ou de PRAYÈRES (?-1331).
Senhor feudal de Lisy-sur-Ourcq. Advogado. Secretário de Felipe, o Belo. Preso após a morte deste, porém agraciado depois do final do reino de Luís X. Guardião do conclave da cidade de Lyon em 1316. Enobrecido por Felipe V, cavaleiro acompanhante deste rei e membro de seu Conselho. Fundou o colégio de Presles.

— ROBERTO, rei de Nápoles (cerca de 1278-1344).
Terceiro filho de Carlos II de Anjou, apelidado o Manco, e de Maria de Hungria. Duque da Calábria em 1296. Príncipe de Salerno (1304). Vigário-geral do reino da Sicília (1297). Rei em 1309. Coroado em Avinhão pelo papa Clemente V. Príncipe erudito, poeta e astrólogo, desposou em primeiras núpcias Yolande (ou Violante) de Aragão, que morreu em 1302; depois Sancia, filha do rei de Maiorca (1304).

— SABÓIA (Amadeu V, apelidado o Grande, conde de) (1249-outubro de 1323).
Segundo filho de Tomás II de Sabóia, conde de Maurienne (falecido em 1259) e de sua segunda esposa, Beatriz de Fiesque. Sucedeu, em 1283, a seu tio Felipe. Desposou em primeiras núpcias Sibylle de Baugé (falecida em 1294) e casou-se novamente em 1304 com Maria de Brabant. Em 1307, seu filho Eduardo desposou Branca de Borgonha, irmã de Margarida e de Eudes IV.

— SOUASTRE.
Membro da liga feudal de Artois, em revolta contra a condessa Mahaut.

— SULLY (Henri de) (?-cerca de 1336).
Filho de Henrique III, senhor feudal de Sully (falecido em 1285) e de Margarida de Beaumetz. Esposo de Jeanne de Vendôme. Copeiro-mor da França a partir de 1317.

— TOLOMEI (Spinello).
Chefe, na França, da companhia da família Tolomei, da cidade de Siena, fundada no século XII por Tolomeo Tolomei e rapidamente enriquecida pelo comércio internacional e pelo controle das minas de prata da Toscana. Existe até hoje em Siena um palacete Tolomei.

— Trye (Mathieu de).
Senhor feudal de Fontenay e de Plainville-en-Vexin. Padeiro-mor (1298), depois camareiro de Luís, o Cabeçudo, e camareiro-mor da França a partir de 1314.

— Valois (Carlos de) (12 de março de 1270-dezembro de 1325).
Filho de Felipe III, o Intrépido, e de sua primeira esposa, Izabel de Aragão. Irmão de Felipe IV, o Belo. Armado cavaleiro aos quatorze anos. Tomou posse do reino de Aragão por legado do papa, no mesmo ano, mas jamais pôde ocupar esse trono, acabando por renunciar ao título em 1295. Conde, por apanágio, de Valois e de Alençon (1285). Conde, por apanágio, de Anjou, de Maine e de Perche (março 1290), graças a seu primeiro casamento com Margarida d'Anjou-Sicília; imperador titular de Constantinopla graças a seu segundo casamento (janeiro de 1301) com Catarina de Courtenay; foi nomeado conde de Romagne pelo papa Bonifácio VIII. Desposou em terceiras núpcias Mahaut de Châtillon-Saint-Pol. De seus três casamentos, teve muitos filhos; o primogênito foi Felipe VI, primeiro rei da linhagem dos Valois. Fez campanha na Itália a serviço do papa em 1301, comandou duas expedições à Aquitânia (1297 e 1324) e foi candidato ao império da Alemanha. Faleceu em Nogent-sur-le-Roi e foi enterrado na igreja dos Jacobinos, em Paris.

Impresso no Brasil pelo
Sistema Cameron da Divisão Gráfica da
DISTRIBUIDORA RECORD DE SERVIÇOS DE IMPRENSA S.A.
Rua Argentina 171 – Rio de Janeiro, RJ – 20921-380 – Tel.: 2585-2000